KB119172

첫사랑 마지막 의식

FIRST LOVE, LAST RITES

Copyright ⓒ 1975 by Ian McEwan

All rights reserved

Korean translation copyright ⓒ 2018 by Hankyoreh Publishing Company

Korean translation rights arranged with Rogers, Coleridge & White Ltd.

through EYA(Eric Yang Agency)

이 책의 한국어판 저작권은 EYA(Eric Yang Agency)를 통한

Rogers, Coleridge & White Ltd.와의 독점 계약으로 한겨레출판에 있습니다.

저작권법에 의해 한국 내에서 보호를 받는 저작물이므로

무단전재와 복제를 금합니다.

첫사랑 마지막 의식

FIRST LOVE, LAST RITES
IAN McEWAN

이언 매큐언 소설

박경희 옮김

한겨레출판

차례

서문 _007

입체기하학 _015

가정 처방 _047

여름의 마지막 날 _081

극장의 코커 씨 _111

나비 _123

벽장 속 남자와의 대화 _153

첫 사랑 마지막 의식 _183

가장 파티 _209

옮긴이의 말 _267

1970년, 스물두 살이던 해, 나는 노리치로 이사해 변두리의 작고 아늑한 방에 틀어박혔다. 이스트 앵글리어 대학 영문학부의 석사 논문을 쓰기 위해서였지만, 그보다 더 중요한 목적은 소설을 쓰는 것이었다. 처음 한 주가 끝나갈 무렵정리가 대충 끝나고, 어느 저녁 나는 침대 발치에 있는 카드게임용 테이블에 앉아 다짐했다. 단편소설 한 편을 완성할때까지 밤을 꼬박 새워 일하리라고. 메모도 없고, 단지 윤곽, 이것이 어떤 종류의 이야기가 될 것이라는 막연한 생각뿐이었다.

한 시간이 지나지 않아 원고에서 낯선 목소리가 내게 말을걸어왔다. 나는 말하게 두었다. 일하는 사이 밤이 오고, 스스로 로맨틱한 느낌에 도취되었다. 흥미로운 발상에 이끌려 의

연하게, 도시가 잠든 동안 부단히 새벽녘을 향해 나아가는 작가. 여섯시쯤에 나는 작업을 마쳤다.

그 이야기는 그해에 쓴 여섯 편의 단편 중 하나로 1975년에 출간된 내 첫 책 《첫 사랑 마지막 의식》에 실리게 된 〈벽장 속 남자와의 대화〉였다. 화자는 성인이 되길 원치 않는 사내였다. 그해 마침내 성인으로서 독립했다고 여겼던 나로서는 이상한 선택이었다. 노리치에 머무는 것은 내 인생에 처음으로 그 누구의 도움이나 충고 없이 내린 중요한 결정이었다. 나는 스스로 전업 작가가 된 듯 느꼈다. 석사 논문은 남는 시간에 써도 될 일이었다. 장학금을 지원받고 있었다.

또 다른 낯선 목소리들, 또 다른 기이하고 왜곡된 캐릭터들이 그해에 내 소설을 침범하거나 소설 속에서 들끓었다. 폭력, 왜곡된 성, 외로움, 그런 것들은 당시 노리치에서의 내 삶과는 별개였다. 나는 새로운 친구들을 많이 만났고, 사랑에 빠졌고, 현대 미국 소설을 열심히 읽고 있었고, 노퍽 북부의 해변으로 도보 여행을 떠났으며, 한번은 교외에서 환각제를 복용해보고는 놀라기도 했다. 그럼에도 노트나 타자기 앞으로 돌아올 때면 매번 거칠고 어두운 충동이 나를 사로잡았다. 남매간의 근친, 크로스 드레싱, 젊은 연인을 괴롭히는 시궁쥐, 리허설 도중에 사랑을 나누는 배우들, 고양이를 산 채로 태우는 아이들, 아동 학대와 살인, 병 속에 페니스를 보관하고 밀교의 기하학을 이용해 아내를 사라지게 하는 남자. 이야기들이 아무리 어두워도 나는 그 안에서 우스운 요소들 역시 찾아냈다. 때로 나는 스스로를 거친 사람이라고 납득시키려 했다. 야수파의 일원으로, 사람들이 불평하는 중산층의 이혼을 소재로 한 소설에 저항하며.

그 적은 분량의 단편집이 출간된 지 40년이 흐른 지금, 나는 다른 시각을 갖게 되었어야 할 것이다. 물론 1970년대 영국 문학의 자산이 소위 햄스테드 이혼 소설*에 국한된 것은 아니었다. 몇 해 전의 '부커상을 놓친' 최종 후보 목록은 그를 입증하는 강력한 증거다. 게다가 이혼은 충분히 다룰 만한 주제이며, 햄스테드는 비난받을 이유가 없는 공간이다. 노리치에 올 때까지만 해도 나는 진지하고, 어딘지 수줍어하는, 달리 말하면 내성적인 10대였다. 큰 말썽 없이 정규 교육과정을 순조롭게 통과했으며 또래보다 뒤늦게 성(性)과 마약을 체험했다. 각각 열여덟과 스물하나에. 소설은 정규 교육과정이 어느 정도 지나갔으며, 내가 원하는 것은 무엇이든 할 수

---

* 런던 중산층이 애호하는 주거지인 햄스테드와 인근 지역을 배경으로 하는 영국 소설의 특별한 장르. 중산층의 윤리를 대변하는, 다소 편협하고 규범적인 성격이 비판의 초점이 되기도 한다.

있으리라는 자각과 함께 내 삶에 일어난 지적 폭발의 한 부분이었다.

내 경우에 소설은 자유와 다름없었다. 조이스의 《율리시스》를 출간하기 위한 법적 투쟁, 《채털리 부인의 연인》을 둘러싼 재판, 로스의 《포트노이의 불평》 같은 책들의 거침없는 경계 침범과 버로스의 《네이키드 런치》가 나를 설득시켰다. 소설을 쓰는 사람에게는 독자의 손을 잡고 막다른 곳까지 이르러 거기서 뛰어내려야 할 의무가 있는 거라고. 내 임무는 한계를 찾아 그것을 뛰어넘는 것이었다.

만약 조이스나 로런스의 소설들이 오늘날의 법정에 선다면 아마도 별 문제없이 공적인 영역 안에서 허용될 것이다. 하지만 트위터의 법정에서는 어떤 일이 일어날지 확신하지 못하겠다. 왜냐하면 요즘 우리는 성적 자유라는 면에서 불안한 상태에 놓여 있으니까. 끔찍하고 광범위한 아동 학대가 드러남으로써 우리에게 충격을 주었고, 우리를 불확실성에 빠뜨렸다. 성인, 특히 남자들은 거리에서 아이들에게 말을 걸 때 주의해야만 한다. 남성의 욕망을 드러내 표현하는 말들이 얼마나 여자들을 억압할 수 있는지에 대한 페미니스트의 말은 옳을 것이다(의심스럽다면 고역스럽고, 재미없고, 민망한 1955년 메릴린 먼로 주연작 〈7년 만의 외출〉을 보라). 그러나 남성과 마찬가지로 여성의 경우에도 욕망이란 현실이며 하나의 주제다. 그것을 억압과 구분할 수는 없을까? 2015년 5월에 크레이그 레인이 아쉬움이 묻어나는 재치 있는 어조로, 늙어가는 남자의 이루어질 수 없는 에로틱한 상상을 노래한 시를 발표했을 때 사람들은 격분했으며, 혐오와 폭력의 판타지가 퍼져나가 소셜 미디어상에서 보복성의 거센 요구까지 일어났다. 최근 질리 쿠퍼의 소설에 대한 관심이 새로이 모아지며 30년 전의 초판본 표지―한 남자의 손이 여자의 엉덩이에서 허리로 짐짓 점잖게 올라가는―가 현대적인 취향에 부합한 일도 있었다. 그럼에도 책에서 그리고 특히 영화에서, 성적인 노골성은 확대되고 있다. 문화적으로, 우리는 청교도적이지도 않고 '해방된' 것도 아니다. 근본적으로 혼란스러울 뿐이다.

자유의 활용과 남용은 1970년대의 우리가 호흡하던 공기였다. 나는 지금 그 시절을 향수하지도 폄하하지도 않는다. 성과도 있고, 명백히, 과잉도 있었다. 노리치의 벗들, 나를 삼촌 같은 눈빛으로 바라보던 소설가들인 맬컴 브래드버리와 앵거스 윌슨에게 내 단편들을 보여줬을 때, 아무도 충격받지 않았고, 아무도 내 단편들이 너무 터무니없다거나 비윤리적이라고 생각하지 않았다. 브래드버리는 이렇게 말했던 것 같다. "나쁘지 않은데. 다음 건 언제 보여줄 건가?"

1970년대 중반에 '1960년대'는 서서히 가라앉고 있었다. 문화는 숙취와 더불어 깨어났고, 시대의 남은 자산들을 파악하기 시작했다. 처음 발간되었을 때 《첫 사랑 마지막 의식》은 평단의 지지를 받았으나 상업적으로는 확실히 성공하지 못했다. 하지만 좋은 서평들조차도 빈축을 살 만했다. 우리 사이에 어떤 괴물이 나타났는가? 사실, 가끔은 호의적인 서평을 나쁜 서평과 구별하는 것이 힘들 정도였다. 양쪽 모두 외설과 바로크적 변태성에 대한 향유로 가득 채워졌다. 그때 나로서는 독자에게 내 의도들이 실제로 윤리적이냐를 설득시키기가 힘들었고, 아마도 지금은 더욱 그럴지도 모른다. 나의 비윤리적인 일인칭 화자들은 무엇보다 그들 스스로의 입으로 자기를 비난하도록 만든다. 나는 작가가 끼어들지 않는 편이 더 흥미롭다고 생각했다.

이 생각들을 써 내려가기 전에 표제작을 읽어보려고 내 서가에서 《첫 사랑 마지막 의식》 한 권을 꺼냈다. 한때 부모님 소유였던 책으로 1975년 4월 24일에 쓴 내 헌사가 들어 있었다(부모님들은 매우 자랑스러워했고, 약간은 공포스러워했다). 1974년 말에 원고를 수정한 이후로 이 단편을 읽은 일이 없을 것이다. 마침표 대신 남발한 쉼표의 사용(베케트

로부터 배운 듯한 기교)에 짜증을 느끼다가 문득 성인으로서의 내 삶—스물둘에서 거의 예순일곱에 이르는 기간을 아우르는 시간—속의 나와 마주했다.

굽도리널 뒤의 임신한 시궁쥐는 만들어낸 것이었다. 하지만 말수가 적은 아름다운 10대 소녀, 그녀의 시끄럽고 귀여운 남동생, 와해 직전에 처한 그들의 가족, 조그만 어촌과 실패한 뱀장어 사업은 모두 잠시나마 내 삶의 일부였던 것들이다. 책을 읽는 동안 나는 1971년의 한여름, 감조하천(感潮河川)의 진흙 냄새를 맡을 수 있었다. 이야기를 쓴 이후 흘러간 45년이 찰나에 불과했다. 영원히 지속되는 현재 시제를 사는 것, 그것이 바로 소설의 본성이 아니던가. 당신이 잊었다고 생각한 과거가 당신의 어깨 위에 앉아 기다리고 있는 것이다. 당신에게 인생은 참으로 한순간이며, 그러니 남은 인생을 잘 보내라고 기억시키기 위해.

2015년, 이언 매큐언

입체기하학

1875년 멜턴 모브레이의 한 '희귀 명품' 경매장에서 증조부는 그의 벗 M과 함께 1873년 호스멍거 형무소에서 숨진 캡틴 니컬스의 페니스 경매 입찰에 참가했다. 그날 밤 증조부가 일기장에 기록한 대로라면 긴 유리병에 담긴 30센티미터가량의 그 물건은 '보존 상태가 훌륭'했다. 같은 경매에 출품되었던 고(故) 레이디 배리모어의 은밀한 그곳은 '금화 50기니에 샘 이스라엘에게 돌아갔다'고 적혀 있다. 증조부는 그 둘을 한 쌍으로 구입하고 싶었지만 M이 만류했다. 이 일화는 친구였던 둘의 성격을 단적으로 보여준다. 쉽게 흥분하는 이론가인 나의 증조부와 입찰에 참가할 시점을 정확히 알고 있던 노련한 행동가 M. 증조부는 예순아홉까지 살았는데, 45년 동안 일과를 마치고 잠자리에 들기 전 일기장에 자신의 생각을 정리해두는 일을 거르지 않았다. 그 일기장이 지금 내 책상 위에 놓여 있다. 송아지 가죽으로 장정한 마흔다섯 권의 일기장. 그 왼편에는 캡틴 니컬스가 담긴 유리병이 놓여 있다. 증조부는 선친의 발명 특허에서 생기는 수입으로 먹고살았다. 특허 품목은 잠금 장치로, 1차 세계대전 발발 이전까지 코르셋 공장에서 애용됐다. 증조부는 잡담과 숫자와 이론을 사랑했다. 또한 담배와 좋은 포트와인, 삶은 토끼 요리를 좋아했고, 가끔이긴 하지만 아편도 즐겼다. 그는 직장을 가져본 적도, 책을 출판한 일도 없었지만 스스로를 수학자로 여겼다. 또 여행을 한 적도 없었고, 죽을 때조차 〈타임스〉지에 이름이 오르지 않았다. 1869년 그는 영국의 야생화에 대한 그다지 주목받지 못한 책의 공동 저자인 토비 섀드웰 목사의 외동딸 앨리스와 결혼했다. 증조부는 출중한 일기문의 서술자였다. 나의 편집을 거쳐 책으로 출간되면 반드시 그에 합당한 관심을 얻게 될 것이다. 나는 이 작업을 끝내면 긴 휴가를 내서 어디든 춥고 깨끗하고 나무가 없는 곳, 아이슬란드나 러시아의 스텝 지대 같은 곳으로 가려고 한다. 전엔 일을 마치면 아내 메이지와 이혼해야겠다고 생각했는데, 이젠 그럴 필요가 없어졌다.

메이지는 자면서 자주 비명을 질러 내가 깨워줘야 했다.

"팔베개해줘." 깨어나면 그녀는 말했다. "끔찍한 꿈이었어. 전에도 같은 꿈을 꾼 적이 있어. 비행기를 타고 사막 위를 날고 있었어. 근데 진짜 사막은 아니고, 비행기를 타고 낮게 날아가다보면 벌거벗은 아기들이 단체로 수천 명씩 서로 밀치며 지평선을 향해 기어가는 거야. 난 연료가 떨어져 착륙을 해야 하는데, 착륙할 장소를 찾지 못해 계속 날아갔어. 활주로를 찾으려고……"

"이제 그만 자." 내가 하품을 하며 말했다. "꿈인데 뭘."

"싫어." 그녀가 소리를 질렀다. "지금 잠들면 안 돼. 지금은 안 된다고."

"난 자야겠어. 내일 아침에 일찍 일어나야 해."

그녀가 내 어깨를 흔들었다. "지금은 잠들지 말아줘, 응? 나만 혼자 두지 말란 말이야."

"나 여기 누워 있잖아. 누가 혼자 뒀다고 그래."

"그래도 나 혼자 깨어 있잖아……" 하지만 내 눈은 어느새 스르르 감기고 있었다.

요즘 나는 증조부의 습관을 이어가고 있다. 잠자리에 들기 전 반 시간쯤 책상 앞에 앉아 하루 일과를 돌이켜보는 것이다. 내겐 적어둘 만한 기발한 수학적 착상이나 성 이론 같은 건 없다. 내가 기록하는 것은 대부분 메이지가 내게 했던 말과 내가 메이지에게 한 말이다. 어떤 때는 완벽한 프라이버시를 위해 욕실에 들어가, 변기 뚜껑에 앉아 노트를 무릎 위에 펼쳐놓고 쓴다. 그곳에는 나를 제외하면 가끔씩 나타나는 거미 한두 마리가 전부다. 거미는 배수관을 타고 기어 올라와 눈부시게 흰 욕조에 꼼짝 않고 웅크리고 있다. 무슨 영문인가 하겠지. 거미는 그렇게 한 시간쯤 머물다가 어리둥절해하거나 실망해서 사라진다. 아무 일도 일어나지 않으니까. 내가 아는 한 증조부는 거미에 대해 딱 한 번 언급했다. 1906년 5월 8일, '비스마르크는 거미*다.'

오후가 되면 메이지는 차를 가져와 악몽 얘기를 펼치곤 했다. 그럴 때면 나는 옛날 신문을 뒤적이고 색인을 만들거나 항목을 분류하며 이 일기장, 저 일기장을 집었다 놓았다 했다. 메이지는 요즘 정말 힘들다고 했다. 요즘 그녀는 집에 틀어박혀 온종일 심리학과 심령학에 대한 책을 뒤적였고 거의 매일 밤 악몽에 시달렸다. 우리가 서로를 때리기 시작하고, 욕실 밖에서 같은 신발을 들고 서로를 기습하려고 잠복하면서부터 난 그녀에게 별로 측은한 마음이 들지 않았다. 우리의 문제 중 하나는 그녀의 질투였다. 그녀는 질투가 심했다. 마흔다섯 권에 이르는 증조부의 일기장과 그것들을 편집하려는 나의 열정과 에너지에 대한 질투. 반면 그녀는 아무 일

---

* 거미에는 '남을 계략에 몰아넣는 악인'이라는 뜻이 있다.

도 하지 않았다. 메이지가 차를 가지고 들어왔을 때 나는 일기장 한 권을 옆으로 치우고 다른 것을 집어 드는 중이었다.

"꿈 얘기 들어볼래?" 그녀가 말했다. "나 다시 그 비행기를 타고 사막 같은 곳을……"

"나중에, 메이지. 지금 바빠." 그녀가 나간 후 나는 책상 앞 벽을 바라보며 M을 생각했다. M은 정기적으로 증조부를 방문해 함께 저녁을 들며 담소를 나눴다. 1898년 어느 저녁, 돌연 알 수 없는 이유로 일기장에서 사라지기 전까지는. M이 어떤 사람이었건 간에 적어도 그는 학자였고 결단력을 갖춘 행동가였을 것이다. 예를 들어 두 사람은 1870년 8월 9일 체위에 대해 얘기를 나누는데, M은 증조부에게 클리토리스의 위치를 봐도 그렇고 다른 유인원들도 가장 애용하는 방법임을 보면 후배위가 가장 자연스러운 성교 형태라고 말한다. 살아생전 불과 대여섯 번, 그것도 앨리스와의 신혼 첫해에 나눈 성교가 전부였을 나의 증조부는 이 체위에 대한 교회의 견해를 궁금해했다. M은 이 질문에 곧바로 7세기 신학자 시어도어는 후배위를 자위행위에 버금가는 죄로, 즉 고해성사 40번급의 죄로 간주했다고 말해주었다. 그날 저녁 내내 증조부는 모든 체위의 가짓수가 소수인 17을 넘지 못한다는 수학적 증거를 도출하는 데 시간을 보냈다. M은 은근히 비아냥거리며 자신은 라파엘로의 제자 로마노의 화집을 본 적이 있는데, 거기 보면 스물네 가지 체위가 있다고 했다. 그리고 F. K. 포버그라는 사람은 아흔 가지 체위가 있다고 하더라는 말도 덧붙였다. 그제야 나는 메이지가 팔꿈치 근처에 두고 간 차에 생각이 미쳤다. 차는 차갑게 식어 있었다.

우리 부부 사이가 무너지기 시작한 결정적 사건은 이렇게 일어났다. 어느 날 저녁 나는 욕실에 앉아 메이지가 들려준 타로 카드에 대한 대화를 기록하고 있었다. 그때 문밖에서 그녀가 느닷없이 문을 두드리며 손잡이를 덜컹거렸다.

"문 열어." 그녀가 외쳤다. "들어갈래."

"조금만 기다려. 다 돼가." 내가 말했다.

"지금 당장 열란 말이야. 화장실도 쓰지 않으면서."

"기다려." 나는 대꾸하며 다시 한두 줄을 더 썼다. 메이지는 그새 발로 문을 차고 있었다.

"막 생리가 시작됐단 말이야. 꺼낼 게 있다고." 나는 그녀가 소리 지르는 것에 아랑곳 않고 특별히 중요하다고 여기는 문장을 마무리했다. 나중으로 미루면 잊어버리는 부분이 생긴다. 메이지의 소리가 더 이상 들리지 않아 나는 그녀가 침실에 있으려니 했다. 그러나 욕실 문을 열자 그녀가 한 손에 신발을 들고 내 앞을 가로막고 있었다. 그녀가 구두 굽으로 내 머리를 잽싸게 내리쳤다. 나는 가까스로 머리를 옆으로 피했다. 굽이 귀 언저리를 스치며 깊은 상처를 남겼다.

"잘됐네." 메이지가 나를 지나쳐 욕실로 들어가며 말했다. "이제 둘 다 피를 흘리니까." 문이 쾅 하고 닫혔다. 나는 귓가에 흐르는 피를 티슈로 눌러 닦으며 구두를 주워 들고 욕실 앞에서 끈기 있게 기다렸다. 메이지는 10분쯤 욕실에 있었다. 그녀가 나오는 순간 나는 그녀를 한 번에 잡아채, 정수리에 정통으로 일격을 가했다. 피할 틈도 주지 않았다. 그녀는 순간 꼼짝 못하고 내 눈만 쏘아보았다.

"버러지 같은 인간." 그녀가 참았던 숨을 토했다. 그리고 머리에 난 상처를 치료하러 주방으로 내려갔다.

어제 저녁 식사 때 메이지는 타로 카드만 갖고 독방에 갇혀 있던 한 남자가 모르는 게 없더라고 주장했다. 그 오후에 그녀가 펼쳐놓은 카드가 아직도 바닥에 흐트러져 있었다.

"그 사람이 카드로 발파라이소 지도라도 만들 수 있다는 거야?" 내가 물었다.

"바보 같은 소리." 그녀가 말했다.

"어떤 식으로 세탁 사업을 시작하는 게 좋을지, 오믈렛은 어떻게 만들어야 제일 맛있는지 카드가 알려줄 수 있대? 아니면 인공 신장 만드는 법이라도 가르쳐줄 수 있대?"

"당신은 너무 편협해." 그녀는 한숨을 쉬었다. "융통성이라 곤 눈곱만큼도 없어. 당신 입에서 나오는 말은 항상 뻔하지."

"그 사람은 M이 누군지 가르쳐줄 수 있대? 혹은 왜……" 나는 계속 밀어붙였다.

"집어치워. 그런 걸 알아서 뭐 해." 그녀가 소리쳤다.

"모르는 게 없다고 하니까. 그 사람이 그런 것도 다 알아낸 다는 것 아니었어?"

그녀는 잠시 머뭇거렸다. "그래, 그럴 거야."

나는 웃으면서 아무 말도 하지 않았다.

"뭐가 우스워?" 그녀가 말했다. 내가 어깨를 으쓱해 보이자 그녀는 화를 내기 시작했다. 뻔한 싸움을 시작할 태세였다. "도대체 그런 말도 안 되는 질문만 하는 이유가 뭐야?"

나는 다시 어깨를 으쓱해 보였다. "당신이 다 알 거라기에 정말 그런가 해서."

메이지는 식탁을 쿵 내리치며 소리를 질렀다. "빌어먹을! 왜 가만있는 사람을 자꾸 건드리는 거야? 왜 늘 그런 겉도는 소리만 하느냐고." 그 말과 동시에 우리의 대화는 위험 수위 를 넘어섰고 씁쓸한 침묵이 시작됐다.

M을 둘러싼 비밀이 풀리지 않는 한, 일기에 관한 일은 더 이상 진전될 수 없다. 15년 동안 꾸준히 증조부 댁에서 저녁

식사를 함께하며 상당량의 연구 자료를 제공해주던 M이 어느 날 일기장에서 사라졌다. 12월 6일 화요일, 증조부는 그를 그 주 토요일 저녁 식사에 초대했다. 그리고 그날 M이 동석했는데도 증조부는 일기에 단지 'M과 저녁 식사'라고만 썼다. 이전엔 M과 함께 식사한 날이면 둘이 나눈 대화를 상세히 기록했었다. 예를 들면 12월 5일 월요일, M과 증조부는 만찬 때 기하학에 대한 이야기를 나누었고, 이후 며칠 동안 일기장은 온통 기하학이라는 주제로 도배됐다. 둘 사이에 불화의 조짐은 전혀 없었다. 어쨌든 증조부에게는 M이 필요했다. M은 그에게 연구 자료를 제공했고, 세상 돌아가는 사정에 밝았으며, 런던을 두루 꿰고 있었고, 유럽 대륙도 수차례 드나들었다. 사회주의와 다윈에 대해서라면 모르는 게 없었고, 자유연애운동의 주도자 제임스 힌턴의 친구와도 안면이 있었다. 멜턴 모브레이를 떠나본 일이라곤 딱 한 번 노팅엄을 다녀온 것이 전부인 나의 증조부와 달리 M은 세상을 자유롭게 돌아다녔다. 증조부는 청년 시절에조차 난롯가에 앉아 이론 세우는 걸 더 좋아한 양반이었다. 그에게는 M이 제공하는 자료들이 절실했다. 예를 들어 1884년 6월 어느 저녁, 런던에서 막 돌아온 M이 증조부에게 런던 시내 도로가 말똥으로 뒤덮여 정체되고 더러웠다는 얘기를 들려주었다. 같은 주, 증조부는 맬서스가 집필한 《인구론》을 읽었고, 그날 밤 일기장에 격앙된 어조로 팸플릿을 만들어야겠다는 기록을 남겼다. 제목은 '데 스테르코레 에쿠오룸.' 팸플릿은 인쇄된 적도, 아마 작성된 적도 없는 것 같지만 그 후 2주 동안 그는 그에 대한 세부 사항을 기록해두었다. '데 스테르코레 에쿠오룸(말똥에 관하여)'에서 그는 말의 수가 기하급수적으로 증가한다는 가정하에 상세한 도로 지도를 바탕으로 1935년이 되면 대도시의 교통이 마비될 수밖에 없으리라는 결론을 도출했다. 도시 교통이 마비된다는 얘기인즉 주요 도로 위에 쌓일 압착된 말똥의 두께가 평균 30센티미터에 이르리라는 것이었다. 이와 관련해 그는 말똥의 압축 가능 한도를 찾기 위한 실험을 자택 마구간 앞에서 시행했으며 이를 수학 공식으로 표시해두었다. 이 모든 것은 당연히 순수한 이론이었다. 그의 연구 결과는 향후 50년 동안 단 한 번도 말똥을 퍼내지 않는다는 가정하에 도달한 것이었다. M은 증조부에게 이 연구를 중지하라고 권고했을 가능성이 높다.

어느 날 아침, 메이지의 악몽 덕분에 긴 밤을 보낸 나는 그녀와 나란히 침대에 누워 말했다.

"대체 당신이 진짜 하고 싶은 게 뭐야? 왜 다시 일하지 않는 거야? 기나긴 산책, 오만 가지 분석, 종일 집구석에 틀어박혀 있기, 오전 내내 침대에서 뒹굴기, 타로 카드, 악몽……
대체 원하는 게 뭔데?"

"생각 좀 정리하려고." 그녀는 늘 하던 대답을 되풀이했다.

"당신 머릿속, 당신 마음, 그건 호텔 주방 같은 게 아니야.
모르겠어? 오래된 통조림 깡통을 버리듯 내던질 수 없다고.
그건 어떤 장소라기보다 강 같은 것에 더 가까워. 움직이며
쉴 새 없이 변하는 강더러 똑바로 흐르라고 강요할 수는 없
잖아."

"그 얘긴 그만해." 그녀가 말했다. "강더러 똑바로 흐르라
고 강요할 맘 없어. 단지 복잡한 머릿속을 좀 정리하고 싶을
뿐이야."

"뭔가 해야지." 내가 그녀에게 말했다. "아무 일도 하지 않
고 어쩌려고. 왜 일을 다시 안 해? 일할 적에는 악몽도 꾸지
않았잖아. 일할 때는 이렇게 불행해하지 않았어."

"난 그 모든 것에서 좀 벗어날 필요가 있어. 그게 다 무슨
의미인지 모르겠어." 그녀가 말했다.

"유행이겠지. 모든 게 다 유행이야. 유행하는 메타포, 유행
하는 강의, 유행하는 독서, 유행하는 병, 예를 들어, 융이 당
신과 무슨 상관이야? 한 달에 겨우 열두 페이지 읽으면서."
내가 말했다.

"그만둬." 그녀가 부탁했다. "당신도 알잖아, 이런다고 뭐가 되는 게 아니라는 거."

그러나 나는 계속했다.

"당신은 어차피 뭐가 돼본 적도 없어. 여태 제대로 해놓은 게 아무것도 없다고. 어린 시절 그 흔한 고생 한번 안 했잖아. 당신의 센티멘털한 불교, 그 싸구려 신비주의, 향 테라피, 잡지에나 나오는 점성술…… 그중 당신 것은 하나도 없어. 당신 스스로 만들어낸 게 없다고. 당신은 실족했어. 그 잘난 직관의 늪에 발이 빠진 거라고. 당신은 자신의 불행을 넘어 뭔가를 진지하게 인식하려는 열정도, 독창성도 없는 사람이야. 왜 당신 영혼을 다른 사람들의 케케묵은 진부함으로 채우고 악몽에 시달리는 거야?" 나는 침대에서 일어나 커튼을 젖히고 옷을 입기 시작했다.

"소설 강의 시간이 따로 없네." 메이지가 말했다. "당신은 왜 자꾸 날 더 힘들게 해?" 그녀는 울컥 솟는 자기 연민을 억눌렀다. "당신이 말하면…… 알아? 내가 꼭 종이처럼 구겨지는 것 같아."

"소설 강의 시간이 맞나보군." 내가 침울하게 말했다. 메이지는 침대에 앉아 구부린 무릎을 내려다보았다. 갑자기 그녀는 어조를 바꾸고 옆에 놓인 베개를 톡톡 두드리며 부드럽게 말했다.

"이리 와봐. 이리 와서 좀 앉아봐. 당신을 만지고 싶어. 당신도 그래줘……" 하지만 나는 한숨을 내쉬며 부엌으로 발걸음을 옮겼다.

부엌에서 나는 커피를 만들어 서재로 가지고 갔다. 잠을 설친 지난밤, 문득 M의 행방불명을 둘러싼 비밀을 풀 단서를 찾을 수 있을 것 같다는 생각이 들었다. 일기장의 기하학에 대한 서술 부분에서 말이다. 수학에 관심이 없어 그 부분은 계속해서 미루던 중이었다. 1898년 12월 5일 월요일, M과 증조부는 유클리드 제1공리의 주제이자 여러 고대 사원 설계에 근원적인 영향을 미친 베시카 피시스*를 두고 토론을 벌였다. 나는 대화의 기록을 꼼꼼히 읽으며 내 능력껏 그 기하학적 상관관계를 이해하기 위해 애썼다. 다음 장을 넘기자, 그날 저녁 식사 후 커피가 나오고 시가에 불이 당겨질 즈음 M이 증조부에게 들려준 긴 일화가 적혀 있었다. 그 부분을 읽기 시작했을 때 메이지가 방으로 들어왔다.

"그러는 당신은?" 그녀는 우리의 싸움이 한 시간 동안 중지된 적이 없었던 양 말했다. "당신은 책만 들여다보고 있잖아. 당신

---

* 반지름이 같은 두 원을 반지름 길이만큼 겹쳤을 때 생기는 도형을 말하며 기독교 건축에서 자주 발견된다.

이야말로 과거 위에서 기어 다니는 똥 무더기의 파리 같아."

나는 물론 화가 났지만 웃으며 경쾌하게 말했다. "기어 다닌다고? 뭐, 어쨌든 난 움직이기는 하지."

"당신은 나와 더 이상 말도 안 해. 핀볼 기계에서 점수 따듯 나를 가지고 놀 뿐이지."

"햄릿 납셨네." 나는 이렇게 대꾸하고 소파에 앉아 차분히 그녀의 다음 반응을 기다렸다. 그러나 그녀는 아무 말 없이 조용히 문을 닫고 돌아섰다.

'1870년 9월', M이 증조부에게 들려준 일화는 이렇게 시작된다.

1870년 9월, 입체기하학에 대한 우리의 기본 지식을 무효화할 뿐 아니라, 기존의 물리학 법칙 전체를 뒤흔들고 자연 체계 속에서 인간의 위치를 재정의하게 만드는 논문이 내 수중에 들어왔네. 그 연구 자료는 아마 마르크스와 다윈을 합친 것보다 더 중요할 거야. 논문의 저술자는 스코틀랜드 수학자 데이비드 헌터라고 하네. 내게 그 논문을 맡긴 사람은 젊은 미국 수학자로, 이름은 굿맨이라네. 그 부친 되는 사람과 나는 월경 주기에 관한 연구 때문에 오랫동안 교유해왔지. 이상하게 우리나라에서는 그걸 여전히 너도나도 부정적으로만 보고 있지만. 아무튼 난 젊은 굿맨을 빈에서 알게 됐네. 그는 거기서 헌터를 비롯한 세계 각국에서 온 수학자들과 함께 수학 관련 국제 세미나에 참가 중이었지. 나를 만났을 때 굿맨은 창백했고 혼이 나간 사람 같았어. 국제 세미나 일정이 반도 안 끝났는데 다음 날 바로 미국으로 돌아갈 계획이라고 하더군. 그는 데이비드 헌터의 행방을 알게 되면 전해달라며 내게 종이 뭉치를 맡겼네. 그리고 나의 끈질긴 설득 끝에 세미나 사흘째 되던 날 그의 눈앞에서 벌어진 일에 대해 털어놓았지. 세미나는 매일 아침 아홉시 반에 열렸어. 연구 발표가 있고 나면 토론이 뒤따랐지. 열한시에 간식이 들어오면 수학자들은 그동안 함께 둘러앉아 있던 번들번들 윤나는 긴 탁자에서 물러나 크고 우아한 세미나장을 오가며 동료들과 허물없이 의견을 나누곤 했다네. 2주 동안 진행되는 세미나에선 관례대로 명망 높은 수학자가 먼저 연구 성과를 발표하고, 그다음엔 좀 덜 유명한 수학자가, 그렇게 유명세를 따라 뒤를 이었어. 말하자면 2주간 위계 순으로 발표가 진행되는 거지. 내로라하는 똑똑한 사람들만 모인 곳에서는 피할 수 없는 일이겠지만, 곧잘 팽팽한 자존심 대결이 일어난다네. 헌터는 뛰어난 수학자였지만, 아직 젊은 데다 그가 몸담고 있는 에든버러 대학을 벗어나면 무명이나 다름없었어. 입체기하학에 관한 획기적인 논문이라며 연설을 청했지만 이 고고한 수학의 신전에서 그는 아직 미미한 존재에 불과했기에 학회가 끝나기 바로 전날로 시간을 배정받았다네. 그때쯤이면 주요 인사들은 벌써 자기 나라로 돌아간 후일 테지. 그래서 사흘째 되던 날 아침, 진행 요원들이 간식을 들여왔을 때 헌터는 벌떡 일어나 자리를 뜨려는 동료들을 향해 말했다네. 그 사람, 몸집이 큰 털북숭이 사내였다고 해. 아무튼 나이는 젊지만 웅성거림을 단박에 쥐 죽은 듯한 고요로 바꿔놓을 만한 당당함이 있었나보더군.

헌터가 말했어. "여러분, 이런 식으로 격식에 어긋나게 말을 꺼내는 점 용서하시기 바랍니다. 하지만 저는 여러분께 더없이 중요한 말씀을 드리고자 합니다. 저는 표면이 없는 평면을 발견했습니다." 조소와 너털웃음 속에서 헌터가 커다란 흰 종이를 탁자 위로 들어 올렸어. 그러고는 휴대용 칼을 꺼내 중앙에서 약간 비껴난 종이 표면을 7센티 정도 길이로 쓱 그었어. 그리고 종이를 여러 차례 빠르고 복잡하게 접어 모두가 볼 수 있도록 들어 올렸다더군. 그러자 종이의 한 끝이 틈새로 빨려들어가는 듯싶더니 그대로 사라지더라는 게 아닌가.

헌터가 좌중에게 빈손을 보이며 말했다네. "보셨죠? 표면이 없는 평면입니다."

메이지가 서재로 들어왔다. 막 씻었는지 희미한 비누 향이 풍겼다. 그녀가 의자 뒤에 서서 내 어깨에 손을 얹었다.

"뭐 읽어?" 그녀가 말했다.

"일기장에서 아직 못 읽은 곳 몇 군데." 그녀가 부드럽게 내 목 언저리를 마사지하기 시작했다. 결혼 첫해였다면 이런 애무가 더없이 편했을 것이다. 그러나 우리는 결혼 6년차였고, 이런 식의 마사지는 오히려 척추를 관통하는 긴장감만 불러왔다. 메이지는 뭔가 원하는 게 있었다. 그녀를 멈추려고 나는 오른손을 그녀의 왼손 위에 올려놓았다. 그녀는 그것을 화해의 표시로 잘못 이해하고 몸을 굽혀 귀 밑에 입을 맞추었다. 숨결에서 치약과 토스트 냄새가 풍겼다. 그녀가 내 어깨를 당겼다.

"침대로 가." 그녀가 속삭였다. "사랑을 나눈 지 벌써 2주도 넘은 것 같아."

"알지." 내가 대답했다. "당신도 알잖아, 그게…… 그러니까 내 일이 어떤지." 나는 메이지에게도, 그 어떤 여자에게도 욕구를 느끼지 않았다. 내가 원하는 건 오로지 증조부가 쓴 일기장의 다음 장을 넘기는 것뿐이었다. 메이지가 어깨에 올렸던 손을 내리고 내 옆에 섰다. 그녀의 침묵 속에 돌연 오싹한 잔인함이 서렸다. 그녀는 팔을 뻗어 캡틴 니컬스가 들어 있는 밀폐된 유리병을 집었다. 그녀가 들어 올리자 페니스는 꿈결처럼 느릿하게 유리병 끝에서 끝으로 이동했다.

"당신은 당신밖에 몰라." 유리병을 책상 앞 벽으로 내동댕이치기 직전 메이지는 새된 비명을 질렀다. 나는 유리 파편에 맞을까봐 본능적으로 얼굴을 손으로 감쌌다. 눈을 떴을 때 나는 이렇게 말하고 있었다.

"왜 그랬어? 그건 증조할아버지 건데." 점차 퍼지기 시작하는 포름알데히드 냄새와 유리 파편 한가운데서, 가죽으로 장정한 일기장 위에 축 늘어진 잿빛 캡틴 니컬스는 무기력하면서도 위협적으로 보였다. 그것은 희귀 명품에서 끔찍한 외설물로 탈바꿈해 있었다.

"당신 지금 무슨 짓을 한 줄이나 알아? 대체 왜 그랬어?" 내가 다시 소리쳤다.

"산책 다녀올게." 메이지는 방을 나가며 요란하게 문을 닫았다.

나는 한참 동안 의자에서 움직이지 않았다. 메이지는 내 소중한 물건을 망가뜨렸다. 그것은 증조부 생전에 늘 그의 서재를 지켰고, 이후에는 나의 서재에서 그렇게 나와 증조부의 삶을 이어줬다. 나는 무릎에 튄 유리 조각을 치우고 책상 위에 널브러진 160년 된 다른 인간의 일부를 응시했다. 나는 그것을 바라보며 그 길이를 따라 꿈틀거리며 통과했을 수많은 정자를 생각했다. 그것이 여행했을 모든 곳, 케이프타운, 보스턴, 예루살렘…… 캡틴 니컬스의 어둡고 냄새 나는 가죽 바지 속에 갇혀 있다가 혼잡한 공공장소에서 소변을 쏟아낼 때나 눈부신 한낮의 태양 아래 불쑥 고개를 내밀었겠지. 나는 그것이 스쳐갔을 모든 것에 대해서도 생각했다. 바다에서의 외롭고 속절없는 밤에 캡틴 니컬스의 손이 더듬었던, 앳된 소녀들과 늙은 창녀들의 축축한 음부의 벽들, 여전히 존재하며, 미세한 먼지가 되어 치프사이드에서 레스터셔까지 불어오는, 그녀들의 분자들에 대해. 누가 알랴, 그것이 유리병 속에서 얼마나 더 버텼을지. 나는 청소를 시작했다. 부엌에서 쓰레기통을 가져오고 비질을 해서 찾아낼 수 있는 유리 조각을 전부 모아 치운 후 포름알데히드를 닦아냈다. 그리고 캡틴 니컬스를 끄트머리만 잡아 신문지 위에 올려놓았다. 음경의 표피가 손가락 사이에서 물컹거리자 금방이라도 토할 것 같았다. 눈을 감고 그것을 조심스레 신문지에 마는 데 성공했고, 정원으로 가져가 제라늄 밑에 묻었다. 나는 줄곧 나를 사로잡고 있는 메이지에 대한 분노를 억눌러야 했다. 나는 M의 이야기를 계속 읽고 싶었다. 다시 의자에 앉아 잉크를 번지게 한 포름알데히드 몇 방울을 털어내고 계속해서 일기를 읽었다.

장내는 일순 찬물을 끼얹은 듯 조용해졌다네. 그리고 그 고요는 갈수록 더 굳어갔어. 처음 말문을 연 사람은 케임브리지 대학의 스탠리 로즈 박사였다더군. 헌터의 표면 없는 평면 이론으로 가장 타격을 받게 될 사람이 그였고, 그의 어마어마한 명성은 '입체기하학 공식'에서 시작된 것이니까.

"여기가 어디라고. 감히 그런 싸구려 속임수로 이 회의의 품격을 떨어뜨리려 하다니!" 동조하는 분위기를 확인하고 그는 덧붙였어. "창피한 줄 아시오, 젊은이. 뼛속부터 반성하란 말입니다." 순간 장내는 화산이 폭발한 듯했다네. 젊은 굿맨과 아직도 간식을 들고 서 있는 하인들만 빼고 회의실 전체가 이구동성으로 헌터에게 비난과 비방, 협박이 뒤죽박죽 섞인 알아듣지도 못할 욕설을 마구 퍼부었다더군. 화가 나서 탁자를 쿵쿵 쳐대는 이들도 있었고 주먹을 휘두르는 사람들도 있었다고 해. 독일에서 온 소심한 학자 하나는 가슴을 부여잡고 바닥에 쓰러져 사람들의 부축을 받고 자리에 앉았다네. 헌터는 긴 탁자에 가볍게 손가락을 얹고 고개를 약간 기울인 채 미동도 않고 서 있었다더군. 한낱 속임수에 따른 반응이라고 하기에는 좌중의 동요가 너무 심했다고 봐야겠지. 헌터는 흡족할 따름이었네. 그가 손을 들자 좌중은 갑자기 침묵했어.

"여러분, 여러분이 이런 반응을 보이는 건 당연합니다. 그래서 제가 다른 증거를 보여드리려고 합니다. 움직일 수 없는 확실한 증거를 말이죠." 그는 말을 마친 후 의자에 앉아 신발을 벗고, 다시 일어나 재킷을 벗었어. 자진해서 도와줄 사람이 있느냐는 물음에 굿맨이 나섰고. 헌터는 사람들 틈을 뚫고 한쪽 벽 앞에 놓여 있는 소파로 걸어갔다더군. 그는 소파에 앉으며 어리둥절해하는 굿맨에게 말했다네. 귀국할 때 자기 연구 자료를 영국으로 가져가 거기서 보관해달라고. 그가, 그러니까 헌터가 되찾으러 올 때까지 말이네. 수학자들이 소파 주위로 모여들자 헌터는 엎드린 자세로 팔을 등 뒤에서 깍지 끼더니, 그렇게 기괴한 자세를 취한 채 팔로 원을 만들었어. 그는 굿맨에게 자기 팔을 그 상태로 꼭 잡아달라고 부탁하고는 몸을 옆으로 뉘었다네. 그러곤 다시 그 상태에서 몸을 마구 움직이더니 발 하나를 팔의 원 안으로 들이밀었다더군. 그는 조수에게 자기를 다른 방향으로 돌려달라고 지시하고 또다시 같은 동작을 반복하더니 다른 쪽 발도 팔의 원 안으로 집어넣는 데 성공했다네. 그러면서 동시에 그는 몸통을 젖혀 발의 반대쪽 방향의 원 속에 머리를 집어넣었어. 그러곤 조수의 도움을 받아 다리와 머리가 서로 엇갈려 지나치도록 팔로 만든 원 속으로 밀어 넣기 시작했다네. 그때 저명인사들 사이에서 한결같이 못 믿겠다는 듯한 탄식이 새어나왔어. 헌터가 사라지고 있었거든. 다리와 머리가 미끄러지듯 점점 빨리 그의 팔 속으로 빨려 들어가더라는군. 보이지 않는 힘에 이끌리듯 그는 거의 모습을 감춰가고 있었던 거지. 그리고…… 그는 사라졌다네. 완전히. 무엇 하나 남기지 않고.

M의 얘기는 증조부를 전에 없는 흥분의 도가니로 몰아넣었다. 그날 밤 그의 일기에는 '새벽 두시였지만 나는 나의 손님에게 당장 그 자료를 가져와달라고 졸랐다'고 적혀 있었다. 그러나 정작 M은 그 모든 일을 미심쩍어하는 입장이었다. 그가 증조부에게 말했다. "미국 사람들이란 종종 허황된 얘기에 혹하곤 하니까." 그래도 그는 날이 밝으면 그 자료를 가져오겠노라고 약속했다. 그날 저녁 M은 선약이 있어 증조부와 함께 저녁 식사를 하지는 못한 것 같다. 그러나 늦은 오후 자료를 들고 증조부에게 들렀다. 집을 떠나기 전 그가 증조부에게 말했다. 여러 번 검토해봤지만 '쓸 만한 것을 건지지는 못했다'고. 그때까지만 해도 그가 얼마나 증조부를 아마추어 수학자로 폄하하고 있었는지 그 자신조차 알지 못했던 것이다. 서재 벽난로 앞에서 셰리주를 마시며 그들은 주말인 토

요일에 다시 만나 저녁을 들자고 약속했다. 다음 3일간 증조부는 식음을 전폐하고 밤낮으로 헌터의 이론에 매달렸다. 일기장에 다른 것은 일절 언급하지 않았다. 노트는 곳곳이 갈겨쓴 글씨와 도표와 기호로 뒤덮여 있었다. 헌터는 자기 생각을 표현하기 위해 일련의 새로운 기호, 사실상 새로운 언어를 고안해낸 듯하다. 이틀이 지나갈 무렵 증조부는 첫 타개책을 찾았다. 수학과 관련된 낙서로 가득한 어느 페이지의 맨 아래쪽에 이런 메모가 있었다. '차원은 의식의 함수이다.' 그다음 날의 기록을 넘기다가 나는 이런 글을 읽었다. '내 손 안에서 사라졌다.' 그는 표면이 없는 평면을 재현해낸 것이다. 바로 내 눈앞에 지시 사항들, 단계별로 종이를 접는 방법이 펼쳐져 있었다. 계속해서 일기장을 넘기다보니 어느새 행방불명된 M의 비밀이 벗겨졌다. 그는 분명히 증조부에게 떠밀려 아마도 강한 의구심을 품은 채 그날 저녁 이 과학적 실험에 동참했을 것이다. 왜냐하면 증조부가 언뜻 요가 자세처럼 보이는 일련의 작은 스케치들을 그려놨기 때문이다. 그것은 의심할 바 없이 헌터를 사라지게 한 행위의 비밀을 푸는 열쇠였다.

책상 위에 자리를 마련하는 동안 손이 떨렸다. 나는 타자용지 중 깨끗한 것을 골라 책상 위에 놓고 욕실에서 면도날을 가져왔다. 서랍을 뒤져 오래된 컴퍼스를 찾아내고, 연필을 깎아 끼웠다. 나는 집 안을 샅샅이 뒤져 언젠가 집에 창유리를 해넣을 때 사용했던 정밀한 철자를 찾았다. 준비가 끝났다. 우선 종이를 정확한 크기로 만들어야 했다. 헌터가 아무렇지 않게 탁자 위에서 들어 올린 그 종이는 사전에 세심하게 준비해놓은 종이였을 것이다. 각 변들의 길이는 비례가 정해져 있었다. 컴퍼스로 종이의 중심을 찾은 후, 중심점을 지나 종이의 한 변과 평행이 되게 종이 가장자리까지 선을 그었다. 그다음, 네 변의 길이와 특정한 비례를 이루는 직사각형을 그렸다. 직사각형의 중심은 꼭 황금비로 분할한 것처럼 그 선 위에 있다. 직사각형의 윗변에서부터 서로 교차하도록 원호(圓弧)를 그려 넣었다. 이 원의 반지름도 정해진 비례를 갖는다. 이 과정을 직사각형 아랫변에도 반복했다. 그렇게 해서 생긴 두 교점을 잇자 절개선이 생겨났다. 그런 다음 나는 접지선 작업을 시작했다. 각각의 선은 그 길이와 경사각과 다른 선과의 교차점으로 신비롭고 내적인 수의 조화를 표현하는 것 같았다. 호를 교차시키고 선을 긋고 접은 선대로 모양을 만들어나가면서, 나는 마치 눈먼 장님이 어떤 분야의 가장 수준 높고 경이로운 시스템을 다루는 기분에 빠졌다. 말하자면 절대수학 같은. 접기를 끝내자 종이는 한가운데 절개선을 둘러싸고 세 개의 동심원이 달린 기하학적 꽃 모양이 되었다. 이 꽃은 어딘지 평화로운 여유와 완성미를 지닌 아득한 무아경의 세계처럼, 거부할 수 없는 매력을 담고 있었다. 꽃을 바라보면 최면에 빠지는 듯했고 영혼이 맑아지며 무의식의 상태로 접어드는 느낌이었다. 나는 고개를 저으며 시선을 돌렸다. 이제 꽃을 다시 꽃 안으로 접어 넣어 절개선 안으로 당겨줄 차례였다. 조심스러운 작업이 필요한 순간, 손이 다시 떨려왔다. 하지만 완성한 작품의 중앙을 바라보며 마음을 가다듬었다. 엄지손가락으로 종이꽃의 가장자리를 중앙으로 밀어 넣을 때 뒤통수 전체가 마비되는 느낌이 들었다. 좀 더 세게 누르자 순간 종이의 흰색이 더욱 희게 도드라지다가 사라지기 시작하는 듯했다. 내가 이렇게 '듯했다'고 얘기하는 이유는 손으로 느끼면서도 보지 못하는 것인지, 아니면 보면서도 느끼지 못하는 것인지, 그도 아니면 영상만 남기고 사라졌는데도 여전히 느낌이 남아 있는 것인지 확실히 알 수 없었기 때문이다. 마비감이 머리 전체와 어깨로 번져갔다. 내 오감은 눈앞에 벌어진 사건을 감지할 능력을 잃은 듯했다. '차원은 의식의 함수이다.' 나는 생각했다. 두 손을 모았다. 맞잡은 두 손 안에는 아무것도 없었다. 다시 손을 폈을 때 아무것도 보이지 않자 나는 꽃이 흔적 없이 사라졌다는 것을 믿을 수 없었다. 꽃의 인상, 잔상이 망막이 아닌 영혼에 남아 있었다. 바로 그 순간 문이 열리며 메이지가 말했다.

"뭐 해?"

꿈에서 깨어난 듯 나는 방으로, 희미한 포름알데히드 냄새 속으로 되돌아왔다. 캡틴 니컬스의 일은 이미 까마득하게 느껴졌지만 그 냄새는 새삼스레 나의 분노를 일깨웠고 방금 전처럼 다시 나를 마비시키는 듯했다. 메이지는 두꺼운 외투에 울 목도리까지 감고 문가에 어정쩡하게 서 있었다. 그녀는 너무 멀리 떨어져 있는 것처럼 보였다. 우리 부부 생활에서 느껴온 예의 넌더리 나는 권태감이 분노와 섞였다. 대체 왜 유리병을 깬 거지? 사랑에 목말라서? 성기를 원해서? 내 일에 질투를 느끼고 나와 증조부의 삶을 연결해주는 고리 같던 물건을 짓뭉개고 싶어서?

"대체 왜 그랬어?" 뜻밖에 내 목소리는 컸다. 그녀는 피식 코웃음을 쳤다. 그녀는 이미 문을 열고 내가 책상 앞에 웅크리고 앉아 손을 응시하는 모습을 본 터였다.

"오후 내내 그렇게 앉아 있었어? 그렇게 앉아서 그걸 생각했단 말이야?" 그녀는 킥킥댔다. "그건 어떻게 했어? 삼켰어?"

"묻었어. 제라늄 밑에다." 내가 말했다.

그녀가 방으로 조금 들어와 진지한 목소리로 말했다. "미안해, 정말 너무 미안해. 앞뒤 생각 안 하고 한 일이야. 용서해줄 거지?" 나는 약간 주춤하다가 말했다. 지친 심신을 일으켜 세울 기발한 생각이 떠올랐기 때문이다.

"당연히 용서하고말고. 생각해보면 절여놓은 고추일 뿐인데." 우리는 서로 기분 좋게 웃었다. 메이지가 다가와 입을 맞추고 나도 혀로 그녀의 입술을 열어 키스로 답해주었다.

"배고프지 않아?" 키스를 끝내자 그녀가 말했다. "간단히 저녁 준비할까?"

"그래, 좋아." 내가 대답했다. 메이지가 정수리에 입을 맞추고 방을 나간 후 작업으로 되돌아온 순간, 나는 그날 저녁 메이지에게 가능한 한 가장 친절하게 대해보자고 굳게 결심했다.

나중에 부엌에 앉아 메이지가 요리한 저녁을 먹고 와인 한 병을 마시니 살짝 취기가 돌았다. 우리는 정말 오랜만에 함께 마리화나를 피웠다. 메이지는 내년 여름 스코틀랜드 식목 사업을 추진 중인 산림위원회에 지원할 예정이라고 했다. 내가 메이지에게 한 얘기는 주로 M과 증조부가 후배위에 대해 나눈 대화, 그리고 성교 체위의 최대 가짓수가 소수인 17을 넘을 수 없다는 증조부의 이론 등이었다. 화기애애한 분위기에서 메이지가 내 손을 잡았다. 우리의 사랑이 덥고 퀴퀴한 부엌 공기 속에 무겁게 떠 있었다. 식사 후 우리는 외투를 입고 산책을 했다. 달은 만월에 가까웠다. 우리는 집 밖의 큰길을 따라 걷다가 좁은 골목길로 꺾었다. 길 양쪽으로 손바닥만 한 앞뜰이 딸린 집들이 다닥다닥 이어졌다. 우리는 별로 대화를 나누진 않았지만 팔짱을 낀 채 걸었고, 메이지는 취한 듯 거듭 행복하다고 말했다. 문이 닫힌 조그만 공원 입구의 앙상한 나뭇가지 사이로 달이 보였다. 집에 돌아와 내가 서재를 뒤적이며 몇 가지 세부 사항을 점검하는 동안 메이지는 따뜻한 물로 느긋하게 목욕을 했다. 우리의 침실은 따뜻하고 포근하고 나름대로 호사스럽기까지 했다. 가로 2.1, 세로 2.4미터 크기의 침대는 신혼 초에 내가 직접 만들었다. 메이지는 시트를 만들어 짙은 감색으로 물들이고 베갯잇에 수를 놓았다. 방 안의 유일한 조명은 투박한 염소 가죽으로 만든 갓을 씌운 등으로, 메이지가 방문판매인한테서 산 것이다. 침실에 관심을 가져본 게 언제였는지. 우리는 헝클어진 침대 시트와 러그 사이에 나란히 누웠다. 메이지는 목욕을 해서 나른하고 잠이 오는 듯 기지개를 켰다. 나는 그녀와 대조적으로 팔꿈치로 뺨을 받치고 엎드려 있었다. 메이지가 졸린 목소리로 말했다.

"오늘 오후에 강가로 산책을 갔었어. 나무가 너무 아름답

더라. 상수리나무, 느릅나무…… 거기 잎이 구릿빛인 너도밤
나무도 두 그루 있어. 다리에서 2킬로미터쯤 떨어진 곳인데
당신도 봐야 해…… 아아, 기분 좋아." 그녀가 말하는 동안
나는 조심스럽게 그녀를 엎드리게 하고 등을 부드럽게 애무
했다. "내가 여태껏 본 것 중 제일 큰 나무딸기가 길가를 빼
곡히 메운 거야. 딱총나무 열매까지. 올가을에 술을 담가야지
……" 나는 몸을 기울여 그녀의 목 언저리에 입을 맞추고 그
녀의 팔을 등 뒤로 돌렸다. 그녀는 그런 식으로 애무하는 것
을 좋아해서 순순히 따라주었다. 그녀가 말했다. "강은 정말
고요해. 나무 그림자가 비치고 나뭇잎들이 강으로 떨어져. 겨
울이 되기 전에 같이 가보자. 떨어지는 나뭇잎을 맞으며 강
을 따라. 거기서 조그만 비밀 장소를 발견했어. 아무도 모르
는……" 나는 한 손으로 메이지의 팔을 꽉 붙잡고 다른 손으
로 그녀의 다리를 '원' 안으로 집어넣었다. "거기서 꼼짝 않
고 반시간 정도 앉아 있었나봐, 나무처럼. 맞은편 둔덕으로
물쥐 한 마리가 달려가고 온갖 오리들이 물에 앉았다 날아
갔어. 풍덩 소리가 났는데 무슨 소리인지 알 수 없었어. 그리
고 주황색 나비 두 마리도 봤어. 손에 앉을 뻔했는데." 내가
그녀의 다리를 원 안으로 넣었을 때 메이지가 말했다. "18번
체위." 우리 둘 다 부드럽게 웃었다. "내일 아침에 가자, 강

가에." 그녀의 머리를 팔 사이로 집어넣을 때 메이지가 말했다. "뭐 해? 조심해. 아프잖아." 그녀가 갑자기 소리를 지르며 자세를 풀려고 했다. 그러나 너무 늦었다. 그녀의 머리와 다리는 팔이 만든 원 안에 들어가 있었고 나는 차례대로 팔과 다리를 밀어 넣기 시작했다. "뭐 하는 거야?" 메이지가 외쳤다. 이제 그녀의 팔다리가 만든 자세는 숨 막힐 듯한 아름다움, 육체의 우아함을 재현했고, 종이꽃처럼 완벽한 대칭을 갖춘 매혹적인 힘을 발산했다. 다시 넋이 나간 듯, 뒤통수에 마비감이 퍼졌다. 내가 메이지의 팔다리를 원 안으로 당기자 양말이 뒤집히듯 그녀는 자신의 몸속으로 사라지는 듯했다. "세상에!" 그녀가 신음했다. "이게 뭐야?" 그녀의 목소리는 아득히, 아득히 먼 곳에서 들려왔다. 그리고 그녀는 사라졌다. 사라졌지만 동시에 사라지지 않았다. "무슨 일이야?" 남은 것이라곤 짙은 감색 시트 위로 메아리쳐 울리는 그녀의 물음뿐이었다.

가정 처방

비좁고 유난히 환했던 우리 집 욕실이 눈에 선하다. 내가 엘비스 프레슬리의 〈테디 베어〉를 휘파람으로 불며 날아갈 듯한 기분으로 세면대에 더운물을 받는 동안, 코니는 어깨에 수건을 두른 채 울먹이며 욕조에 걸터앉아 있었다. 침대보의 보푸라기가 물 위에 둥둥 떠 있던 모습이 생각난다. 아니, 언제나 기억하고 있었다. 그러나 다음의 사실은 최근 들어서야 깨달았다. 만약 이것이 어떤 특정한 에피소드의 끝이라면 (실제 삶의 에피소드에 끝이라는 게 있다면 말이다) 그 시작과 중간을 지배하고 있는 것은 바로 레이먼드였다. 그리고 혹여 인간사에 에피소드 같은 것이 존재할 수 없는 거라면 나는 이 얘기가 레이먼드에 관한 것이지, 동정(童貞)이나 성교, 근친상간과 수음에 관한 것이 아니라는 점을 강조하고 싶다. 내가 동정임을 의식하게 한 사람은 얄궂게도 레이먼드였는데, 나는 그 사실이 아이러니였다는 말로 이 얘기를 시작하

려고 한다. 왜 아이러니인지는 조만간 밝혀질 테니 인내심을
가지시길. 어느 날 핀스버리 공원에서 레이먼드가 다가와 나
를 월계수 덤불로 끌고 갔다. 그러고는 내 얼굴에 대고 수수
께끼라도 내는 양 손가락을 구부렸다 폈다 하며 나를 뚫어져
라 바라보았다. 나는 시큰둥하게 쳐다봤다. 그러고는 나도 손
가락을 구부렸다 폈다 해보았다. 레이먼드가 활짝 미소 짓는
걸 보니 잘한 짓 같았다.

"알아?" 그가 말했다. "아네!" 그가 설쳐대는 바람에 그렇
다고 대답은 했지만, 레이먼드가 나를 혼자 내버려뒀으면 싶
었다. 홀로 조용히 손가락을 구부렸다 폈다 하며 그의 엉뚱
한 손가락 알레고리를 파악할 시간이 필요했다. 레이먼드가
내 옷깃을 세게 움켜쥐며 물었다.

"어땠어, 엉?" 그가 숨을 헐떡였다. 시간을 벌려고 나는 집
게손가락을 다시 천천히, 더할 나위 없이 침착하고 자신감
있게 구부렸다 폈다. 어찌나 침착하고 자신감이 넘쳐 보였는
지, 레이먼드가 숨을 멈추고 옴짝달싹 못할 정도였다. 나는
똑바로 세운 손가락을 보며 말했다.

"경우에 따라 다르지." 우리가 무슨 얘기를 하고 있는 건지
오늘 내로 밝혀지려나.

레이먼드는 당시 나보다 한 살 많은 열다섯 살이었다. 나는

늘 내가 레이먼드보다 지적으로 우월하다고 여겼지만(손가락의 의미를 아는 것처럼 행동한 이유도 따지고 보면 그 때문이다), 뭘 좀 아는 쪽은 항상 레이먼드였고 나를 가르친 것도 그였다. 레이먼드는 나를 베일에 싸인 성인의 세계로 안내했다. 그러나 레이먼드는 그 세계를 직관적으로 알고 있을 뿐, 속속들이 이해한 건 아니었다. 그가 내게 보여준 세계, 그 모든 매혹적인 요소들, 교훈과 죄악, 그가 일종의 제사장이 되어 주관했던 성인의 세계는 원래 레이먼드에게 어울리지 않는 것이었다. 그는 그 세계를 알 만큼 알았으나 세계는 그와 친해질 마음이 없었다고나 할까. 레이먼드가 담배를 내밀었을 때도, 연기를 깊숙이 들이마셔 도넛을 만들고 영화배우처럼 두 손을 둥글게 모아 성냥불을 감싸는 법을 배운 쪽은 나였고, 연기를 삼키지 못해 쩔쩔맨 것은 그였다. 훗날 나는 들어본 적도 없었던 마리화나를 레이먼드가 수중에 넣었을 때도, 나는 취해서 뻑 간 반면 레이먼드는 아무 느낌이 안온다고 했다(나라면 그 사실을 절대 인정하지 않았을 텐데). 우리를 공포 영화의 세계로 이끈 것도 굵은 목소리에 보송보송한 수염이 난 레이먼드였지만, 정작 당사자는 영화가 끝날 때까지 손으로 귀를 틀어막고 눈을 감은 채 그 시간을 버텼다. 돌이켜보면 단 한 달 동안 우리가 스물두 편의 공포 영화를 본 것도 기록에 남을 만한 일이다. 레이먼드가 내게 술을 가르치려고 슈퍼마켓에서 위스키 한 병을 훔친 날, 나는 미친 듯이 토해대는 레이먼드를 지켜보며 두 시간 동안 술에 취해 히죽거렸다. 내가 처음 갖게 된 양복바지는 레이먼드 것으로 그가 내 열세 번째 생일에 선물로 준 것이었다. 레이먼드가 입었을 땐 그의 여느 옷처럼 복사뼈 위 10센티미터 정도까지 깡충 올라오고 허벅지는 꽉 끼고 고간도 터질 것처럼 보이더니, 내가 입으니 마치 우리 우정의 비유라도 되듯 맞춤옷처럼 꼭 맞았다. 심지어 너무 착용감이 좋아 나는 1년 넘게 다른 바지는 쳐다보지도 않았다. 상점에서 물건을 슬쩍하던 재미도 쏠쏠했다. 레이먼드의 계획은 간단했다. 포일 서점으로 들어가 주머니를 책으로 가득 채운 후, 책값의 반을 흔쾌히 쳐주는 마일 엔드 로드의 헌책방에 판다. 우리의 첫 약탈 행각을 위해 나는 아버지의 외투를 빌렸다. 거리를 걷는 동안 외투가 온 거리를 휩쓸던 모습은 가관이었다. 서점 앞에서 레이먼드를 만났을 때 그는 셔츠 바람이었다. 지하철 안에다 외투를 두고 내렸다나. 그가 외투 없이도 해낼 수 있다고 장담했기에 우리는 서점 안으로 들어갔다. 내가 훌륭한 시가 잔뜩 실린 얇은 문고판 책들로 주머니를 채우는 동안, 레이먼드는 에드먼드 스펜서*의 집주(集註)판 일곱 권을 몸에 숨겼다. 다른 사람들이라면 이런 대담무쌍한 성격이 성공으로 연결되기도 하겠지만 레이먼드의 경우 그 대담함은 위태로운 자질로, 사실 실상을 완벽히 오인하는 쪽에 가깝다고 해야 할 것이다. 레이먼드가 서가에서 책을 뽑을 때 서점 부지점장이 뒤에 서 있었다. 둘이 문가에 있을 때, 나는 훔친 책들을 품고 그들을 스쳐갔다. 난 여전히 스펜서 전집을 부둥켜안고 있는 레이먼드에게 비밀스러운 공모의 미소를 건네며, 기계적으로 문을 열어주는 부지점장을 향해 인사를 했다. 다행히 레이먼드가 시도한 절도 행위는 너무나 어처구니없고 속이 빤히 들여다보였던지라 결국 지점장이 순순히 그를 보내주었다. 관대하게도 그는 레이먼드를 정신이상자쯤으로 여겨주었던 듯하다.

그리고 결정적으로, 아마도 가장 인상적인 일 같은데, 레이먼드는 내게 자위행위의 믿을 수 없는 기쁨을 알려주었다. 당시 나는 열두 살이었고 성에 눈뜨기 시작할 무렵이었다. 부랑자들의 흔적을 따라 피폭지의 지하실을 쑤시고 다니던 중, 레이먼드가 소변을 볼 것처럼 바지를 내렸다. 그리고 고추에 윤이라도 낼 듯 힘차게 문지르기 시작하더니 내게도 똑

---

* 미완성으로 남은 대작 장편 서사시 〈페어리 퀸〉을 쓴 16세기 영국 시인.

같이 해보라고 했다. 그가 하라는 대로 하자 얼마 안 가 몸이 붕 뜨며 오장육부가 허공으로 녹아 없어질 듯한 정체불명의 따뜻한 쾌락이 시시각각 온몸으로 번져갔다. 우리의 손은 줄곧 한 맺힌 양 펌프질을 했다. 그가 이렇게 간단하면서도 경제적이고, 그러면서도 즐겁게 시간을 때울 취미를 발견한 것에 대해 축하를 건네고픈 심정이었다. 동시에 이 삼삼한 기분에 평생을 바쳐도 되지 않을까 싶었다. 지금 돌이켜봐도, 나는 이거라면 정말 많이도 했다. 목이 뻐근해지고 누군가 팔, 다리, 내장을 잡아 뒤트는 듯한 그 느낌을 어떻게 표현해야 좋을지 머리를 짜내자, 그 보답으로 두 줄기 가는 정액이 흘러나오더니 레이먼드의 나들이옷(그날은 일요일이었다)에 튀어 올라 앞주머니 안으로 흘러내렸다.

"야!" 그가 동작을 멈추며 말했다. "뭐 하는 짓이야!" 나는 그때 이 황홀한 꿈에서 깨어나는 중이었으므로 아무 말도 안 했다. 아니, 못 했다.

"기껏 가르쳐줬더니." 레이먼드는 짙은 재킷 위에서 번들거리는 정액 자국을 가볍게 문질러 닦으며 짐짓 설교 조로 말했다. "이런 식으로 보답하는 거냐?"

그렇게 나는 열네 살까지 레이먼드의 안내를 받아 당당히 성인의 세계로 통하는 다양한 즐거움을 습득했다. 하루에 열

개비 정도 담배를 피웠고, 생기는 대로 위스키도 마셨으며, 카나비스 사티바*의 독한 수지(樹脂)를 피우기도 했다. 폭력과 외설 취향에 관한 한 나는 뭔가 아는 놈이었다. 나는 내성적 조숙함에 대해서도 자각하고 있었는데, 이상하게도 그걸 활용할 생각은 못 했다. 그때까지만 해도 나의 상상력이 육체적인 욕구나 개인적인 판타지로 채워지지 못했기 때문이다. 이 모든 오락의 공급자는 마일 엔드 로드의 헌책방 주인이었다. 내 취향이 완성되기까지 레이먼드는 나의 메피스토펠레스**였고, 내게는 천국으로 가는 길을 안내하면서 정작 자신은 그 길로 접어들 수 없던 비운의 베르길리우스***였다. 그는 콜록거리느라 담배도 못 피웠고, 위스키는 마시는 족족 탈이 났으며, 영화를 볼 땐 무서워하거나 지루해했다. 마리화나는 효과가 없었고, 내가 뿜어낸 정액이 피폭지 지하실 천장에 종유석처럼 걸리는 동안 그는 아무것도 만들지 못했다.

"아마도." 어느 날 오후 우리가 막 요새를 떠나려던 차에 그가 한숨을 내쉬며 말했다. "아마도 이런 거 하기엔 내 나이

---

* 대마의 학명.
** 괴테의 《파우스트》에 등장하는 악마.
*** 고대 로마의 시인. 《신곡》에서 단테를 천국과 지옥으로 안내한다.

가 좀 많지 싶다."

그러니 레이먼드가 지금 내 앞에서 의도적으로 손가락을 까딱거릴 때, 나는 저 광대한, 우울하면서도 즐거운 성인용 저택에 모피로 꾸민 또 하나의 방이 있음을 감지할 수밖에 없었다. 자존심을 지키고 무지함도 감출 겸 조금만 물러나면 레이먼드는 제 풀에 자초지종을 털어놓게 되겠지. 그리고 짧은 시간이겠지만 나는 우아한 빛을 발산하겠지.

"경우에 따라 다르다니까." 우리는 핀스버리 공원을 걸었다. 레이먼드가 비행소년 시절 초창기에 부서진 유리 파편을 비둘기들에게 모이로 던져주던 곳이며, 우리가 함께 순수한 희열의 '서막'을 연 곳, 실라 하코트가 근처 잔디밭에서 졸도하는 모습을 지켜보며 그녀의 잉꼬를 산 채로 태우던 곳, 꼬맹이 시절 수풀 뒤에 숨어 섹스를 하던 연인들을 향해 돌팔매질을 하던 그 핀스버리 공원을 지나며 레이먼드가 말했다.

"너 아는 애 있어?" 내가 누굴 알겠나? 나는 여전히 어둠 속을 위태롭게 더듬고 있었다. 하지만 레이먼드는 비약이 심한 편이니까 화제가 바뀐 것인지도 몰랐다. 그래서 나는 말했다. "넌 아는 애 있어?" 레이먼드의 대답은 "룰루 스미스"였다. 대답과 동시에 모든 것이, 아니 적어도 얘기가 흘러가는 방향은 뚜렷해진 셈이었다. 나도 참 순진하기도 하지. 룰루 스미스! 룰루 랄라! 듣기만 해도 차가운 손길이 고환을 스쳐가는 듯한 이름. 사랑의 룰루. 모든 것을 할 준비가 돼 있고, 모든 것을 다 해봤다는 이름. 떠도는 우스갯소리 중엔 유대인 시리즈, 코끼리 시리즈, 그리고 룰루 시리즈가 있었는데, 그중에서도 룰루 시리즈는 유별나게 터무니없는 전설의 진원지였다. 나로서는 생각만 해도 아찔해지는 룰루 슬림. 그녀의 소문난 성욕과 과감함 외에는 그 무엇으로도 그녀의 거대한 육체를 채울 길이 없고, 자신이 불러일으키는 추잡한 느낌이 아니면 그 추잡함을 견줄 곳이 없다는, 실체가 전설을 능가한다는 그 이름. 룰루 랄라! 소문에 따르면 그녀가 노스런던 거리를 다녀간 후 셰퍼드 부시에서 할러웨이, 웅가에서 이즐링턴에 이르는 길은 온통 거품 문 머저리들의 부서진 영혼과 성기로 폐허가 되었다고 한다. 룰루! 그녀의 출렁이는 몸집과 웃는 돼지 눈, 부푼 허벅다리와 움푹 팬 손가락 마디, 움직일 때마다 증기를 뿜을 듯한 여학생 특유의 살집. 그짓을 했다는 대상도 기린, 벌새, 인공호흡기를 단 남자(정사 후 곧 숨을 거뒀다고 한다), 들소, 무하마드 알리, 비단 원숭이, 마스 초코바, 자기 할아버지 미니 쿠퍼 자동차의 변속레버(그러다가 걸려서 교통경찰과도 했다나)에 이르기까지 소문이 무성했다.

핀스버리 공원은 룰루 스미스의 망령으로 가득했고, 나는 처음으로 막연한 동경과 더불어 강한 호기심을 느꼈다. 내가 해야 할 일은 대충 확실해진 셈이지만, 나로 말하면 긴 여름 저녁마다 공원 도처에서 몸을 겹치고 있던 연인들에게 돌팔매와 물 폭탄을 던지던 녀석 아닌가? 어쩐지 그런 짓을 한 게 찜찜하고 후회됐다. 몰염치하게 쌓인 핀스버리 공원의 개똥을 피해 걷던 중 나는 갑작스레 내가 동정임을 의식했고 동시에 화가 났다. 나는 그것이 성인용 저택에 남은 마지막 방이라는 것, 그 방이 분명 가장 사치스럽고 호화로우리라는 것, 그 매력이 치명적이리라는 것도 알고 있었다. 그걸 단 한 번 가져보지도, 이뤄보지도, 해보지도 못했다는 사실은 더할 수 없는 치욕이었고 혐오스러운 족쇄였다. 여전히 자기 집게손가락을 빳빳이 세우고서 내가 무엇을 해야 할지를 깨닫게 해주고 있는 레이먼드를 쳐다보았다. 레이먼드는 알 텐데……

수업이 끝나면 레이먼드와 나는 핀스버리 공원 오데온 극장 근처에 있는 카페로 갔다. 우리 또래 애들이 우표 수집이나 숙제에 코를 처박고 있을 때, 레이먼드와 나는 거기서 많은 시간을 보냈다. 우리는 대개 큰 머그잔으로 차를 마시며 쉽게 돈을 벌 방법을 궁리했다. 가끔 거기서 만나는 노동자들의 대화에 낄 때도 있었다. 난해한 판타지와 모험담을 넋 놓고 듣던 우리 모습이 밀레의 그림에 담기지 못한 게 아쉽 다. 트럭 운전사들의 불법 매매, 교회 지붕의 납을 떼다 팔았 다거나 시 엔지니어 사무실에서 흘러나온 기름을 뒷구멍으 로 팔았다거나 하는 얘기들. 그다음엔 음문, 씹, 계집, 채찍 질, 매질, 성교, 오럴섹스, 항문과 젖꼭지, 뒤로, 위로, 아래에 서, 앞에서, 끼고 안 끼고, 할퀴고 찢고, 빨고 싸는 일, 축축하 고 따뜻하고 깊숙한 음문과 차갑고 뻑뻑하지만 해볼 만한 음 문, 늙고 축 늘어진 성기와 젊고 강한 성기, 사정이 너무 빨 리, 너무 늦게, 아니면 아예 안 되는 경우, 하루에 몇 번 했나, 뒤따르는 질병들, 고름과 붓기, 고민과 후회, 성병에 걸린 난 소와 허물이 벗겨진 고환에 대한 얘기들. 우리는 청소부들이 누구와 어떻게 붙어먹는지, 조합 우유 배달부들이 우유 말고 주는 게 뭔지, 석탄 배달부들이 짊어지는 것과 타일장이들이 끼는 것, 미장이가 쌓아 올린 것과 계량기 점검원이 검침 가 능한 것, 빵집 아저씨가 가져오는 것, 가스 배달부가 킁킁거 리며 맡는 냄새와 함석장이가 메우는 곳, 전기 기술자가 연 결하는 것, 의사가 놓는 주사와 변호사가 제안하는 것, 가구 공이 짜 맞추는 것이 뭔지에 대해서도 들었다. 유행이 지난 우스개와 외설적인 의미를 내포한 말, 판에 박힌 문구, 슬로

건, 항간에 떠도는 얘기와 터무니없는 허풍, 모두 들어도 이해를 못 하는 일화뿐이었지만 나는 훗날 써먹을 요량으로 성도착증, 성교 방식 등과 관련된 얘기를 머릿속 창고에 차곡차곡 쌓아갔다. 이것은 실제로 총체적인 성 윤리 강좌가 되었고, 체험을 통해 이 모든 것이 뜻하는 바를 알게 된 후 나의 교육과정은 완료되었다. 거기에 해블록 엘리스*와 헨리 밀러 작품의 재미있는 부분들만 겉핥기로 읽은 것이 보태져 나는 미성년자 성 전문가라는 명성을 얻게 되었고, 남자들은 물론이고 운 좋게 여자들까지 몰려와 조언을 구했다. 이 모든 것, 나중에 예술대학 시절까지 나를 따라와 내 이력을 화려하게 장식한 이 명성은 바로 여기서 다뤄질 단 한 번의 성교 이후에 벌어진 일이었다.

그러니까 내가 귀 기울여 듣고 기억하면서도 한마디도 이해하지 못했던 그 카페에서였다. 레이먼드는 찻잔 손잡이를 쥐기 위해 드디어 집게손가락에서 힘을 빼며 말했다.

"1실링 내면 룰루 스미스가 너한테 그거 보여주겠대." 나는 기뻤다. 우리가 조금 떨지 않아서 좋았고, 룰루 랄라와 단둘이 남겨져 뭐가 뭔지 감당도 안 되는 그 짓을 안 해도 돼서

---

* 성욕 심리에 대한 연구로 유명한 영국 심리학자.

좋았고, 필수적인 모험이 될 이 첫 번째 만남이 그냥 관찰에 그친다는 점에서 기뻤다. 내가 본 벌거벗은 여자는 겨우 두 명뿐이었다. 당시 우리가 단골로 관람하던 음란 영화들은 충분히 외설스럽지 못했다. 다리만, 등만, 아니면 황홀경에 빠진 행복한 연인들의 얼굴만 비춰주고, 나머지는 전부 우리의 부유하는 상상력에만 맡긴 채 설명을 생략했다. 내가 나체를 본 두 여자 중 하나인 우리 엄마는 해부한 두꺼비처럼 피부가 축 늘어진 그로테스크한 거구였고, 열 살짜리 내 동생은 어릴 적부터 거들떠볼 생각은 고사하고 같은 욕조에서 목욕하는 것도 꺼려지던 못난이 심술보였다. 레이먼드와 나는 카페에 모여드는 여느 노동자들보다 풍족했으므로 1실링은 우리에겐 돈도 아니었다. 나는 삼촌들과 연일 초과 근무에 시달리는 불쌍한 우리 아버지, 그 밖에 내가 알고 있는 친척 누구보다 부자였다. 제분소에서 열두 시간 작업을 마친 후 창백하고 언짢은 얼굴로 저녁에 귀가하는 아버지를 생각해보면 코웃음이 났다. 아침이면 연립주택에서 몰려나가 일주일 내내 혹독하게 일하고, 일요일에 잠깐 쉰 뒤 월요일에 다시 제재소, 공장, 목재 저장소, 런던의 부둣가로 돌아가는 사람들, 매일 저녁 더 늙고 피곤하고 가난해져서 집에 가는 수많은 사람들을 보면 더 웃겼다. 찻잔을 사이에 두고 나와 레이먼드는 타인의 이익을 위해 들어 올리고, 파고, 떠밀고, 포장하고, 시험하고, 땀 흘리고, 신음하며 일생을 사는 이 소리 없는 기만을 비웃고, 그들이 비굴함을 미덕이라 자위하며 단 하루도 이 지옥에서 농땡이 친 적 없음을 자부하는 태도를 비웃었다. 무엇보다 웃음을 참을 수 없는 순간은 밥 삼촌이나 테드 삼촌, 혹은 우리 아버지가 그렇게 고생해서 번 돈 중 몇 실링(가끔은 10실링짜리 지폐)을 손에 쥐여줄 때였다. 그들이 일주일 내내 아등바등해서 버는 돈이란 게 서점에서의 오후 한탕 벌이보다 못하다는 걸 뻔히 아니까 나는 웃음이 났다. 물론 조심스레 웃어야만 했다. 어쨌든 굴러 들어온 선물을 차낼 수도 없고, 무엇보다 그들의 그런 즐거움을 박탈해서는 안 될 테니까. 그들의 모습이 눈앞에 선하다. 삼촌 중 한 명, 혹은 아버지가 동전이나 지폐를 쥐고 우리 집 좁은 거실을 성큼성큼 걸어와 추억과 일화, 인생에 관한 충고와 함께 베풂의 사치를 만끽하며 진심으로 행복해하던 모습, 그건 보는 사람까지 흐뭇하게 했다. 이 짧은 시간에 그들은 크고 현명하고 사려 깊고 다정하고 포용력 있는 사람들이었으며, 어쩌면 신이 된 기분마저 느꼈을지도 모른다. 그들은 아들이나 조카에게 가장 현명하고 관대한 방법으로 지성의 열매와 부를 나눠주려는 세습 귀족들이었다. 그들이 그들만의 사원의 신이었다면, 그들의 선물을 거부할 수 있었던 나는 무엇이었을까? 주당 50시간씩 뼈가 빠지게 일한 후, 그들은 거실의 기적극(奇蹟劇), 아버지와 아들 간의 이 신화적인 대면이 필요했다. 그러니 통찰력이 뛰어나고 상황의 모든 뉘앙스를 파악할 감수성 예민한 나는 그들이 내미는 돈을 받을 수밖에. 자칫 지루해질 위험을 감수하고 나는 그들이 하는 놀이에 잠시 동참했다. 간신히 웃음을 누르고 모든 과정을 끝낸 후에는 눈물이 흐를 때까지 목청껏 웃어야 했다. 내가 깨닫기 훨씬 이전부터, 나는 아이러니에 관해서는 수재였던 것이다.

그러니까 1실링은 남에게 보일 수 없는 어떤 순간, 불가사의 속 불가사의의 심장부, 육체의 성배, 룰루 랄라의 거시기에 대한 대가로는 그리 큰돈이 아니었다. 그러므로 나는 레이먼드에게 가능한 빠른 시일 안에 대면할 자리를 만들어보라고 재촉했다. 레이먼드는 어느새 무대감독이 되어 심각한 척 이마에 주름을 잡으며 약속 날짜와 시간, 장소, 대금 지급 방식을 중얼거리고 편지 봉투 뒷면에 암호를 그려 넣었다. 레이먼드는 한마디로 그 방면에 재능이 없으면서도 행사 준비에 큰 재미를 느끼는, 그런 드문 부류에 속하는 인간이었다. 우리는 엉뚱한 날, 엉뚱한 시간에 약속 장소로 향할 가능

성이 다분했고 가격이나 대면 시간을 둘러싼 혼란에 빠질 가
능성도 높았다. 그러나 궁극적으로 다른 무엇보다 더 확실한
어떤 것, 동쪽에서 해가 뜨는 것보다 더 확실한 게 있다면 결
국은 우리가 그 성능 좋은 음문을 참관하게 되리라는 것이었
다. 삶은 레이먼드의 편이었다. 그 시절 내 기분을 표현할 적
당한 단어를 찾진 못했어도, 나는 레이먼드의 개인적인 운명
의 기류가 나와는 정반대 방향으로 흐르고 있다는 걸 감지
할 수 있었다. 행운의 여신은 대개 레이먼드에게 짓궂었지만,
아니 그를 걷어차고 눈에 모래를 던지기까지 했지만, 얼굴에
정면으로 침을 뱉거나 일부러 그의 감정을 짓밟는 짓은 하지
않았다. 레이먼드의 오판, 참패, 낙오하거나 상처받은 모든
경우를 돌이켜보면 비극보다는 희극인 경우가 많았다. 언젠
가 레이먼드가 17파운드를 주고 해시시 덩어리 2온스를 산
적이 있는데, 나중에 알고 보니 마약 성분이 조금도 섞이지
않은 것이었다. 손실을 최소화하기 위해 레이먼드는 이 덩어
리를 예의 유명한 소호 거리로 가져가 사복 경찰에게 팔아넘
기려고 했다. 다행히 지명 수배자 명단에 오르지는 않았다.
은박지에 포장된 것이라 해도, 어쨌든 말똥 가루를 판매했다
고 형사처벌을 받는다는 법 조항은 당시에 없었으니까. 그리
고 크로스컨트리 시합이 있었다. 레이먼드는 시 구역별 체전

에 참가하는 열 명의 학교 대표 중 중간급 실력을 가진 선수였다. 나는 매번 이 체전을 보러 갔다. 사실 수준 있는 크로스컨트리 시합만큼 관전의 재미가 쏠쏠하고 짜릿한 흥을 돋우는 스포츠는 없다. 나는 깃발 터널을 통과해 결승선을 넘는 선수들의 핼쑥하고 일그러진 얼굴을 사랑했다. 특히나 선착순으로 50여 명이 골인한 후, 다른 참가자들보다 열심히, 죽을힘을 다해 113등 자리를 다투던 선수들의 모습이 재미있었다. 나는 그들이 깃발 터널을 향해 비틀거리며 달려가는 모습, 목을 움켜쥐고 금방이라도 토할 듯 팔을 저으며 잔디밭으로 나가떨어지는 모습을 유심히 지켜보았다. 허무한 인간사의 한 양상이 내 눈앞에서 펼쳐지고 있었다. 경주에서 등수는 30등까지만 가렸고, 마지막 30등이 호명되면 관중은 나머지 선수들을 각자의 전투에서 싸우도록 남겨둔 채 흩어졌다. 하지만 내가 눈에 불을 켜고 보는 것은 이 순간부터였다. 대회 심사위원과 질서단속반, 계시원이 집으로 돌아간 늦은 겨울 오후, 내려앉는 희미한 어둠 속에서 나는 마지막 주자를 지켜보기 위해 결승점에 남아 있곤 했다. 넘어지는 사람을 부축하고, 흐르는 코피를 손수건으로 닦아주고, 토하는 사람은 등을 두드려주고, 쥐가 난 장딴지와 발가락을 마사지해주었다. 정말로 플로렌스 나이팅게일이 따로 없었다. 차이라면 단지, 아무 보답 없이 폐인이 되도록 달리는 패배자들의 도전정신에 신이 난다는 것뿐이었다. 공장과 고압선 전주들, 쓸쓸한 주택과 차고로 둘러싸인 거대하고 침침한 공터, 어둠이 오는 길목에서 부슬비를 몰고 오는 찬바람을 맞으며 10분, 15분, 때로는 20분 넘게 기다리다가 광장 맞은편 끝에서 홀연 흰 점이 나타나 천천히 터널로 다가오면 가슴은 벅차오르고 눈가는 젖어왔다. 한갓 의미 없는 자신의 왜소한 운명을 가늠하며 저린 발을 서서히 젖은 풀밭으로 내딛는 인간, 숨 막히는 거대 도시의 하늘 아래, 인간의 도전정신과 유기체의 진화 과정을 하나로 통합시키려는 의지를 시연하듯, 광장 저편에서 작은 아메바 덩어리 같은 것이 나타나 점차 사람 형상을 이루며 도전정신과 결승점을 통과하려는 헛된 노력으로 무장한 채 비틀거리며 뛰어왔다. 그건 순간순간 새롭게 얼굴을 바꾸는 삶, 바로 우리 삶 자체였다. 주자의 몸이 결승선에서 주머니칼 접히듯 쓰러질 때 내 가슴은 더워졌고 영혼은 우주적 삶의 과정(로고스의 세계)과의 우울하고 치명적인 일체감에서 벗어난 자유로움으로 충만했다.

"일진이 별로였나봐, 레이먼드. 다음엔 운이 더 따를 거야."
나는 그에게 스웨터를 건네주며 시원스레 말했다. 그러자 레이먼드는 아를레키노, 페스테*에 대해 슬프게도 너무 잘 알고 있다는 듯이 희미하게 미소를 지었다. 희극 배우와 비극 배우 중 22번째 타로 카드, 으뜸패를 쥔 자는 역시 희극 배우인 것이다. 미소를 띤 채 어두워지는 광장을 떠나며 그가 말했다.

"크로스컨트리 경주 가지고 뭘 그러냐. 게임일 뿐인데."

레이먼드는 다음 날 수업을 마친 후 신비의 룰루 스미스에게 우리의 요구 사항을 전달하겠다고 약속했다. 나는 그날 저녁 부모님이 월섬스토에 개 경주를 보러 간 동안 동생을 돌보기로 돼 있었기 때문에 카페에서 레이먼드와 헤어졌다. 집으로 가는 내내 나는 음문에 대해서만 생각했다. 음문은 차장의 미소에서도 보였고, 교통 소음 속에서도 들렸고, 구두약 공장의 연기 속에서도 냄새를 풍겼다. 스쳐가는 주부들의 치마 밑에서도 연상됐고, 손가락 끝에서도, 공기 속에서도 느낄 수 있었다. 나는 온 영혼으로 그것을 빨아들였다. 저녁 식사는 핫도그였다. 나는 무언의 의식처럼 밀가루 반죽과 소시지로 된 생식기를 먹어 치웠다. 그러면서도 나는 음문이 무엇인지도 제대로 몰랐다. 나는 식탁 저편에 앉은 여동생을 곁눈질했다. 못난이 심술보라는 표현은 좀 지나쳤던 듯싶다.

---

* 아를레키노는 16~18세기 이탈리아 즉흥 희극에 나오는 캐릭터. 페스테는 셰익스피어의 희극 〈십이야〉에 나오는 익살스러운 광대.

잘 보면 이 아이도 그리 못생긴 편은 아니구나 하는 쪽으로 생각이 기울어갔다. 좀 튀어나온 이빨도 흠잡을 만큼은 아니었고, 움푹 들어간 볼은 한밤중 어둠 속에서라면 눈에 띨 정도는 아니었다. 게다가 지금처럼 막 머리를 감고 난 다음이면 동생이 거의 평범한 외모에 가깝다고 생각하고 넘어갈 수도 있다. 그러니 핫도그를 먹으며 내 결심이 굳어진 것도 놀랄 일은 아니다. 코니라면 되겠다. 코니가 자신을 잠시라도 내 동생이 아닌 다른 대상, 뭐랄까, 예쁜 아가씨나 영화배우라고 착각하게 하려면, 아첨과 더불어 약간은 진지한 속임수가 필요하겠지만 말이다. 코니, 우리 침대로 가서 영화처럼 해보자. 그러려면 일단 그 보기 싫은 잠옷부터 벗어버려. 불은 내가 끌게. 손쉽게 획득한 지식으로 무장하고, 나는 두려운 룰루를 대면할 수 있을 것이다. 호탕하고 거리낌 없는 모습으로 그녀 앞에 등장하면 일련의 공포스러운 시험은 의미를 잃을 것이다. 그리고 누가 알랴. 스트립쇼가 반쯤 끝날 무렵 그녀를 바닥에 눕힐 수 있을지.

코니를 돌보는 일은 늘 성가셨다. 그 애는 변덕스럽고 요구가 많은 데다 제멋대로에 텔레비전도 안 보고 끊임없이 같이 놀자고 졸랐다. 보통 나는 시계를 제시간보다 빨리 맞춰놓고 코니를 한 시간씩 일찍 재웠다. 오늘 저녁 나는 시계를 늦춰

놓았다. 부모님이 개 경주를 보러 출발하자마자 코니에게 무슨 놀이를 하고 싶으냐고 물었다. 뭐든지 하고 싶은 놀이를 고르면 함께 놀아주겠다고.

"오빠랑 안 놀래."

"왜?"

"저녁 먹으면서 계속 노려봤잖아."

"음, 그건 네가 무슨 놀이를 제일 좋아할지 생각하느라 그런 거지. 그래서 너를 쳐다본 거야. 그뿐이라고." 결국 코니는 내가 특별히 힘주어 제안한 숨바꼭질에 동의했다. 우리 집에 숨을 만한 장소는 두 군데뿐이었고, 그 두 곳은 바로 침실이었다. 코니가 먼저 숨어야 했다. 나는 눈을 감고 서른까지 셌다. 머리 바로 위의 부모님 침실로 들어가는 발소리에 귀를 기울이고 있자니 만족스럽게도 침대의 삐거덕거리는 소리가 들려왔다. 코니는 두 번째 단골 은신처인 오리털 이불 밑에 숨고 있었다. 나는 "간다" 하고 외치며 계단을 올라가기 시작했다. 아래층 계단 턱에 있을 때만 해도 나는 아직 확실히 무엇을 해야 할지 정하지 못하고, 아마도 집 안을 다시 둘러보며 주변 상황을 확인했던 것 같다. 저 꼬맹이가 겁을 집어먹으면 말짱 도루묵이 된다. 왜냐하면 인정사정없이 곧장 아버지에게 달려가 사실을 낱낱이 고해바칠 것이고, 그건 이런

저런 장면과 이어질 것이고, 나는 어렵사리 거짓말을 짜내야 할 것이며, 벌, 눈물, 그 비슷한 것들을 감수해야 할 테니까. 층계 꼭대기에 올랐을 때는 말 그대로 뇌 속의 피가 전부 고추로 몰리는 듯했다. 말하자면 감수성에서 감각으로의 전이랄까. 맨 마지막 계단에서 숨을 돌리며 젖은 손으로 침실 문 손잡이를 돌린 순간 나는 동생을 강간하기로 결단을 내렸다. 조심스레 문을 밀고 들어서며 코맹맹이 소리로 동생을 불렀다.

"코니이, 어디이이이 있니?" 그러면 보통 킥킥 소리가 나오게 마련인데 웬일인지 찍소리도 없었다. 나는 숨을 고르고 까치발로 침대로 다가가 읊조렸다.

"나는 알지, 어디 숨었느으은지." 나는 오리털 이불 아래 빤히 불거진 곳으로 몸을 구부리며 속삭였다.

"잡으러 간다." 컴컴한 어둠 속을 들여다보며 큰 이불을 부드럽게, 아니 거의 섬세하게 벗겨내려는 참이었다. 기대감에 가슴을 두근거리며 이불을 확 젖혔다. 하지만 거기에는 무력하고 악의 없이 사지를 뻗은 부모님의 잠옷이 있었다. 놀라서 뒷걸음치던 순간 나는 아마도 여동생만이 오빠에게 발휘할 수 있는 무지막지한 힘으로 등을 얻어맞았다. 좋아서 팔짝팔짝 뛰는 코니 뒤에 장롱 문이 활짝 열려 있었다.

"나는 봤는데, 나는 봤는데. 오빠 나 못 봤지!" 홍분을 가라 앉히려 나는 동생의 정강이를 걷어차고 다음 단계를 준비하기 위해 침대로 가서 앉았다. 코니는 예상대로 과장된 비명을 지르며 바닥에 엎어져 울었다. 잠시 후 나는 그 소리에 의기소침해져 신문을 읽으려고 아래로 내려갔다. 코니가 따라오리라는 것을 충분히 예측하면서. 코니는 따라와 투덜거렸다.

"이제 무슨 놀이가 하고 싶어?" 내가 물었다. 소파 모서리에 걸터앉아 아랫입술을 삐죽거리고 씩씩대는 모습을 보니 내가 미워 죽겠는 모양이었다. 나는 모든 계획을 물리고 저녁 내내 텔레비전이나 보는 것으로 방향을 선회하려는 중이었다. 그때 아주 간단하고 우아하면서도 확실한 아이디어, 눈앞이 확 트일 만큼 멋지고, 맞춤 양복처럼 성공이 보장된 아이디어가 떠올랐다. 코니 또래의 평범하고 상상력 없는 여자애들이라면 사족을 못 쓰는 놀이, 코니가 허구한 날 애걸복걸해대며 나의 어린 시절을 악몽으로 만들었지만 기를 쓰고 끊임없이 거부함으로써 그 악몽에서 헤어났던 놀이. 잠깐이라도 친구들에게 그런 꼴을 보이느니 차라리 화형을 당하고픈 바로 그 놀이. 이제 드디어 우리가 엄마 아빠 놀이를 할 시간이 온 것이다.

"코니, 네가 무슨 놀이를 하고 싶은지 나는 알지." 내가 말했다. 당연히 대꾸가 없었지만, 나는 내 말을 공중에 미끼처럼 매달았다. "네가 좋아할 놀이를 오빠 알지." 코니는 고개를 들었다.

"뭔데?"

"네가 맨날 하자고 한 놀이."

코니의 미간이 펴졌다. "엄마 아빠 놀이?" 그리고 돌변해서는 좋아 어쩔 줄 몰랐다. 살림을 꾸리는 흥분에 몸서리까지 치며 유모차, 인형, 조리대, 냉장고, 침대, 찻잔, 세탁기와 개집 하나를 방에서 가지고 나와 주변에 늘어놓았다.

"이제 오빠 저기로 가. 아니, 저쪽으로. 여기가 부엌이고 저기는 현관문이야. 그리고 저긴 벽이니까 치지 마. 내가 들어와서 오빠한테 뭐라 말하면, 그담엔 오빠가 나한테 말하고 나가는 거야. 난 점심 만들게." 나는 매일매일 지루하게 반복되는 부담스러운 일상 속으로 돌입했다. 우리 부모와 그 친구들의 삶에서 도출된 혐오스럽고 사소한 자질구레함들, 코니가 끔찍이도 흉내 내고자 하는 삶의 축소판 속으로 말이다. 나는 일하러 갔다가 집으로 돌아왔고, 술집에 갔다가 집에 왔고, 편지를 부치고 집에 왔고, 장 보러 갔다가 집에 왔다. 신문을 읽고, 내 아이의 플라스틱 뺨을 꼬집다가 또 다른 신문을 보고, 또 더 많은 아이들의 뺨을 꼬집어주고 일하러 갔다가 집에 왔다. 코니는? 조리대에서 요리하다가 개수대에서 설거지를 하고, 열여섯 개나 되는 인형을 씻기고 먹이고 재우고 깨우고 차를 더 따라주고, 그리고 행복해했다. 코니는 은하계와 지구를 지배하는 여신, 전지전능한 가정주부였다. 내가 언제 나가고 언제 돌아와야 하는지, 어느 방에 있는지, 무슨 말을 언제 해야 하는지, 코니는 모든 것을 보고 모든 것을 알고 있었다. 코니는 행복했다. 코니는 만족했다. 나는 그렇게 만족감으로 충일한 인간 존재를 다시는 보지 못했다. 코니는 그날 이후론 다시 볼 수 없던, 밝고 기쁨이 넘치는 순진무구한 미소를 띠고 있었다. 이미 지상에서 낙원의 맛을 본 것 같았다. 흥분을 가누지 못했다. 모든 것이 믿기지 않는 듯 말하다 사레가 들리기도 했고, 무릎을 꿇고 앉아 눈을 빛내며 드물고 값진 행복에 길고 부드러운 탄식 소리를 내기도 했다. 강간하기로 마음먹은 것이 안타까울 지경이었다. 그 반시간 동안 스무 번째 일하러 갔다가 집에 돌아온 내가 말했다.

"코니, 엄마랑 아빠랑 하는 제일 중요한 거 하나 빼먹었다." 코니는 우리가 놓친 게 있다는 사실이 믿기지 않는 듯 그게 무엇인지 자세히 알려고 했다.

"엄마 아빠는 씹하잖아, 코니. 너도 알고 있지?"

"씹?" 동생의 입에서 발음되자 그 단어는 이상하게도 무의미하게 울렸고 그건 내 경우에도 크게 다를 바 없었던 것 같다. 이제는 단어의 의미를 확인할 차례다.

"씹? 그게 뭐야?"

"그러니까 엄마 아빠 밤에 그걸 한단 말이지. 저녁에 침대 속으로 들어가서 잠들기 바로 전에."

"그럼 오빠가 보여줘." 나는 그러려면 우리가 위층 침대로 가야 한다고 설명했다.

"싫어. 뭐 하러 그래. 여기가 침대라고 치면 되잖아." 코니가 양탄자 위의 사각형 무늬를 가리키며 말했다.

"난 그런 척하면서 보여줄 순 없어." 그렇게 다시 계단을 올랐다. 피가 다시 용솟음쳤고 남성성은 자부심으로 차올랐다. 코니도 놀이의 행복에 도취되어 새로운 전환을 기쁘게 받아들였다.

"엄마 아빠 우선 이렇게 해." 내가 코니를 침대로 이끌며 말했다. "먼저 옷을 벗어." 나는 코니를 침대로 밀어 넣고 흥분으로 제대로 움직이지도 않는 손으로 잠옷을 벗겼다. 얼마 후 목욕 후의 달콤한 향내를 풍기며 재미난 놀이에 킥킥거리는 코니가 벌거벗은 채 내 앞에 앉아 있었다. 곧이어 나도 옷을 벗었지만 코니를 놀라게 하지 않기 위해 팬티는 남겨두고 곁에 앉았다. 어릴 때 우리는 벗은 몸을 볼 만큼 봤다. 하지만 벌써 오래전 일이었다. 코니가 주저하는 게 느껴졌다.

"정말 엄마 아빠가 이런다는 거야?"

나의 망설임은 이제 욕망으로 뒤덮였다. "그래." 내가 말했다. "간단해. 너 거기 구멍 있잖아. 거기다 내 고추를 넣기만 하면 되는 거야." 코니는 입을 다물고 여전히 미심쩍다는 듯 킥킥거렸다.

"그게 뭐야. 바보 같아. 왜 그런 걸 하고 싶은데?" 나 역시 동감이었다. 거기에는 뭔가 비현실적인 데가 있었다.

"그냥 엄마 아빤 그렇게 해. 서로 좋아하는 마음을 그렇게 보여주거든." 코니는 점차 모든 게 내가 지어낸 일이라고 추측하는 듯했는데, 사실 어느 정도는 맞는 얘기였다. 코니는 휘둥그레진 눈으로 나를 바라보았다. "바보 같아. 왜 그런 걸 말로 안 해?"

나는 의심에 가득한 합리주의자들로 넘쳐 나는 곳에서 '성교'라는 미친 발명품을 대중에게 선보이려는, 수세에 몰린 정신 나간 학자였다.

"내 말 좀 들어봐." 동생에게 말했다. "그게 다가 아니야. 그러면 기분이 아주 좋아지거든. 엄마 아빤 그 기분을 느끼려는 거야."

"기분을 느끼려고?" 그녀는 여전히 내 말이 못 미더운 듯했다.

"내가 보여줄게." 이 말과 동시에 나는 침대에 누운 코니의 몸 위에 내 몸을 포갰다. 레이먼드와 함께 영화를 보며 따라할 수 있겠다고 믿었던 그 자세였다. 팬티는 여전히 입은 채였다. 코니는 겁도 없이, 아니 그보다 지루함에 가까운 무표정한 얼굴로 나를 응시했다. 나는 몸을 뒤척이며 일어서지 않고 팬티를 벗으려고 애썼다.

"뭐 하는 건지 아직도 모르겠어." 코니가 밑에서 투정을 부렸다. "나는 아무 느낌도 없는데. 오빠는 있어?"

"기다려." 손끝으로 팬티를 발끝까지 끌어내리며 내가 으르렁거렸다. "조금만 기다리면 보여준다니까." 나는 코니와, 나와, 나를 둘러싼 우주, 그리고 무엇보다 아직도 미적거리며 복사뼈 근처에 걸려 있는 내 팬티에 참을성을 잃기 시작했다. 그리고 마침내 해방. 단단하고 끈적이는 나의 고추가 코니의 배 위에 놓였다. 한 손으로는 몸을 받치고 다른 손으로는 고추를 잡은 채 나는 코니의 다리 사이를 더듬었다. 찾고 있는 것에 대한 일말의 정보도 없이 나는 코니의 작고 갈라진 틈을 찾아 헤맸다. 하지만 한편으로는 내 몸이 곧 감각의 제국으로 탈바꿈하리라는 기대감도 들었다. 그런데 몸속의 따뜻한 방을 찾았다고 믿고 올라가 샅샅이 뒤지고, 쑤석거리고, 더듬어봤지만, 팽팽하게 튕기는 피부만 느껴질 뿐이었다. 코니는 똑바로 누워서 이따금 평을 했다.

"에이, 거긴 내가 오줌 누는 데야. 우리 엄마 아빠는 절대 이런 거 안 해." 몸을 지탱하고 있던 팔은 수천 개의 핀과 바늘에 찔린 것처럼 쑤셔왔다. 고추가 따끔거렸지만 커져가는 절망 속에서도 나는 찌르고 밀어 넣었다. 코니가 "아직도 느낌 없어"라고 말할 때마다 남성성이 중량을 상실해가는 것을 느끼며. 결국 휴식을 취해야 했다. 나는 침대 끄트머리에 걸터앉아 위로받을 길 없는 패배를 곱씹었다. 코니는 팔꿈치를 괴고 내 뒤에 엎드려 있었다. 잠시 후, 침대가 조용히 흔들리기에 돌아보니, 웃음을 참다못해 일그러진 코니의 얼굴에 눈물이 흐르고 있었다.

"왜 그래?" 내가 묻자 코니는 어딘지 내 쪽을 가리키며 신음을 냈다. 그리고 숨도 가누지 못하고 웃음을 못 이겨 다시 침대로 나동그라졌다. 나는 곁에 앉아 영문도 모른 채 코니가 뒤에서 들썩이는 동안 두 번째 시도는 소용이 없으리라 계산하고 있었다. 드디어 동생의 입에서 몇 마디가 새어 나왔다. 코니는 아직 발기 상태인 나의 고추를 가리키며 킥킥거렸다.

"그게 꼭…… 그게 꼭……" 그러면서 다시 웃음보를 터뜨리고 결국 외마디 소리로 마무리했다. "바보같이 생겼어. 너무 바보같이 생겼어." 짓눌렸던 웃음소리가 다시 터져 나왔다. 나는 외롭고 지친 황량한 공백 속에 앉아 있었고, 이 결정적인 굴욕은 내게 냉철한 인식을 명했다. 여기 내 옆에 앉아 있는 것은 진짜 소녀가 아니다. 그 성의 진정한 대표자가 아니다. 남자애는 아니지만 어쨌든 결코 여자애도 아닌, 결국 내 여동생인 것이다. 나는 풀죽어 축 늘어진 고추를 바라보았다. 옷가지를 끌어모아야겠다고 마음먹었을 때 그동안 진정이 된 코니가 팔꿈치를 잡아당겼다.

"나 알아, 이거 어디 들어가는 건지." 원래는 내가 지시했어야 했던 대로 코니가 다리를 쭉 벌린 채 다시 침대에 누웠다. 코니는 베개를 정돈하고 편하게 자리를 잡았다. "구멍 어디 있는지 알아."

나는 다시 여동생을 잊었고, 호기심이 발동한 내 고추는 코니가 소곤거리는 초대에 부풀어 올랐다. 이제 코니는 거부하지 않고 엄마 아빠 놀이를 계속했고, 놀이는 코니의 통제하에 들어갔다. 코니는 손으로 나를 줍고 메마른 계집애의 음문으로 이끌었고 우리는 잠시 꼼짝 않고 누워 있었다. 레이먼드가 나의 이런 모습을 봤더라면. 그가, 내가 동정임을 깨닫게 해줘서 얼마나 기쁜지. 룰루 랄라가 이런 나를 봤어야 하는데. 마음 같아서는 친구들은 물론, 아는 사람들 모두 한 줄로 늘어서 이 휘황찬란한 순간을 포착하기 위해 침실로 몰려들었으면 했다. 관능적인 것보다 더 강하게, 뒤통수에서 일어나는 폭발보다 강하게, 배 속을 관통하는 창보다, 허리의 통증이나 영혼의 고문보다, 내가 어차피 느낄 수도 없었던 그 어떤 것들보다 더 강하게, 심지어 그 모든 데 대한 생각보다 더 강하게 나는 자부심을 느끼고 있었다. 그 상대가 겨우 열 살짜리 여동생에 지나지 않더라도 나는 섹스를 하고 있다는 데 자부심을 느꼈다. 그 대상이 돌연변이 산양이었다 할지라도 나는 남자다운 자세로 그렇게 누워 있다는 데 자부심을 느꼈을 것이고, 이렇게 말할 걸 생각하면 벌써부터 어깨가 으쓱했다. "나 해봤다!" 나는 최종적으로, 성교를 경험하고 그를 통해 세상을 비옥하게 하는, 인간들 중에서 더 우월한 부류에 속하게 되었으니까. 코니도 반쯤 눈을 감은 채 깊은 숨을 쉬며 고요하게 누워 있었다. 자고 있는 것이다. 다른 때 같으면 벌써 잠들었을 시간인 데다 놀이에 지쳤던 모양이다. 처음으로 나는 조심스레 위아래로 움직여봤고, 그저 몇 번 그러고는 가련하고 맥없이, 쾌락도 거의 없이 사정해버렸다. 코니가 깨어났다.

"오빠가 내 안에다 오줌을 쌌어." 그러고는 울기 시작했다. 나는 매정하게 일어나 옷을 입었다. 아마도 그건 인류의 교접 역사상 가장 초라한 성교 행위 중 하나였을 것이다. 거짓말, 사기, 모욕, 근친상간, 성교 도중 상대가 잠드는 것, 싱거운 오르가슴까지 모든 것을 갖추고 있었으니까. 게다가 침실을 가득 메우는 흐느낌까지. 그러나 나는 그것에, 나 자신에게, 코니에게 만족했다. 그 일로부터 어느 정도 숨을 돌리게 된 것, 그 짓을 안 해도 된다는 사실에도 만족했다. 나는 코니를 욕실로 데려가 세면대에 물을 틀었다. 곧 부모님이 돌아오실 것이고 그러면 코니는 침대에 누워 자고 있어야 했다. 나는 드디어 성인 세계로 입장하는 데 성공했고 그것으로 만족했다. 그러나 그 순간, 나는 벌거벗은 소녀를 보고 싶은 마음은 추호도 없었다. 소녀 아니라 무엇이라도 벌거벗은 건 보고 싶지 않았다. 당분간은 말이다. 내일 레이먼드에게 말할 것이다. 혼자 가고 싶은 게 아니라면 룰루와의 약속은 잊어도 된다고. 그리고 나는 그가 결코 혼자 가지 않으리라는 걸 알고 있었다.

여름의
마지막 날

나는 열두 살, 반벌거숭이로 뒤뜰에 엎드려 일광욕 중이다. 이때 처음으로 그녀의 웃음소리가 들려온다. 난 모른다. 난 움직이지 않는다. 그저 눈을 감는다. 공연한 일로 웃는 듯 짧고 불안한, 소녀의, 젊은 여자의 웃음소리. 한 시간 전 깎은 잔디에 머리를 반쯤 묻고 있자니 잔디 아래서 차가운 흙 기운이 올라온다. 강가에서 불어오는 미풍과 등 뒤에서 타오르는 늦은 오후의 뜨거운 태양, 그리고 찌르는 듯한 웃음소리가 내 머릿속에서 마치 하나인 것처럼, 하나의 맛으로 느껴진다. 웃음소리가 그치고 잔잔한 바람이 만화책을 넘기는 소리만 커져갈 즈음, 집 어디선가 앨리스가 우는 소리가 들려온다. 정원은 온통 여름다운 무거움으로 차 있다. 잔디를 밟으며 다가오는 소리가 들려와 재빨리 몸을 일으키자 현기증이 일며 모든 색채가 흩어진다. 그 뚱뚱한 여자 혹은 소녀가 형과 함께 다가오고 있다. 팔이 몸에 일직선으로 붙지 않을 만치 뚱뚱하고, 목에는 자동차 바퀴를 단 것 같다. 그들이 나를 빤히 보며 내 얘기를 한다. 그들이 가까워지자 나는 일어난다. 그녀는 악수를 하며 여전히 나를 물끄러미 바라본다. 내가 방금 들었던 웃음소리, 얌전한 말처럼 킁킁거리는 소리를 내면서. 그녀의 손은 뜨겁고 스펀지처럼 축축하고 분홍빛이 돈다. 손가락 아래쪽이 폭폭 패어 있다. 형은 그녀를 제니라고 소개한다. 앞으로 우리 다락방에서 살 거란다. 커다란 얼굴은 붉은 달처럼 둥그렇고 두꺼운 안경 너머의 눈은 골프공만 하다. 그녀가 내 손을 놓자 난 할 말이 한마디도 떠오르지 않는다. 피터 형은 단숨에 그녀에게 우리가 가꾸는 꽃과 채소에 대해 설명하고는, 나무 사이로 강이 바라다보이는 자리에 그녀를 세웠다가 다시 집으로 안내한다. 형은 나보다 나이가 딱 두 배 많고, 이런 일에 능하다. 되는 대로 지껄이는 것 말이다.

제니가 쓰기로 한 다락방. 나는 간혹 거기 올라가 낡은 상자에서 물건을 찾거나 작은 창문 너머로 강을 바라보곤 했다. 상자에는 쓸 만한 건 별로 없고 자투리 천이나 재봉 견본 같은 것만 들어 있다. 그중 몇 가지는 아마 엄마 물건이었을 것이다. 한구석에는 그림 없는 빈 액자들이 놓여 있다. 언젠가 이 다락방에 혼자 올라온 적이 있다. 밖에는 비가 왔고,

아래층에서는 형과 다른 사람들이 다투고 있었다. 나는 호세를 도와 다락을 치우고 침실을 꾸몄다. 호세는 케이트의 남자친구였는데, 지난봄 케이트의 방을 나와 내 옆 빈방으로 옮겼다. 우리는 상자와 액자를 차고로 옮기고 마룻바닥을 검게 칠한 후 양탄자를 깔았다. 그리고 내 방에 있던 여분의 침대를 분해해서 위로 옮겼다. 침대와 탁자 하나, 의자, 작은 장롱을 놓고, 다락 천장의 경사진 부분을 빼고 나니 다락방에는 겨우 두 사람이 설 만한 자리만 남았다. 제니의 짐은 작은 트렁크 하나와 종이 쇼핑백 하나가 전부다. 나는 그녀의 짐을 위층으로 나른다. 그녀는 나를 따라오며 점점 숨 가빠한다. 세 번째 층계참에 못 미쳐 멈추고서 숨을 돌린다. 형이 우리를 뒤따라 방으로 비집고 들어온다. 우린 함께 살 방을 처음 구경하러 온 사람들 같다. 나는 그녀가 강을 바라볼 수 있도록 창문을 가리킨다. 제니는 탁자에 두꺼운 팔꿈치를 대고 앉는다. 그리고 형의 얘기에 귀 기울이며 이따금 땀이 흐르는 붉은 얼굴을 커다란 흰 손수건으로 닦는다. 나는 그녀 뒤에 있는 침대에 앉아 그녀의 떡 벌어진 등판과 의자 밑의 뚱뚱한 분홍빛 다리를 본다. 다리는 아래로 갈수록 좁아지다가 조그만 신발 속으로 쏙 사라진다. 그녀는 온통 분홍빛이다. 그녀의 땀 냄새가 방 안에 가득하다. 그 냄새는 밖에서 불어

오는 막 깎은 잔디 냄새 같기도 하다. 왠지 너무 깊게 들이쉬면 안 될 것 같다. 그럼 나도 그렇게 뚱뚱해질 것만 같다. 그녀가 짐을 풀 수 있도록 우리가 일어서자 그녀는 도와줘서 고맙다고 말한다. 문을 나설 때 쿵쿵거리는 소리, 그 특유의 신경증 환자 같은 웃음소리가 들려온다. 문가에서 나도 모르게 그녀를 뒤돌아보자 그녀는 골프공만 한 커다란 눈으로 나를 바라본다.

"너, 말이 참 없구나." 그녀가 말한다. 난 더 할 말이 없어진다. 나는 미소만 지어 보이곤 계단을 내려온다.

오늘은 내가 아래층에서 케이트를 도와 저녁 식사를 준비할 차례다. 케이트는 키가 크고 날씬하고 우수에 차 있다. 제니와는 정반대 타입이다. 여자친구가 생긴다면 케이트 같은 스타일이었으면 좋겠다. 그래도 좀 지나치게 창백하긴 하다. 지금 한여름인데도 말이다. 머리색도 특이하다. 언젠가 샘은 그녀의 머리색이 누런 우편봉투 같다고 했다. 샘 역시 여기 사는 형의 친구 중 하나다. 호세가 케이트 방에서 짐을 빼자 자기가 대신 그 방으로 들어가고 싶어 했다. 하지만 까칠한 케이트는 샘을 시끄럽다며 별로 좋아하지 않았다. 케이트 방으로 옮기고 나면 그는 아마 케이트의 어린 딸 앨리스를 수시로 깨워놓을 게 분명하다. 케이트와 호세가 같은 방에 있을 때 나는 그들이 서로를 바라보는지 살핀다. 하지만 그런 일은 절대 없다. 작년 4월 어느 오후, 뭐 빌릴 게 있어 케이트 방에 들어간 적이 있다. 그녀는 호세와 함께 침대에 누워 자고 있었다. 호세의 부모는 스페인 사람이고 피부는 매우 검다. 케이트는 한 팔을 길게 뻗고 똑바로 누워 있었고, 호세는 그녀의 팔을 베고 몸을 그녀에게 바짝 붙이고 있었다. 잠옷도 걸치지 않은 두 사람 위로 시트가 허리까지 덮여 있었다. 그들은 너무 희고 너무 검었다. 나는 오랫동안 침대 발치에 서서 그들을 바라보았다. 그 광경은 내가 발견한 일종의 비밀이었다. 그때 케이트가 눈을 뜨고 내게 조용히 나가라고 했다. 그렇게 나란히 누워 있었는데 이젠 서로 눈길도 주지 않다니, 이상하다. 만약 내가 어떤 여자의 팔을 베고 잤다면 나는 그럴 수 없을 것 같다. 케이트는 요리하는 걸 좋아하지 않는다. 요리하는 내내 앨리스가 칼을 입에 물지 않을까, 펄펄 끓는 뜨거운 냄비를 조리대에서 끌어내리지는 않을까 노심초사한다. 케이트는 멋지게 차려입고 외출하거나 죽치고 앉아 몇 시간씩 전화통에 매달리는 걸 더 좋아하는데, 내가 여자라도 그럴 것 같다. 한번은 그녀가 늦게까지 안 돌아와 형이 앨리스를 재워야 했다. 앨리스와 말할 때면 케이트는 늘 슬퍼 보인다. 들릴까 말까 한 목소리로 전혀 얘기하고

픈 마음이 없는 사람처럼 말한다. 그건 나와 말할 때도 마찬가지여서, 도무지 사람을 앞에 두고 얘기하는 것 같지 않다. 부엌에서 햇볕에 탄 내 등을 본 그녀가 나를 욕실로 데려가 약솜으로 칼라민 로션을 발라준다. 거울에 그녀의 모습이 비친다. 특별한 표정은 없는 것 같다. 잇새로 휘파람인지 한숨인지 모를 소리를 뱉어내며 등 다른 쪽에 로션을 바를 때는 조명이 비치는 쪽으로 내 팔을 잡고 밀거나 당긴다. 그녀는 지나가는 말처럼 위층에 새로 온 여자가 어떠냐고 묻는다. 내가 "되게 뚱뚱하고 웃는 것도 이상해"라고 말하자 아무 대답이 없다. 나는 케이트를 도와 채소를 잘게 썰고 상을 차린다. 그리고 내 보트를 보러 강을 따라 내려간다. 보트는 부모님이 돌아가시고 돈이 조금 생겼을 때 산 것이다. 선창에 이르는 사이 해가 지고, 검은 강물 위로 전에 다락방에서 본 천조각 같은 붉은 파편이 떠오른다. 오늘 저녁 강은 나른하고 공기는 따뜻하고 부드럽다. 나는 보트를 풀지 않는다. 등에 화상을 입어 노를 저을 만한 상태가 아니다. 대신 나는 보트 안으로 들어가 조용히 앉은 채 강물의 흔들림을 느끼며 붉은 파편이 검은 물속으로 가라앉는 모습을 지켜본다. 혹시 내가 제니의 숨을 너무 많이 들이켠 게 아닌가 생각하며.

집에 돌아오니 모두 저녁 식사를 시작할 참이다. 형 옆에 앉은 제니는 내가 들어와 그녀의 다른 편 옆자리에 앉을 때까지도 접시에서 눈을 떼지 않는다. 내 옆에 앉은 그녀는 거구이지만 접시 위로 몸을 잔뜩 수그린 모습을 보니 마치 존재하고 싶지도 않은 사람 같아 어쩐지 측은하다. 그녀에게 뭔가 말을 건네고 싶다. 그러나 할 말이 떠오르지 않는다. 어차피 지금은 말하는 사람이 아무도 없다. 모두가 접시 위에서 칼과 포크를 밀고 당기며, 이따금 뭘 좀 건네달라고 우물거리며 입을 뗄 뿐. 보통 우리끼리 먹을 땐 이렇지 않고, 뭐라도 얘깃거리가 있었다. 하지만 오늘은 제니가 있다. 그녀는 우리 가운데 누구보다 더 조용하고, 몸집이 큰 데다 접시에서 눈을 떼지도 않는다. 샘이 헛기침을 하며 우리 쪽으로 시선을 돌려 제니를 쳐다보자, 다들 일제히 제니가 앉은 곳을 바라보며 뭔가를 기다린다. 샘이 다시 헛기침을 하며 말한다.

"전엔 어디 살았어, 제니?" 그 전에 아무 말도 오가지 않았기 때문인지 이 질문이 마치 사무실에 앉아 서류를 작성 중인 것처럼 형식적으로 들린다. 제니는 여전히 접시에 코를 박은 채 말한다.

"맨체스터." 그녀가 샘을 본다. "아파트에서." 낮고 킁킁거리는 웃음소리가 들린다. 모두가 주시해서일까, 그녀는 다시 접시 속으로 엎어질 듯 고개를 떨어뜨린다. 샘은 "아, 그

89

랬구나"라고 중얼거리며 다음 질문을 생각한다. 위층에서 앨리스가 울기 시작하자 케이트가 데리고 내려와 무릎에 앉힌다. 아기는 울음을 그치고, 한마디도 않고 음식만 먹고 있는 우리를 차례차례 가리키며 "우, 우, 우" 하고 말을 건다. 마치 무슨 말이든 좀 생각해보라고 우리를 하나둘씩 나무라는 것 같다. 케이트는 늘 그렇듯 낮고 슬픈 어조로 앨리스에게 조용히 하라고 한다. 그녀가 이렇게 슬프게 말하는 건 앨리스에게 아빠가 없어서인 것 같다. 앨리스는 케이트와 조금도 닮은 데가 없다. 밝은 금발이고 귀가 머리에 비해 유난히 크다. 1, 2년 전 앨리스가 더 어렸을 때만 해도 나는 호세가 애 아빠일 거라고 생각했다. 하지만 호세는 머리가 검은데다 앨리스에게는 신경도 쓰지 않는다. 식사가 대충 끝나고 내가 케이트를 도와 그릇을 치우자 제니가 앨리스를 무릎에 앉히겠다고 한다. 앨리스는 여전히 소리를 지르며 방 안의 이런저런 물건을 가리키다가 제니의 무릎에 앉더니 잠잠해진다. 그렇게 큰 무릎은 처음이기 때문일까. 케이트와 내가 과일과 차를 들여와 오렌지와 바나나 껍질을 벗기고, 정원에서 따 온 사과를 먹고, 차를 따르고 설탕통과 조그만 우유 주전자를 돌리는 사이 우리는 여느 때처럼 얘기를 나누며 웃는다. 마치 무슨 일이 있었느냐는 듯, 제니가 앨리스를 무릎에 편히 앉혀놓고 달리는 말처럼 무릎을 들썩인다. 손으로 새를 만들어 앨리스의 배에 쏜살같이 내려앉히고 간질이자 앨리스는 더 하라고 내내 소리를 지른다. 앨리스가 그렇게 웃는 것은 처음 본다. 제니가 케이트 쪽을 흘깃 쳐다본다. 둘이 노는 모습을 바라보는 케이트의 표정이 마치 텔레비전 앞에 앉아 있는 사람 같다. 제니는 아이와 너무 오랫동안 신나게 논 것이 갑작스레 미안해진 사람처럼 앨리스를 엄마에게 넘긴다. 식탁 맞은편에 앉은 앨리스가 소리친다. "더! 더! 더!" 앨리스는 엄마가 잠자리에 데려갈 때까지 그렇게 5분을 더 소리쳤다.

다음 날, 형의 부탁으로 아침 일찍 제니 방으로 커피를 갖다준다. 내가 들어가자 그녀는 이미 일어나 편지에 우표를 붙이고 있다. 그녀는 어제 저녁보다는 작아 보인다. 일어난 지 벌써 한참 된 듯 창문이 활짝 열려 있고 방은 아침 공기로 가득하다. 창문 너머 나무 사이로 햇살에 잠긴 환하고 고요한 강이 보인다. 나가고 싶다. 나가서 아침 식사 전에 보트를 보고 싶다. 제니는 얘기를 나누고 싶어 한다. 나를 침대에 앉혀놓고 내 얘기를 해보라고 한다. 그녀가 아무것도 묻지 않자 나는 내 얘기를 어떻게 시작해야 할지 몰라 우두커니 앉아 그녀가 편지 겉봉에 주소를 쓰며 커피를 홀짝이는 모습을 지켜본다. 그런데도 불편하지 않다. 제니의 방은 괜찮다. 벽에 사진 두 점이 걸려 있다. 액자에 든 사진 하나는 동물원에서 찍은 건데 원숭이 한 마리가 새끼를 배에 매단 채 거꾸로 매달려 나뭇가지를 타고 있다. 한쪽 구석에 동물원 수위의 모자와 얼굴 일부가 찍혀 있어 동물원임을 알 수 있다. 다른 하나는 잡지에서 오려낸 컬러 사진으로 손에 손을 잡고 해변을 거니는 두 아이 모습이다. 석양 무렵이라 사진 전체, 심지어 아이들까지 붉게 물들어 있다. 멋진 사진이다. 그녀는 하던 일을 끝내고 내게 어느 학교에 다니느냐고 묻는다. 나는 방학이 끝나면 전학 가게 될 리딩의 큰 종합 중등학교에 대해 말해준다. 아직 가보지 않아서 할 말이 많지는 않다. 그녀는 내가 다시 창밖을 내다보는 걸 본다.

"강가에 갈 거니?"

"응, 보트를 봐야 하거든."

"같이 가도 될까? 네가 강을 보여줄래?" 나는 문가에서 기다리며 그녀가 통통한 분홍빛 발을 납작한 신발에 쑤셔 넣는 모습이며 뒷면에 거울이 달린 빗으로 짧게 쳐올린 머리를 빗는 모습을 지켜본다. 우리는 잔디밭을 지나고 정원 끝의 쪽문을 나와 키 큰 양치류 사이를 뚫고 오솔길에 접어든다. 반쯤 가다가 나는 노랑멧새 소리를 들으려고 걸음을 멈춘다.

그녀가 자기는 노랫소리만 듣고 알 수 있는 새는 하나도 없다고 말한다. 어른들은 대체로 뭘 모른다고 하는 법이 없는데. 그녀가 지빠귀 소리를 귀 기울여 들을 수 있도록 오솔길 아래 선창 입구의 늙은 떡갈나무 밑에 잠시 머문다. 나는 지빠귀 한 마리가 매일 아침 그맘때면 거기 앉아 노래하는 것을 안다. 우리가 다가가자마자 새가 노래를 뚝 그치는 바람에 숨을 죽이고 새의 노래를 기다린다. 나는 죽어가는 늙은 나무 옆에 서서 주변 나무에서 지저귀는 다른 새들의 소리를 듣는다. 강물은 바로 근처 모퉁이를 돌아 선창에서 찰랑인다. 우리 새는 휴식을 취하나보다. 고요하게 뭔가를 기다리는 게 초조했는지, 제니는 쿵쿵거리는 웃음이 터져 나오려는 걸 참으려고 코를 막는다. 지빠귀 소리를 들려주고픈 간절한 마음에 그녀의 팔에 손을 얹자 그녀가 코에서 손을 떼고 미소를 짓는다. 불과 몇 초 후에 지빠귀는 길고 복잡한 노래를 시작한다. 새는 내내 우리가 고요해지기만을 기다린 것 같다. 선창으로 더 걸어가 나는 그녀에게 밧줄로 매어둔 내 보트를 보여준다. 선창 끝에 열매처럼 겉은 녹색이고 안은 붉은색인 노 젓는 배가 있다. 여름내 나는 여기서 노를 젓고, 색을 칠하고, 닦고, 가끔 그저 물끄러미 바라보기도 했다. 한번은 10킬로미터나 물결을 거슬러 노를 저어 갔다가 물결을 따라 내려오는 데 하루를 꼬박 보낸 적도 있다. 우리는 잔교 모퉁이에 앉아 나의 보트와 강, 건너편 나무를 바라보았다. 제니는 눈으로 물결을 따라가며 말한다.

"저 아래가 런던이야." 런던은 내가 강에게 알리고 싶지 않은 끔찍한 비밀이다. 강은 런던에 대해선 아직 모른다. 늘 우리 집 앞은 지나가도. 그래서 나는 고개만 끄덕이고 아무 말 않는다. 제니가 배에 타봐도 되느냐고 묻는다. 처음에는 그녀가 너무 무거운 게 아닌지 걱정스러웠다. 그렇다고 솔직히 그렇게 말할 수도 없는 노릇이라, 나는 그녀가 올라탈 수 있도록 선창에서 몸을 구부려 배를 묶어둔 밧줄을 끌어당긴다. 그녀는 한바탕 씩씩대고 휘청거리며 배에 오른다. 배가 평소보다 깊게 가라앉는 듯 보이진 않아 나도 배에 오른다. 새로운 높이에서 강을 바라보니 새삼 강이 실제로 얼마나 강하고 오랜 세월을 버텨왔는지 알 것 같다. 우리는 배에 앉아 한참 대화를 나눈다. 먼저 내가 우리 부모님이 2년 전 자동차 사고로 돌아가신 일과 형이 집을 일종의 공동체로 바꾸겠다고 마음먹은 얘기를 한다. 처음에 형은 이곳에 스무 명도 넘는 사람들을 입주시키려고 했다. 그러나 내가 보기에 그사이 인원을 여덟 명 정도로 제한한 것 같다. 그다음에 제니가 맨체스터의 큰 학교에서 교사로 일하던 시절의 얘기를 들려준다.

그녀는 너무 뚱뚱해서 전교생의 놀림감이었다. 그런 얘기를 하면서도 그녀는 아무렇지 않은 듯하다. 그 시절에 얽힌 재밌는 일화들이 있다. 아이들이 그녀를 책장 안에 가둔 얘기를 할 땐 둘 다 얼마나 배를 잡고 웃었는지 보트가 기우뚱거리며 강가에 작은 파문이 일 정도였다. 이번에 제니의 웃음소리는 이전처럼 거북하고 헐떡이지 않는, 부담 없고 리듬감도 있는 소리다. 돌아오는 길에 그녀는 노랫소리로만 지빠귀 두 마리를 알아맞히고 잔디 위를 걸어가며 또 한 마리를 가리킨다. 나는 고개만 끄덕인다. 사실은 다른 새지만 너무 배가 고파 차이점을 설명할 기운이 없다.

사흘 후 제니의 노랫소리가 들린다. 뒤뜰에서 부속품을 펼쳐놓고 자전거를 조립하던 중, 열려 있는 부엌 창문으로 그녀의 노래가 새어 나온다. 케이트가 친구 집에 놀러 가 제니가 부엌에서 앨리스를 돌보며 점심 식사를 준비하고 있다. 그녀는 앨리스에게 가사도 잘 모르는 노래를 행복과 슬픔이 뒤섞인 목소리로, 늙고 목쉰 흑인 여자처럼 불러준다. 뉴 모닝 맨, 라라, 라라라, 랄라, 뉴 모닝 맨, 라라, 라라라, 랄라, 뉴 모닝 맨, 날 여기서 데리고 가줘요. 오후에 강에서 함께 노를 저을 때도 그녀는 비슷한 멜로디의 다른 노래를 가사 없이 흥얼거린다. 야라라, 야라아아아, 야이이이이. 그녀는

95

이 노래가 마치 나를 위한 특별 세레나데라도 되듯 손을 위로 뻗고 커다란 눈을 굴린다. 한 주가 흐르고 나니 집이 온통 제니의 노래로 가득하다. 기억나면 가끔 한두 줄 가사를 흥얼거릴 때도 있지만, 대부분 가사는 한 소절도 없다. 그녀는 부엌에서 보내는 시간이 많고, 대개 거기서 노래를 부른다. 무슨 재주인지 그녀의 손이 닿자 부엌이 넓어진다. 그녀는 햇빛이 더 많이 들도록 북쪽 창의 페인트를 벗겨낸다. 아무도 왜 창문에 페인트칠이 되어 있는지 모르고 있었다. 그녀가 낡은 탁자 하나를 치우자 그제야 다들 그게 길을 가로막고 있었다는 사실을 깨닫는다. 어느 오후 그녀는 부엌이 좀 더 넓어 보이도록 한쪽 벽을 말끔히 흰색으로 칠하고, 냄비와 접시를 찾기 쉽도록 정돈한다. 심지어 나도 쉽게 손이 닿도록. 부엌은 이제 앉아서 쉴 만한 장소가 됐다. 제니는 우리가 보통 사 먹던 빵과 케이크를 손수 굽는다. 그녀가 우리 집에 온 지 사흘째 되던 날, 내 침대보가 새로 씌워졌다. 그녀는 내가 여름에 쓰던 침구와 옷가지를 끌어모아 전부 세탁한다. 그녀는 오후 내내 카레 요리를 만들고, 그날 저녁 나는 2년여 만에 최고로 맛있는 음식을 먹어본다. 다른 식구들이 입을 모아 칭찬하자, 그녀는 쑥스러워하며 또다시 킁킁거리는 웃음소리를 낸다. 그녀가 그럴 때면 모두들 혐오스러운 것이나 못 볼 걸 봤다는 듯 짜증 섞인 시선을 돌린다.
그러나 나는 그녀가 그렇게 웃어도 아무렇지 않다. 식탁에
서 모두가 외면할 때를 빼고는 아예 쿵쿵거리는 소리가 들
리지도 않는다. 오후면 강가로 나가 그녀에게 노 젓는 방법
을 가르치며 그녀의 얘기에 귀를 기울인다. 그녀가 교사로
일할 때와 노인들이 연일 베이컨과 버터를 훔쳐가던 슈퍼마
켓에서 일할 때의 얘기. 나는 그녀에게 다른 새소리를 몇 가
지 더 가르쳐줬지만 그녀가 제대로 구별할 수 있는 건 처음
들었던 지빠귀 소리뿐이다. 그녀는 방에서 부모와 남동생의
사진을 보여주며 말한다.

"우리 집에서 나만 뚱뚱해." 나도 우리 부모님 사진 몇 장
을 보여준다. 하나는 부모님이 세상을 뜨기 바로 한 달 전에
찍은 사진이다. 엄마 아빠가 나란히 손을 잡고 계단을 내려
오면서 사진에서 보이지 않는 무엇인가를 보고 환히 웃고 있
다. 부모님이 보고 있는 건 형이다. 형은 내가 사진을 찍을
때 부모님을 웃게 만들려고 푼수 짓을 하고 있었다. 그때 나
는 열 살 생일 기념으로 막 카메라를 선물받았고, 그 사진은
내가 처음으로 찍은 것 중 하나다. 제니는 그 사진을 한참 바
라보다가 엄마가 참 좋은 분 같다는 말을 한다. 그 말을 듣는
순간 갑자기 엄마가 그저 사진 속의 어떤 여자로 보인다. 엄

마가 다른 누구일 수도 있을 것 같다. 처음으로 엄마는 내게서 멀리 떨어졌다. 내 머릿속이 아닌, 거기서 나를 내려다보는 사람이 아닌, 머리 밖에 있는, 나나 제니 혹은 누가 됐든 사진을 집어 든 사람 눈에 보이는 대상이 되어. 제니가 내 손에서 사진을 낚아채 다른 사진과 함께 신발 상자에 넣는다. 아래층으로 내려와 그녀는 황당하게 막을 내린 연극을 연출했던 어떤 친구에 대한 길고 긴 얘기를 들려준다. 친구는 제니더러 연극이 끝나자마자 박수를 쳐달라고 부탁했는데 그녀의 실수로 관객은 막이 내리기 15분 전 조용한 장면에서 박수를 쳤고, 덕분에 연극의 나머지 부분은 공연도 못 했으며 관객 중 누구도 연극의 의미를 몰라 박수 소리는 더욱 높아져갔다는 것이다. 모든 게, 내게서 엄마에 대한 생각을 지워내려는 그녀의 배려 같다. 실제로도 그렇다.

케이트는 요즘 부쩍 리딩에 있는 친구들을 만나러 간다. 어느 날 아침 내가 부엌에 있는데 케이트가 한껏 멋을 부리고 들어선다. 가죽옷을 빼입고 롱부츠를 신고 있다. 그녀는 맞은편에 앉아 그날 앨리스가 먹을 것과 귀가 시간을 일러두려고 제니가 내려오기를 기다린다. 케이트가 비슷한 복장으로 부엌에 들어서던 2년 전 어느 날 아침이 떠오른다. 그녀는 블라우스 단추를 풀고 푸른빛이 돌 정도로 흰 젖을 한쪽 젖가슴에서 짜내 병에 담고 다른 쪽도 반복했다. 그녀는 내가 있는 것도 잊은 듯했다.

"뭐 해?" 내가 물었다.

그녀가 말했다. "재닛더러 이거 앨리스한테 주라고 하려고. 오늘 나가봐야 하거든." 재닛은 여기 살던 흑인 여자애였다. 케이트가 병에 대고 직접 모유를 짜내는 모습은 낯설었다. 그 모습은 내게 우리가 차 마시는 원숭이처럼, 좀 별난 짓을 하는 옷을 걸친 동물일 뿐이라는 생각을 하게 했다. 그러나 우린 대개 서로에게 너무나 익숙해진다. 혹시 케이트도 지금 그날 아침 우리가 함께 부엌에 앉아 있던 그 시간을 생각하는 걸까. 입술을 오렌지색으로 칠하고 머리를 뒤로 올려서인지 그녀는 다른 때보다 더 말라 보인다. 립스틱 색이 교통 표지판의 형광색 같다. 매분 시간을 확인하는 그녀의 가죽옷에선 뽀드득거리는 소리가 난다. 그녀는 우주에서 온 미녀 같다. 이윽고 패치워크로 만든 헐렁하고 낡은 잠옷을 입은 제니가 막 일어난 듯 하품을 하며 내려온다. 케이트는 총알처럼 빠르고 낮은 소리로 그날 앨리스가 먹을 걸 말해준다. 그런 얘기를 해야 하는 것이 슬프다는 표정으로. 그녀는 가방을 메고 부엌에서 달려 나가며 어깨 너머로 외친다. "바이!" 의자에 앉아 차를 마시는 제니는 꼭 부잣집 사모님 아기를 돌보러 집에 남은 살찐 유모 같다. 요, 아빠는 부자야, 요, 엄마는 예뻐, 라라라라, 라라, 요, 울지 마. 식구들이 제니를 대하는 태도에는 어딘지 남다른 데가 있다. 마치 그녀가 여기 속해 있지 않으며, 식구들과는 별개의 사람인 것처럼 군다. 그녀가 엄청난 양의 음식을 요리하고 케이크를 굽는 데 익숙해져가고 있지만, 아무도 그 일에 대해 언급하지 않는다. 가끔 형과 케이트, 호세와 샘은 저녁에 모여 형이 직접 만든 물파이프로 마리화나를 피우며 전축 볼륨을 최대한 높이고 음악을 듣는다. 그럴 때면 제니는 대개 그녀의 방으로 돌아간다. 제니는 그런 자리에 끼고 싶어 하지 않았는데, 그런 그녀를 그들은 좀 거슬려 했다. 그녀는 여자지만 케이트나 형의 여자친구 샤론처럼 예쁘지 않다. 맞는 치수가 없어서인지 그 둘처럼 청바지를 입거나 인도풍 셔츠를 걸치지도 않는다. 그녀는 우리 엄마가 입던 것 같은 꽃무늬 원피스나 우체국 여직원 같은 옷을 입고 다닌다. 그녀가 안절부절못하며 그녀 식으로 웃으면 그들은 정말이지 그녀를 정신병자 취급한다. 그건 그들이 시선을 피하는 것을 보면 알 수 있다. 그들은 여전히 그녀가 얼마나 뚱뚱한지 의식한다. 가끔 그녀가 없는 자리에서 샘이 그녀를 슬림 짐*이라고 부르면 나머지는 언제나 따라 웃는다. 그들이 그녀에게 불친절하다거나 그런 건 아니지만, 거기엔 딱히 말로 표현하기 어려운, 그녀를 따돌리는 그들만의 방식이 있다. 한번은 우리가 밖에 나가 강가에 있을 때 제니가 마리화나에 대해 묻는다.

"넌 그런 거 어떻게 생각해?" 그녀의 물음에 나는 열다섯 살까지는 형이 못 피우게 할 거라고 대답한다. 난 그녀가 마약을 페스트처럼 싫어한다는 것을 안다. 하지만 그녀는 다시 그 얘기를 꺼내지 않는다. 그날 오후 나는 제니가 앨리스를 팔에 안고 부엌문에 기대선 채 햇빛에 눈을 가늘게 뜬 사진을 찍는다. 그녀도 내가 부속품을 조립해 완성한 자전거를 뒤뜰에서 손 놓고 타는 모습을 찍는다.

제니가 앨리스의 엄마가 되는 것은 이제 시간문제다. 처음엔 케이트가 친구들을 만나러 갈 때만 그녀가 앨리스를 돌봤다. 그 후 케이트의 외출은 점점 더 잦아지고 앨리스와 제니는 거의 하루 종일 붙어 지낸다. 그러니까 우리 셋, 제니, 앨리스, 나는 강가에서 함께 많은 시간을 보낸다. 선창 근처 풀 돋은 둔덕 아래로 2미터 정도 너비의 좁은 모래사장이 있다. 제니는 내가 배를 손보는 동안 풀밭에 앉아 앨리스와 논다. 배에 태우자 앨리스는 돼지 새끼처럼 새된 비명을 지른다.

---

* 미국 콘아그라 사(社)의 육포.

앨리스는 아직 물을 무서워한다. 앨리스가 좁은 백사장에 서 게 되기까지도 오래 걸렸지만, 그렇게 되고도 혹시 물이 덮 칠까봐 경계를 풀지 않았다. 하지만 보트에서 제니가 손을 흔들어주자 생각보다 안전해 보였는지 마음을 바꿔 우리와 강 맞은편 언덕까지 유람을 간다. 케이트가 나가도 앨리스는 아랑곳 않는다. 앨리스는 귀에 익은 노랫가락을 불러주고 강 가 풀밭에 앉아 계속 말을 걸어주는 제니를 좋아하니까. 앨 리스는 한마디도 못 알아들으면서 계속 이어지는 제니의 목 소리를 좋아한다. 이따금 앨리스는 제니의 입술을 가리키며 "더, 더"라고 말한다. 앨리스와 함께 있을 때면 케이트는 늘 너무 조용하고 슬퍼 보여 사람들은 말도 별로 건네지 않는 다. 한번은 케이트가 외박을 하고 다음 날 아침에 돌아왔다. 앨리스가 제니의 무릎에 앉아 부엌 식탁에 아침을 어지르고 있을 때, 케이트가 후다닥 뛰어 들어와 아이를 들어 안으며 누가 대답할 새도 없이 되풀이해서 묻는다.

"아기 잘 있었어? 아기 잘 있었어? 아기 잘 있었어?" 바 로 그날 오후 케이트에게 또 볼일이 생겨 앨리스는 다시 제 니 곁으로 돌아온다. 나는 부엌 앞 복도에 서서 케이트가 제 니에게 초저녁에 일찍 돌아올 거라고 말하는 소리를 듣는다. 몇 분 후 케이트가 작은 트렁크를 들고 정원 문 쪽으로 나간다. 이틀 후 돌아온 그녀는 앨리스가 있는지 보려고 문 안으로 고개만 들이밀었다가 방으로 올라간다. 앨리스를 온종일 데리고 다니는 건 성가실 때가 많다. 보트를 타고 멀리 나갈 수도 없다. 20분쯤 지나면 앨리스는 다시 물을 무서워하며 강기슭으로 돌아가자고 하기 때문이다. 걸어서 갈 땐 앨리스를 내내 안고 가야 한다. 그건 내가 제니에게 강가의 특별한 장소를 보여줄 수 없다는 얘기다. 조금만 날이 저물어도 앨리스는 피곤해서 공연히 칭얼대고 보채기 시작한다. 나는 앨리스와 그 많은 시간을 함께 보내는 데 신물이 난다. 케이트는 거의 하루 종일 자기 방에 틀어박혀 있다. 어느 오후 내가 차를 가지고 올라가보니 그녀는 의자에 앉아 잠들어 있다. 앨리스가 꼭 붙어 있으니까 나와 제니는 처음처럼 많은 얘기를 나누지 않는다. 앨리스가 듣고 있어서가 아니라 제니가 늘 앨리스에게 매여 있기 때문이다. 그녀는 정말 다른 생각은 전혀 없고 앨리스 말고는 그 누구와도 말하고 싶지 않은 것처럼 보인다. 어느 날 저녁 식사 후 우리는 모두 거실에 앉아 있었다. 케이트는 복도에 서서 전화로 누군가와 긴 언쟁 중이다. 그녀는 전화를 끊고 들어와 시끄럽게 앉더니 계속 책을 읽는다. 내가 보기엔 화가 나서 책 읽는 시늉만 하는 것 같다. 잠시 아무도 말이 없는데 위층에서 앨리스가 제니를 찾으며 운다. 제니와 케이트가 동시에 올려다보며 잠시 물끄러미 마주 본다. 이윽고 케이트가 일어나 방을 나간다. 모두 계속 책을 읽는 척하지만 실제로는 계단을 오르는 케이트의 발소리에 귀를 기울이고 있다. 그녀가 바로 거실 위에 있는 앨리스의 방으로 들어가는 소리, 그리고 앨리스가 제니더러 올라오라고 점점 더 크게 악쓰는 소리가 들린다. 케이트가 돌아오자 이번엔 제니가 재빨리 시선을 든다. 둘은 다시 한동안 서로를 빤히 쳐다본다. 앨리스는 내내 제니를 부르며 운다. 제니가 일어나 케이트 옆을 지나 문을 나간다. 둘 다 말이 없다. 우리, 형, 샘, 호세, 나는 계속해서 책을 읽는 척하며 위층으로 올라가는 제니의 발소리를 듣는다. 울음소리가 멎고 제니는 위층에 한참 머문다. 그녀가 내려왔을 때 케이트는 의자에 앉아 잡지를 보고 있다. 제니가 앉고 누구도 눈을 들지 않는다. 누구도 입을 열지 않는다.

갑자기 여름이 지나갔다. 제니가 어느 날 아침 일찍 내 방으로 와서 침대보를 걷어내고 방 안에서 옷가지란 옷가지는 전부 주워 모은다. 학교 가기 전에 모두 빨아 널어야 한다는 것이다. 그리고 그녀가 나에게 방을 청소하고 여름내 침대 밑에 쌓인 낡은 만화책과 접시와 컵, 수북한 먼지며 보트에 썼던 페인트 통을 모두 치우라고 한다. 그녀가 차고에서 작은 탁자 하나를 찾아내자 나는 그녀를 도와 탁자를 내 방으로 나른다. 숙제를 할 책상이다. 그녀가 나를 마을로 데려간다. 무슨 일인지는 깜짝 이벤트라 말해줄 수 없다고 한다. 마을에 다다르자 그녀는 머리를 자르러 온 것이라고 한다. 나는 내뺄 준비를 하지만, 그녀가 어깨에 손을 얹고 말한다.

"바보같이 굴지 마. 이러고 어떻게 학교에 가. 하루도 못 버틸걸." 꼼짝없이 붙들려 나는 나의 '여름'이 통째로 잘려 나가는 것을 본다. 제니가 뒤에 앉아 거울 속에서 얼굴을 찡그리고 있는 나를 놀려댄다. 그녀는 피터 형에게 돈을 받아 버스를 타고 시내로 교복을 사러 간다. 강가에서 그렇게 오랜 시간을 함께 보내다가 갑작스레 이래라저래라 하는 것이 조금 낯설다. 하지만 싫을 것도, 그녀가 시키는 걸 못 할 이유도 없다. 그녀는 나를 데리고 쇼핑가의 신발 가게와 남성용품 매장을 돌아다니며 붉은색 블레이저와 빨간 모자, 검정 가죽구두 두 켤레, 회색 양말 여섯 켤레, 회색 바지 두 벌, 회색 셔츠 다섯 벌을 사주며 말한다. "이거 괜찮아? 맘에 들어?" 특별히 좋아하는 빛깔의 회색이 따로 있는 것도 아니어서 그녀가 고르는 대로 따른다. 한 시간 안에 모든 게 끝났다. 저녁에 그녀는 새 물건을 수납할 공간을 만들려고 서랍에서 나의 돌 수집품을 꺼내고 새로 산 교복을 입어보게 한다. 아래층에서 내가 빨간 모자를 쓰자 모두 웃음을 터뜨린다. 샘은 나더러 우주에서 온 우체부 같다고 한다. 제니 덕에 사흘 저녁을 연달아 손톱솔로 무릎 때를 밀어야 했다.

개학 바로 전 일요일, 나는 제니, 앨리스와 함께 마지막으로 보트를 타러 간다. 저녁때 피터와 샘을 도와 보트를 오솔길로 끌어내고 잔디밭을 건너 겨울을 날 창고에 집어넣을 생각이다. 그리고 나서 우리는 좀 더 견고한 새 선창을 지을 것이다. 이건 올여름 마지막 뱃놀이다. 내가 보트를 선창에서 꼭 붙들고 있는 동안 제니가 앨리스를 보트에 태우고 자기도 올라탄다. 노를 저어 강으로 나갈 때 제니가 노래를 시작한다. 주여 임하소서, 주여 임하소서, 주여 임하소서, 주여 임하소서, 라아, 라라라라아, 라라. 앨리스는 제니의 무릎 사이에 서서 내가 노 젓는 모습을 바라본다. 내가 앞뒤로 몸을 악착같이 움직이는 게 우스운가보다. 내가 얼굴을 가까이 내밀었다 사라지는 놀이를 하는 줄 안다. 이상하다, 강가에서 우리의 마지막 날. 제니가 노래를 마치자 오랫동안 아무도 입을 떼지 않는다. 앨리스만 나를 보며 웃는다. 강은 너무 잔잔해 웃음소리가 어디로도 퍼지지 않는다. 해는 지난여름과 함께 타버린 듯 희미한 노란색을 띠고 있다. 강둑의 나무들 사이로는 바람 한 점 불지 않고 새들도 지저귀지 않는다. 물속의 노 젓는 소리도 들리지 않는다. 나는 해를 등지고 물결을 거슬러 노를 젓는다. 해는 온기를 느낄 수 없을 만큼 창백하고, 그림자조차 드리우지 않는다. 상류에서 한 노인이 떡갈나무 밑에 앉아 낚시를 한다. 우리가 같은 높이에서 그와 마주칠 즈음, 그가 일어나 보트를 보고 우리도 그를 본다. 우리를 바라보는 그의 표정엔 아무 변화도 없다. 우리 역시 멀뚱히 보기만 할 뿐 인사를 건네지 않는다. 그는 긴 풀대궁을 입에 물고 있다가 우리가 지나칠 무렵 물속에 조용히 침을 뱉는다. 제니는 끈적이는 강에 손을 집어넣어 물을 가르며 넋나간 듯 강둑을 바라본다. 그러자 나는 문득 그녀가 나와 함께 강에 오고 싶은 마음이 없었는지도 모르겠다는 생각이 든다. 그저 여느 때 함께 노를 저어왔고 오늘이 이 여름의 마지막 날이었기 때문에 함께 온 것일 뿐. 나는 슬픈 마음에 제대로 노를 저을 수가 없다. 반시간쯤 노를 저었을까. 그녀가 미소를 짓자 나는 그녀가 강에 오는 것을 꺼렸다는 건 터무니없는 상상이었음을 알게 된다. 왜냐하면 지금 그녀는 여름을, 우리가 함께한 모든 것을 추억하고 있으니까. 그녀를 통해 들으니 모든 것이 실제보다 훨씬 근사하게 들린다. 우리의 긴 산책, 앨리스 때문에 강 가장자리를 맴돌며 노를 젓던

일, 내가 그녀에게 노 젓는 법과 새소리를 가르쳐준 일, 모두 잠든 시간에 일어나 아침도 먹기 전부터 뺀질나게 노 저으러 나가던 일. 그녀를 통해 모든 것이 되살아난다. 여새를 보았다고 믿었던 날이며 저녁 내내 수풀 뒤에 숨어 너구리가 굴에서 나오기만 기다렸던 일들. 금세 우리는 올여름이 그래도 얼마나 좋았는지, 내년에는 뭘 할지 들떠서 정체된 공기 속으로 외침과 웃음소리를 뱉어낸다. 그러다 제니가 말한다.

"넌 내일 빨간 모자를 쓰고 학교에 가는 거야." 그녀는 손가락으로 허공을 찌르며 진지하게 훈계하듯 그 말을 한다. 내가 태어나서 들어본 말 중 가장 골 때리는 말이다. 여름 동안 쌓은 온갖 추억을 곱씹다가 결론으로 갑자기 빨간 모자를 쓰고 학교에 가라니. 그 발상부터가 웃긴다. 우리는 웃음을 터뜨린다. 웃음은 영영 그치지 않을 것 같다. 나는 노를 걸쳐놓는다. 고함과 낄낄거리는 웃음은 자꾸만 커져가고 물결을 따라 소리를 실어 나를 바람이 없어 소리는 그대로 보트 주위에 고인다. 상대방의 눈을 바라보면 웃음소리가 더 거세진다. 입술이 땅겨 이제는 정말 웃음을 멈추고만 싶다. 앨리스는 영문을 몰라 울기 시작한다. 우리는 그게 우스워 더 웃는다. 제니는 나를 보지 않으려고 보트 가장자리로 몸을 기댄다. 그러나 그녀의 웃음은 더 거칠어진다. 낮고 짓눌린 웃음소리가 목에서 돌의 파편처럼 튀어나온다. 그녀의 커다란 분홍빛 얼굴, 두툼한 분홍빛 팔이 경련한다. 그녀가 입 안 가득 숨을 들이켜려 할 때마다 공기는 돌에서 떨어진 작은 파편처럼 곧장 빠져나간다. 그녀는 다시 보트 안쪽으로 몸을 돌린다. 입은 웃지만 눈은 놀라서 물기가 마른 것 같다. 무릎을 꿇고 너무 웃느라 아픈 배를 움켜쥐고 있다. 그러다 실수로 앨리스를 쳐서 넘어뜨린다. 그때 보트가 뒤집힌다. 제니가 보트 가장자리에 기대 쓰러지는 바람에 뒤집힌다. 제니는 크고 내 보트는 작기 때문이다. 사진기 셔터를 누를 때 들리는 찰칵 소리처럼 단번에 뒤집힌다. 순식간에 나는 강 속 깊은 곳 녹색 바닥에서 차고 부드러운 진흙덩이를 손등으로 훑으며 얼굴에 와 닿는 갈대를 느낀다. 가라앉는 돌 같은 웃음소리가 귓가를 스쳐간다. 그러나 내가 수면으로 헤엄쳐 나왔을 때 주변엔 인기척이 없다. 물 위로 나오자 강 주위가 어둡다. 오랫동안 물속에 있었던 듯하다. 내 머리에 뭔가 닿는 게 느껴진다. 그제야 내가 지금 뒤집힌 보트 밑에 있다는 것을 깨닫는다. 나는 다른 쪽으로 잠수해 나와 다시 고개를 내민다. 숨을 돌리는 데 한참이 걸린다. 계속 보트 곁을 헤엄치며 제니와 앨리스를 부른다. 물속에 입을 대고 그들의 이름을 부른다. 그러나 아무 대답도 들리지 않고 수면에는 아무 기척이 없다. 강에는 나 혼자다. 그래서 나는 보트에 몸을 맡긴 채 한참 기다린다. 웃음소리는 여전히 머릿속에 남아 있다. 난 강 위로 지는 해가 만드는 노란 점을 바라본다. 이따금 발과 등이 심하게 저렸지만, 마음은 고요하다. 보트의 녹색 외벽에 매달려 수면이 갈라지고 노란점이 산산이 흩어지기만을 기다리며 멍하게 강을 바라본다. 노인이 낚시하던 자리를 지나려니 그때가 너무 까마득하게 여겨진다. 지금 그는 없다. 그가 서 있던 자리에 종이봉투만 남아 있을 뿐이다. 너무 지쳐 눈이 절로 감긴다. 내 방 침대에 누워 있는 것 같다. 겨울이다. 엄마가 잘 자라는 인사를 하러 방으로 들어온다. 엄마가 불을 끈다. 내 손은 더 이상 보트를 잡고 있지 않다. 나는 강 속으로 가라앉는다. 그리고 다시 정신이 들어 제니와 앨리스를 부르고, 강을 바라본다. 눈이 감기고 엄마가 방으로 들어와 잘 자라는 인사를 하며 불을 끈다. 나는 다시 물속에 잠긴다. 한참 후 나는 제니와 앨리스를 부르는 것을 잊고 그저 보트에 매달려 물살에 떠내려간다. 강변에 눈에 익은 장소가 보인다. 선창 근처에 모래 한 무더기와 풀이 솟은 둔덕이 있다. 보트를 밀어내자 노란 점은 강속으로 가라앉는다. 나는 보트를 런던 쪽으로 흘려보내고 천천히 검은 물살을 가르며 선창으로 헤엄쳐간다.

극장의
코커 씨

마룻바닥엔 먼지가 쌓여 있고 세트는 반 남짓 칠해져 있었다. 무대 위의 사람들은 모두 벗은 채였다. 밝은 조명이 몸을 덥히며 공기 속의 먼지를 비춘다. 어디에도 앉을 곳이 없어 그들은 처량하다 싶게 발을 끌며 무대를 오갔다. 벌거벗은 사람들에게는 손을 집어넣을 주머니도 담배도 없었다.

"이번이 처음이세요?" 모두가 처음이었는데, 그걸 아는 건 연출가뿐이다. 안면이 있는 사람들끼리만 이따금 나지막이 말을 주고받았다. 다른 이들은 침묵했다. 벌거벗은 이방인들끼리는 어떻게 대화를 시작할까? 아무도 알지 못했다. 현금이 필요했던 연출가의 친구의 친구들이 슬며시 여자들을 기웃거리는 동안, 무대가 직업인 남자들은 남모르게, 순전히 직업적 관심에서 서로의 성기를 훔쳐보았다. 뒤편 관람석에서 무대의상 담당과 얘기하던 재스민이 따발총을 쏘는 듯한 목소리로 외쳤다.

"제군들, 모두 자위했지? 아, 좋아."(아무도 대답하지 않는다.) "발기하면 퇴장이야. 격식 있는 쇼니까." 여자들 몇몇이 킥킥댔다. 무대에 서지 않는 남자들은 조명 밖으로 물러섰다. 무대 설치 담당 두 명이 둘둘 만 양탄자를 무대 위로 날랐다. "자리 폈어요." 이 말에, 모두가 벗었다는 느낌이 이전보다 더 강해졌다. 흰 셔츠에 사파리 모자를 쓴 남자가 축음기를 설치하고 조롱하듯 녹음테이프를 끼워 넣었다. 성교 장면이었다.

"〈위교시〉 부탁해요, 잭." 재스민이 말했다. "한번 들어보자고." 네 개의 커다란 스피커가 있었고 빠져나갈 구멍은 없었다.

그래, 사람들은 누구나 세-엑-스를 하지.
있는 그대로 솔직히 말해볼까.
온 나라 어디서나, 들어가고 나오고
하나, 둘, 셋, '위대한 교미의 시대'라네.

튕길 듯한 바이올린과 군악대의 연주, 합창이 끝나자 트롬본과 작은북, 철금의 합주로 씩씩한 사분의 사박자 행진곡이 이어졌다. 재스민은 관람석 사이에 있는 중앙 통로를 통해 무대로 나갔다.

"여러분, 이게 당신들의 성교 음악이야." 그는 셔츠의 맨 위 단추를 풀었다. 〈위교시〉는 그가 직접 쓴 곡이었다.

"데일은 어디 있어? 데일이 와야지." 어둠 속에서 여자 안무가가 나왔다. 그녀는 넓은 허리띠로 묶게 되어 있는 잘 빠진 트렌치코트를 입고 있었다. 선글라스를 쓰고 빵 모양으로 머리를 틀어 올린 날씬한 여자였다. 그녀는 한 자루 가위처럼 걸었다. 재스민은 돌아보지 않고 막 관람석을 뜨려던 남자를 향해 외쳤다.

"그 가발 필요해, 해리. 그 가발이 필요하다고. 가발이 없으면 해리가 아니지." 재스민은 첫 줄에 앉아 양손을 삼각형 모양으로 코밑에 받치더니 다리를 포갰다. 데일이 무대 위로 올라와 손을 허리춤에 대고 널빤지 위에 펼쳐놓은 양탄자 한가운데 섰다. 그녀가 말했다. "아가씨들은 V자 대형으로 쪼그리고 앉아보세요. 한쪽에 다섯 명씩." 그녀는 대형의 꼭짓점으로 보이는 곳에 서서 연신 팔을 놀렸다. 배우들은 그녀 발치에 앉아 있었고 그녀는 머스크 향을 풍기며 뻣뻣한 동작으로 중앙을 오갔다. V자는 뾰족해졌다가 뭉툭해지고, 말발굽과 반달 모양으로도 탈바꿈했다가 다시 뭉툭한 V자로 돌아왔다.

"멋져, 데일." 재스민이 말했다. V자는 무대 깊숙한 곳을 가리켰다. 데일은 무대 중앙에 있던 여자를 가장자리에 있던 여자로 교체했다. 그녀는 말을 하는 대신 배우들의 팔꿈치를 잡고 이리저리로 인도했다. 선글라스 때문에 데일의 눈을 볼 수 없었던 배우들은 그녀가 원하는 바를 바로바로 알 수 없었다. 그녀는 남자들을 데려와 한 명씩 어깨를 눌러 아가씨들 앞에 앉혔다. 그러고는 각 남녀의 다리를 연결하고 바른 자세가 유지되도록 신경을 썼다. 머리를 똑바로 세워주고 팀마다 아래팔을 꼭 붙들라고 지시했다. 재스민은 담배에 불을 붙였다. 열 쌍이 대기실에서 가져온 양탄자 위에서 V자를 그리며 앉게 됐다.

드디어 데일이 입을 열었다. "내가 박수를 칠 테니 여러분은 박자에 맞춰 움직여요."

*

그들은 배에서 노는 어린아이들처럼 몸을 흔들기 시작했다. 연출가는 관람석 맨 뒤로 갔다.

"서로 좀 더 가까이, 여기서 보면 아무것도 안 보이겠어." 데일은 파트너들을 더 가까이 밀었다. 그들이 다시 움직이자

음부의 털이 부딪혀 바스락거리는 소리가 들렸다. 박자를 맞추는 게 힘들었다. 연습 부족이 문제였다. 한 쌍이 옆으로 고꾸라지며 여자가 바닥에 머리를 찧었다. 머리를 문지르는 여자에게 데일이 다가와 같이 문지르며 둘을 새로 앉혔다. 재스민이 통로를 껑충껑충 뛰어다녔다.

"자, 음악에 맞춰 해보자고요. 잭, 부탁해요. 그리고 처녀 총각들은 노래가 끝난 후 사분의 사박자로 움직이는 것 잊지 말도록."

　그래, 사람들은 누구나 세-엑-스를 하지……

남녀가 움직이기 시작하고 데일은 손뼉으로 박자를 맞췄다. 하나, 둘, 셋, 넷. 재스민은 팔짱을 끼고 복도 가운데 서 있었다. 그가 팔을 풀며 고함을 쳤다.

"멈춰. 됐어요." 무대에 갑작스러운 고요가 덮쳤다. 출연자들은 조명 뒤의 어둠 속을 응시하며 기다렸다. 재스민이 천천히 무대로 다가와 조용히 말했다.

"쉽지 않다는 거 알아요. 하지만 즐기는 것처럼 보여야지." (그의 목소리가 높아졌다.) "즐기는 사람은 즐긴다고. 이건 정사지 장례식이 아니잖아." (그의 목소리가 다시 낮아졌다.)

"자, 다시 처음부터 끝까지. 이번엔 좀 열정적으로. 잭, 부탁해." 데일은 노래에 맞춰 움직이다 대형에서 벗어난 팀들을 제자리로 되돌려놓았다. 연출가는 다시 관람석으로 갔다. 훨씬 나아졌다. 의심할 바 없이 이번엔 훨씬 나았다. 데일은 재스민 곁에서 바라보았다. 재스민이 그녀의 어깨에 손을 얹고 선글라스를 보며 웃었다.

"좋아, 자기. 잘될 거야."

"저 맨 뒤에 있는 둘 잘 움직이네. 다 쟤네들만 같으면 뭔가 될 것도 같은데."

들어가고 나오고
하나, 둘, 셋, '위대한 교미의 시대'라네.

데일이 리듬을 맞춰주려고 손뼉을 쳤다. 재스민은 맨 앞줄에 앉아 담뱃불을 붙였다. 그리고 데일에게 외쳤다.

"맨 뒤에 쟤네 둘……" 데일은 잘 안 들린다는 시늉으로 귀를 손가락으로 치며 그에게 다가갔다.

"저 뒤에 둘, 쟤들은 너무 빠르지 않아?" 그들은 함께 바라보았다. 움직임이 좋던 남녀가 박자에서 약간 벗어나고 있었다. 재스민은 다시 손으로 코를 받치고 데일은 한 자루 가위처럼 무대로 걸어갔다. 그녀는 그들 머리 위에서 손뼉을 쳤다.

"하나, 둘, 하나, 둘." 그녀가 큰 소리로 외쳤지만 그들은 데일의 목소리를 듣지 못하는 듯했다. 데일의 목소리도, 트롬본과 작은북, 철금 소리도.

"하나, 제기랄, 둘." 데일이 소리를 질렀다. "최소한 리듬감은 갖춰야지." 그녀가 재스민에게 간청하듯 말했다.

그러나 재스민에게는 들리지 않았다. 재스민 역시 소리를 지르고 있었으므로.

"중지! 끝! 그거 멈추라고, 잭." 맨 뒤의 남녀만 빼고 모두 삐걱거리며 멈췄다. 시선은 일제히 맨 뒤로 쏠렸다. 그들의 움직임은 그새 훨씬 빨라지고 있었다. 그들은 그들만의 빠른 리듬을 찾았다.

"세상에!" 재스민이 말했다. "쟤들 하고 있잖아." 무대 관계자들에게 그가 소리를 질렀다. "저기 둘 떼어내, 당장! 그리고 그 바보 같은 웃음 당장 걷어치우지 않으면 다시는 런던에서 일 못 할 줄 알아." 다른 출연자들에게는 이렇게 외쳤다. "나가요, 반시간 휴식. 아니, 아니, 여기 있어봐." 그는 데일을 향해 몸을 돌렸다. 그의 목소리는 쉬어 있었다. "이런 꼴을 보여 너무 미안해, 자기. 당신 기분 지금 어떤지 알아.

혐오스럽고 외설스러워. 모든 게 내 탓이야. 한 명씩 미리 다 체크해뒀어야 했는데. 다신 이런 일 없을 거야." 그가 말하는 도중에 데일은 한 자루 가위처럼 중앙 통로를 지나 단번에 사라졌다. 그동안에도 두 남녀는 음악 없이 움직이고 있었다. 양탄자 아래 널빤지의 삐거덕거리는 소리와 여자의 신음만 들려왔다. 무대 관계자들은 대책 없이 무대를 둘러싸고 서 있었다.

"저 둘 좀 떼어내라니까." 재스민이 다시 외쳤다. 한 관계자가 남자의 어깨를 잡아당겼지만 어깨가 땀으로 뒤범벅되어 손이 미끄러졌다. 재스민이 몸을 돌렸다. 그의 눈에 눈물이 어렸다. 믿을 수 없었다. 휴식 시간이 반가운 다른 이들은 둘러서서 구경하고 있었다. 어깨를 잡아당기던 관계자는 물 양동이를 가져왔다. 재스민은 코를 풀었다.

"내버려둬." 그가 잠긴 목소리로 말했다. "다 끝나가나본데." 그가 말하는 동안 그들은 절정으로 치닫는 중이었다. 이윽고 그들은 서로에게서 떨어졌다. 여자는 남자를 그대로 세워둔 채 탈의실로 달려갔다. 재스민은 한껏 빈정대며 무대로 올라갔다.

"자자, 우리 '포트노이' 씨, 그 조그만 걸로 찔러는 보셨나? 기분은 좋으시고?" 남자는 선 채로 손을 등 뒤로 감췄다. 성이 날 대로 난 끈적이는 성기가 약하게 떨리며 다시 가라앉고 있었다.

"네, 클리버* 씨." 남자가 말했다.

"이름이 뭡니까, 우리 훌륭한 배우는?"

"코커**입니다." 잭이 오케스트라 석에서 엎어질 듯 푸 하고 웃음을 내뿜었다. 그가 그렇게 후련하게 웃는 경우는 매우 드물었다. 다른 이들은 모두 입술을 깨물었다. 재스민은 깊게 심호흡을 했다.

"그래, 코커. 당신과 당신 앞에 달린 그 잔챙이는 당장 눈에 띄지 않게 조용히 이 무대를 떠나는 거야. 저 부스스한 여자도 데리고. 당신들 둘이 들어갈 만한 시궁창이 있으려나 모르겠지만."

"걱정 마세요. 클리버 씨." 남자가 말했다.

재스민은 관람석으로 갔다. "나머지는 다시 원위치로." 그가 자리에 앉으며 말했다. 울 것 같은, 정말 울어버릴 듯한 날들이 있었다. 그러나 그는 울지 않았다. 대신 담배에 불을 붙였다.

---

* cleaver에는 '식칼'이라는 뜻이 있다.
** Cocker의 'cock'에는 음경이란 뜻이 있다.

나비

목요일에 나는 난생처음으로 시체를 보았다. 오늘은 일요일이고 아무 할 일이 없었다. 날은 무더웠다. 영국이 이렇게까지 더워질 수 있다니 의외였다. 정오 무렵 나는 산책을 가기로 했다. 나는 집 앞에서 머뭇거렸다. 왼쪽으로 가야 할지, 오른쪽으로 가야 할지 갈피가 잡히지 않았다. 길 맞은편에서 찰리가 자동차 밑에 누워 있었다. 그가 내 다리를 봤는지 이렇게 외쳤다.

"재미 좋으신가?" 이런 질문 앞에서는 항상 말문이 막혔다. 나는 잠시 머리를 굴리다 말했다.

"잘 지내죠, 찰리?" 그가 차 밑에서 기어 나왔다. 내가 선쪽에 해가 떠 있어 햇빛이 그의 눈을 정통으로 쏘았다. 그가 한 손으로 햇빛을 가리며 말했다.

"어디 가려고?" 또다시 답이 궁했다. 일요일이고, 할 일은 없고, 너무 덥고……

"밖에요." 내가 말했다. "그냥 산책……" 나는 길을 건너가 자동차 모터를 들여다보았다. 나야 봐봤자 아는 것도 없었지만, 찰리는 기계라면 모르는 게 없는 노인이다. 동네 사람들과 그 지인들의 차 수리는 찰리 몫이었다. 자동차 옆을 돌아온 그는 양손에 무거운 도구 상자를 들고 있었다.

"그럼 걔는 죽었단 말이지?" 뭘 하려는지 그는 그 자리에 서서 헝겊 조각으로 스패너를 닦고 있다. 당연히 소식을 들었겠지만, 그는 내 입을 통해 직접 듣고 싶은 것이다.

"네." 내가 말했다. "죽었어요." 그는 내 말이 이어지기를 기다렸다. 나는 차에 비스듬히 몸을 기댔다. 자동차 지붕은 손도 댈 수 없으리만치 뜨거웠다. 찰리가 먼저 운을 뗐다.

"그 애를 마지막으로 본 게 자네라며, 걔가……"

"전 다리 위에 있었어요. 그 애가 운하를 따라 뛰는 걸 봤고요."

"자네가 그 애를 봤단 말이지……"

"떨어지는 건 못 봤어요." 찰리가 스패너를 다시 도구 상자에 넣었다. 그는 다시 자동차 밑으로 기어 들어가려는 중이었다. 대화를 마치겠다는 나름의 신호였다. 나는 아직도 방향을 정하지 못했다. 찰리는 차 밑으로 사라지기 전에 말했다.

"흉해, 참 흉한 일이지."

어차피 왼쪽으로 건너온 터라 그냥 왼쪽으로 가기로 했다. 몇 블록을 지나 쥐똥나무 산울타리와 뜨겁게 달궈진 자동차들 사이를 걸었다. 거리마다 한결같이 점심을 준비하는 냄새가 풍겼다. 열린 창문 너머로 똑같은 라디오 프로그램 소리가 들려왔다. 고양이와 개들뿐 사람은 드물고 그나마도 먼발치로만 보였다. 나는 재킷을 벗어 어깨에 걸쳤다. 나무와 물 가까이로 가고 싶었다. 런던의 이 지역은 공원 하나 없이 주차장뿐이다. 그리고 운하가 있다. 공장과 쓰레기 더미 사이로 흘러가는 누런 운하, 어린 제인이 익사한 그 운하가. 나는 공공 도서관으로 갔다. 오늘이 휴관일이라는 것을 잘 알고 있었다. 어차피 난 도서관 밖의 계단에 앉아 있는 편이 더 좋다. 나는 사람들 눈길이 잘 닿지 않는 그늘진 구석에 앉았다. 거리에 뜨거운 바람이 불었다. 발치에서 쓰레기가 너저분하게 날렸다. 나는 거리 한가운데로 날아온 〈데일리 미러〉지의 찢어진 귀퉁이를 바라보았다. 신문이 멈추자 머리기사의 일부가 보였다. '한 남자가……' 주위에는 아무도 없었다. 모퉁이에서 아이스크림 차의 따릉따릉 하는 멜로디가 들리자 문득 목이 말랐다. 모차르트의 피아노 소나타 멜로디였다. 그런데 누가 느닷없이 기계를 들이받기라도 한 것처럼 곡이 중간에서 뚝 끊어졌다. 서둘러 걸었는데도 길모퉁이에 닿았을 때 차는 사라지고 없었다. 잠시 후 음악 소리가 다시 들려왔지만, 차는 이미 아득히 멀었다.

돌아오는 길에는 아무와도 마주치지 않았다. 찰리는 안으로 들어갔고, 그가 고치던 자동차도 없었다. 나는 부엌 수도꼭지에 입을 대고 물을 마셨다. 어디선가 런던의 수돗물 한 잔은 그 전에 다섯 사람의 입을 거친 물이라는 글을 읽은 적이 있다. 물에서는 쇳내가 났다. 어린 소녀, 그 시체가 누워 있던 스테인리스 테이블이 떠올랐다. 영안실의 바퀴 달린 테이블을 씻을 때 수돗물을 쓰나보다. 소녀의 부모를 저녁 일곱시에 만나기로 했다. 그건 내 생각이 아니라 나를 취조했던 경찰관 의견이었다. 강경하게 처신해야 했는데, 경찰이 나를 어르고 협박했다. 그는 말할 때 내 팔꿈치를 잡았다. 기선을 제압하기 위해 경찰학교에서 배우는 기술임에 틀림없다. 건물을 떠날 때 그가 나를 구석으로 몰아세웠다. 몸을 치고받지 않고서 그를 떼어낼 방법은 없었다. 그는 친절하면서도 위협하듯, 언제 돌변할지 모를 듯한 말투로 속삭였다.

"당신이 그 소녀를 마지막으로 본 사람이란 말이오, 죽기 전에……" 그는 마지막 말을 특히 길게 끌었다. "알겠소? 그 애 부모는 당연히 선생을 만나고 싶어 해." 뭔가를 암시하는 말로 그는 내게 두려움을 불어넣었다. 어떤 말이건 그가 나를 붙들고 있는 동안 유리한 쪽은 그였다. 그는 손아귀에 조금 더 힘을 주며 말했다. "그래서 내가 말했지. 선생도 온다고. 이웃이나 다름없을 텐데, 아니던가?" 나는 시선을 떨어뜨리고 고개를 끄덕였던 것 같다. 그가 미소를 지었고 약속이 정해졌다. 어쨌든 그 만남은 그날에 어떤 식으로든 의미를 부여할 수 있는 사건이었다. 늦은 오후 나는 목욕을 하고 잘 차려입기로 마음먹었다. 시간을 때워야 했다. 마개를 열지 않은 향수 한 병과 깨끗한 셔츠 한 벌을 찾아냈다. 목욕물을 받는 동안 나는 옷을 벗고 거울에 몸을 비춰보았다. 나도 안다. 내가 용의자로 찍힐 만한 인상이라는 것을. 난 턱이 거의 없다. 이유를 댈 수는 없었지만 경찰에서는 내가 진술도 하기 전에 나를 용의자로 지목했다. 나는 그들에게 내가 다리 위에 서 있었고, 소녀가 운하를 따라 혼자 뛰어가는 것을 봤다고 말했다. 경찰관이 내게 말했다.

"거참 우연이네요. 아닌가요? 아, 제 말은 그 애가 선생과 같은 동네에 살았단 말입니다." 목과 턱이 구별 안 되는 내 얼굴은 사람들에게 불신감을 준다. 어머니 턱도 그랬다. 집을 떠난 후에야 난 어머니를 그로테스크하게 느끼기 시작했다. 어머니는 작년에 저세상으로 가셨다. 여자들은 내 턱이 찜찜해 접근을 꺼렸다. 어머니도 마찬가지로 평생 친구가 없었다.

어머니는 어디든, 심지어 휴가 때도 혼자 다녔다. 해마다 리틀햄프턴으로 떠나 바다를 바라보며 등받이 의자에 홀로 누워 있곤 했다. 임종이 다가올 무렵엔 그레이하운드와 테리어를 교배한 경주견처럼 마르고 사나워졌다.

제인의 시체를 본 지난주 목요일까지 나는 죽음에 대해 별로 생각해본 적이 없었다. 언젠가 개 한 마리가 차에 치인 걸 본 적은 있다. 차바퀴가 개의 목을 누르고 지나갈 때 동공이 터졌다. 당시에는 아무 느낌도 없었다. 어머니가 돌아가셨을 때도 나는 방관했다. 무관심 때문이기도 했지만 그보다는 친척들이 너무 짜증스러워서였다. 죽은 어머니를, 꽃 사이에 누워 있는 여위고 시퍼런 모습을 보아도 이렇다 할 호기심이 일지 않았다. 내 죽음도 어머니와 별반 다르지 않을 것이다. 그러나 그때의 나는 시체를 보았다고는 할 수 없다. 시체란 것은 삶과 죽음이 대조되어야 비로소 의미가 있다. 그들은 나를 돌계단으로 데리고 내려가 긴 복도를 지나갔다. 영안실이라는 게 따로 있는 줄 알았는데 7층짜리 사무실 건물 안에 있었다. 우리는 지하실로 갔다. 계단이 끝나는 곳에서 타자기 소리가 들려왔다. 경찰과 양복을 입은 사람들 몇몇이 있었다. 경찰이 회전문을 열어주었다. 내가 뭘 바랐는지는 모르겠지만 나는 그 애가 정말 거기 있으리라고는 짐작하지 못했다. 사진이나 서명할 서류 몇 가지 정도를 예상했을까. 그다지 구체적으로 생각하지 않았던 것 같다. 하지만 그 애는 거기 있었다. 높은 스테인리스 테이블 다섯 개가 나란히 놓여 있었고, 초록색 갓을 씌운 형광등이 천장에서 늘어뜨린 긴 전깃줄에 매달려 있었다. 소녀는 문 바로 옆 테이블에 누워 있었다. 반듯이 누워 손바닥을 위로 하고 다리를 가지런히 모은 채 입을 크게 벌리고 눈을 부릅뜬 모습은 너무나도 창백하고 고요했다. 머리카락은 아직 약간 젖어 있었다. 그 애의 빨간 원피스는 금방 빤 것처럼 보였다. 아직 희미하게 운하의 냄새가 났다. 경찰관들처럼 노상 시체를 보는 사람들에게는 특별할 것도 없는 듯했다. 소녀의 오른쪽 눈 위에는 작은 상처가 있었다. 그 애를 만져보고 싶었지만 사람들이 나를 주시하는 게 느껴졌다. 흰 가운을 입은 남자가 중고차 판매원처럼 거침없이 말했다.

"겨우 아홉 살이에요." 아무도 대답하지 않았다. 우리는 모두 소녀의 얼굴을 바라보았다. 경찰관이 서류 몇 장을 들고 탁자 옆을 돌아 내 곁으로 왔다.

"괜찮아요?" 그가 말했다. 우리는 다시 긴 회랑을 빠져나왔다. 위층에서 나는 종이에 서명을 했다. 내가 철도 옆 교각을 지났고, 지하실에서 확인한 그 소녀가 운하 옆 수로로 뛰어가는 걸 봤다는 진술서에. '눈앞에서 소녀가 사라지는가 싶더니 잠시 후 물에 붉은 것이 가라앉고 나중에는 보이지 않았다. 나는 수영을 못해서 경찰을 불렀다. 경찰이 물속을 수색했지만 아무것도 찾을 수 없었다. 나는 경찰에게 주소를 주고 집으로 갔다. 한 시간 반쯤 후에 경찰이 예인망으로 소녀를 바닥에서 건져냈다.' 나는 진술서 석 장에 서명했다. 볼일을 마친 후에도 나는 오랫동안 건물을 떠나지 않았다. 복도에서 플라스틱 의자를 발견하고 거기 앉았다. 문이 열린 맞은편 사무실 안에서 아가씨 둘이 자판을 두드리다가 내가 보는 걸 눈치채고 자기들끼리 수군거리며 깔깔댔다. 한 아가씨가 다가와 미소 지으며 도와드릴 게 있느냐고 물었다. 나는 그냥 앉아서 생각 중이라고 말했다. 아가씨는 다시 사무실로 돌아가 책상 앞으로 몸을 숙이며 친구에게 전했다. 그들은 걱정스러운 듯 나를 보았다. 늘 그렇듯 그들도 어딘지 나를 의심스러워하는 것 같았다. 나는 사실 지하실의 죽은 소녀에 대해 전혀 생각하지 않았다. 살아 있었을 때와 죽은 후의 이미지들로 머릿속이 혼란스러웠지만 굳이 그것들을 정돈하려고 애쓰지 않았다. 어디로도 갈 마음이 없어 오후 내내 거기 앉아 있었다. 아가씨들이 사무실 문을 닫았다. 결국엔 다른 사람들이 모두 귀가한 후 문단속에 밀려 그곳을 나왔다. 나는 맨 마지막으로 건물을 떠났다.

　나는 천천히 옷을 입었다. 아무래도 검은색이 제일 나은 것 같아 검은 양복을 다렸다. 검은색 일색으로 하고 싶지는 않아 넥타이는 파란색을 골랐다. 그러나 집을 나서기 직전에 마음이 변했다. 나는 다시 올라가 양복과 셔츠를 벗고 넥타이를 끌렀다. 갑자기 꼼꼼히 채비를 했던 나 자신에게 화가 났다. 그들에게 잘 보여서 뭐 하려고? 나는 원래 입고 있던 낡은 바지와 스웨터를 다시 꺼내 입었다. 목욕한 것도 후회됐고, 목 뒤의 향수 냄새도 떨어내려 했다. 그래도 다른 냄새, 샤워할 때 사용한 향기 나는 비누 냄새가 남았다. 목요일에도 이 비누로 목욕을 했었다. 소녀가 내게 말을 걸게 된 계기도 이 비누 냄새였다.

　"아저씨한테 꽃 냄새가 나요." 나는 소녀의 집 앞뜰을 지나 산책을 가는 중이었다. 나는 눈길을 주지 않았다. 나는 되도록 아이들과 말을 하지 않는다. 아이들에게 맞는 말투를 찾기도 힘들고, 지나치게 직설적인 아이들의 태도 역시 성가시고 당황스럽기 때문이다. 소녀는 자주 눈에 띄었다. 대개 혼자서 길가에서 놀거나 찰리를 지켜보고 있었다. 소녀가 자기 집 정원에서 나와 나를 따라왔다.

　"어디 가요?" 소녀가 물었다. 나는 재차 소녀를 무시하며

133

내게서 빨리 관심을 꺼주기를 바랐다. 방향도 정하지 못한 터였다. 소녀가 다시 물었다. "어디 가느냐고요?"

잠시 후 내가 말했다. "네가 상관할 일이 아냐." 소녀는 내 시선을 피해 뒤에 바짝 붙어 따라왔다. 내 걸음걸이를 흉내 내고 있다는 느낌이 들었지만 확인하려고 몸을 돌리지는 않았다.

"왓슨 씨네 가게에 가세요?"

"그래, 왓슨 씨네 가게 간다."

소녀가 나를 추월해 옆으로 다가왔다. "오늘 거기 문 닫았어요." 소녀가 말했다. "수요일이잖아요." 대답이 궁해졌다. 막다른 길모퉁이에 닿았을 때 소녀가 말했다.

"진짜로 어디 가는 거예요?" 가까이서 소녀를 보긴 처음이었다. 소녀는 길고 갸름한 얼굴에 슬픔이 어린 커다란 눈을 하고 있었다. 부드러운 갈색 머리는 빨간 면 원피스와 같은 빨간 리본으로 묶여 있었다. 소녀는 예뻤지만 모딜리아니 그림 속 여자처럼 낯설고 어딘지 불길한 인상마저 풍겼다.

"나도 몰라. 그냥 산책 가려는 중이었어."

"나도 같이 갈래요." 함께 상점가에 이를 때까지 나는 아무 말도 하지 않았고 소녀 역시 입을 다물고 멀찌감치 물러서서 따라왔다. 분명 집으로 돌아가라는 말을 듣고 싶은 듯했다. 소녀는 근방 아이들이라면 너나없이 들고 다니는 장난감을 꺼냈다. 끈 양 끝에 달린 공을 재빨리 맞부딪치게 하는 장난감에서 축구 래틀*처럼 딸깍거리는 소리가 났다. 내 관심을 끌려는 게 눈에 보여 아이를 보내기가 더 힘들었다. 게다가 나는 며칠째 누구와도 말을 나누지 않은 상태였다.

다시 옷을 갈아입고 내려오니 여섯시 15분이었다. 제인의 부모는 내가 사는 거리의 열두 번째 집에 살았다. 45분이나 일찍 준비를 마쳤기 때문에 시간을 때울 겸 다시 산책을 가기로 했다. 거리엔 그새 그늘이 드리워 있었다. 나는 문 앞에 서서 적당한 산책길을 고르는 중이었다. 찰리가 길 건너편에서 다른 자동차를 정비하고 있었다. 그와 눈이 마주치자마자 나는 반사적으로 길을 건너갔다. 그가 무뚝뚝하게 올려다보았다.

"이번엔 또 어딜 가시려고?" 그가 어린아이 대하듯 말했다.

"바람 쐬러요." 내가 말했다. "저녁 공기 좀 쐬려고요."

찰리는 동네일을 미주알고주알 챙겼다. 동네에 사는 사람이라면 아이들까지, 모르는 사람이 없었다. 소녀는 자주 그의 곁에 있었다. 지난번에는 소녀가 그를 위해 스패너를 들고

---

* 축구 팬들이 응원할 때 사용하는 나무 딸랑이.

있었다. 무슨 이유에선지 찰리는 소녀의 죽음을 내 책임으로 모는 듯했다. 일요일 내내 곰곰이 생각할 시간이 충분했고 내 얘기를 듣고 싶었겠지만 그는 대놓고 묻지는 못했다.

"걔 부모를 만나러 간다며? 일곱시에?"

"네, 일곱시요." 그는 내 얘기를 기다렸다. 나는 자동차 주변을 서성였다. 이 동네에 흔한 낡고 녹슨 중형 포드 조디악이었다. 길 끝에 잡화점을 연 파키스탄인 가족의 차였다. 당사자들만 아는 어떤 이유로 그들은 가게 이름을 '왓슨스'라고 지었다. 그 집 두 아들이 난폭한 스킨헤드들한테 몰매를 맞은 이후 그들은 페샤와르로 돌아가기 위해 돈을 모았다. 늙은 주인 남자는 내가 가게에 들를 때마다 런던의 폭력과 나쁜 날씨를 탓하며 식구들을 데리고 고향으로 가고 싶다고 했다. 왓슨 씨의 자동차를 사이에 두고 찰리가 말했다.

"걔가 그 집 외동딸이었는데." 그가 나를 추궁하고 있었다.

"네." 내가 말했다. "알아요. 흉한 일이죠." 차를 따라 한 바퀴 빙 돌고 나서 찰리가 말했다.

"신문에 났더구먼. 자네 읽었나? 신문엔 걔가 물에 빠지는 걸 자네가 봤다던데."

"맞아요."

"구하기엔 늦었던가보지?"

"네, 어쩔 수가 없었어요. 가라앉고 있더라고요." 나는 차를 빙 돌아 자리를 떴다. 찰리의 눈길이 길 끝까지 내 뒤통수를 더듬고 있음을 알았지만, 그의 의심에 더욱 힘을 실어줄까 싶어 뒤돌아보지 않았다.

길 끝에서 나는 비행기를 보는 척하며 어깨 너머로 흘끗 넘겨다보았다. 찰리가 자동차 옆에 뒷짐을 지고 서서 여전히 나를 바라보고 있었다. 그의 발치에 검은색과 흰색 얼룩이 있는 커다란 고양이 한 마리가 앉아 있었다. 얼핏 본 후 모퉁이를 돌았다. 여섯시 반이었다. 남은 시간을 때우러 도서관에 가기로 했다. 아까 갔던 길과 똑같은 길이었다. 행인이 훨씬 늘었다. 거리에서 축구를 하는 서인도제도 소년들 곁을 지날 때 공이 내 쪽으로 굴러왔지만 나는 발을 들어 피했다. 그들 무리는 어린 녀석 하나가 공을 주워 오길 기다리며 서성댔다. 내가 지나가자 녀석들은 숨을 죽이고 나를 노려보았다. 그리고 뒤통수를 보이자마자 한 녀석이 작은 돌을 내 발치로 날렸다. 나는 눈길도 돌리지 않고 발끝으로 한방에 돌을 멈췄다. 소 뒷걸음치다 쥐 잡은 격이었다. 모두 그 모습을 떠들썩하니 치켜세우는 통에, 아주 잠깐이긴 했지만 돌아가 축구 경기에 끼어볼까 하는 생각마저 들었다. 공이 오자 그들은 다시 축구를 시작했다. 잠깐 동안의 망설임을 뒤로하고

137

나는 계속 걸었다. 흥분으로 심장박동이 점점 빨라졌다. 도서관에 도착해 계단에 앉을 때까지도 관자놀이의 고동이 느껴졌다. 오늘처럼 운이 좋은 경우는 드물다. 나는 사람을 많이 만나지는 않는다. 실제로 내가 얘기를 나누는 사람은 왓슨 씨와 찰리가 전부다. 찰리는 내가 문을 나서면 첫 번째로 마주치는 사람이고 그쪽에서 늘 말을 걸어오니까. 그리고 외출하려면 그를 지나치지 않을 방도가 없으니까. 왓슨 씨에게는 식료품을 사러 어쩔 수 없이 들러야 하기 때문이지만, 나는 주로 듣는 편이다. 그러니 수요일에 누군가 나와 동행했다는 것은 대단한 행운이었다. 비록 달리 일 없는 어린 소녀에 불과했다 할지라도. 그때는 인정하고 싶지 않았지만 소녀가 내게 진심으로 관심을 보이는 것이 싫지 않았다. 나는 소녀에게 끌렸고 친구가 되고 싶었다.

그러나 처음엔 어색했다. 소녀는 장난감을 만지작거리며 내 뒤에서 조금 떨어져 걸었다. 내가 아는 한에서는 보통 애들이 하는 식으로 수작을 거는 거였다. 그러다 우리가 대형 상점가에 닿았을 때 소녀가 옆으로 왔다.

"아저씨는 왜 일하러 안 가요?" 소녀가 물었다. "우리 아빠 일요일 빼고 매일 일하러 가는데."

"난 일하러 가지 않아도 돼."

"벌써 돈 많이 벌어놨어요?" 나는 고개를 끄덕였다. "진짜 많이?"

"응."

"그럼 사주고 싶은 거 있음 사줄 수도 있겠네요?"

"그러고 싶으면." 소녀는 장난감 가게 진열장을 가리켰다.

"저런 거 하나요, 빨리, 저런 거, 빨리, 하나만요." 소녀는 내 팔에 매달려 갖고 싶어 죽겠다는 듯 발을 동동 구르며 나를 가게로 밀었다. 어린 시절 이후로 그렇게 나를 일부러 만진 사람은 아무도 없었다. 배 속이 서늘해지며 다리가 후들거렸다. 돈이 있는데 못 사줄 것도 없었다. 나는 소녀를 잠깐 밖에 세워두고 가게로 들어가 아이가 갖고 싶다는, 벌거벗은 분홍색 플라스틱 인형을 샀다. 소녀는 인형을 손에 넣자마자 시큰둥해진 것 같았다. 한동안 걷다가 소녀는 아이스크림을 사달라고 했다. 소녀는 아이스크림 가게 문 앞에서 내가 오기를 기다렸다. 이번엔 나를 만지지 않았다. 익숙한 상황이 아니라서 나는 주춤했다. 그러나 그새 나는 이 소녀와, 이 소녀가 불러일으키는 감정에 끌리고 있었다. 나는 두 사람 몫의 아이스크림을 살 수 있도록 넉넉히 돈을 주며 아이스크림을 사 오라고 시켰다. 소녀는 선물을 받는 데 익숙한 듯했다. 잠시 후 나는 될 수 있는 한 친절하게 물었다.

"선물 받으면 고맙단 말 안 하니?" 소녀가 웃긴다는 듯 나를 빤히 쳐다보았다. 가늘고 창백한 입술 위에 동그란 아이스크림 자국이 나 있었다.

"아뇨."

나는 소녀의 이름을 물었다. 좀 화기애애한 분위기를 만들고 싶었다.

"제인요."

"내가 사준 인형은 어쨌니, 제인?" 소녀는 자기 손을 들여다보았다.

"사탕 가게에 두고 왔어요."

"싫증 났어?"

"그냥 갖고 오는 걸 잊었어요." 소녀에게 달려가서 인형을 가져오라고 말하려던 순간, 나는 소녀가 곁에 머물러주기를 내가 얼마나 간절히 바라는지 깨달았다. 그리고 우리가 바로 운하 근처까지 와 있다는 것도.

운하는 이 근처를 흐르는 유일한 물이다. 공장 후미로 흐르는 냄새나는 구정물에 지나지 않지만 물가를 따라 걷는다는 건 어쨌든 특별한 일이다. 운하를 끼고 늘어선 공장 뒤편은 대부분 창문이 없고 을씨년스럽다. 2킬로미터 정도 수로를 따라 걷는 동안 대개는 한 사람도 만나기 힘들다. 수로를 따라가다보면 쓰레기 하치장이 있다. 2년 전까지는 말수 없는 노인이 양철 움막 안에 앉아 쓰레기 더미를 지키고 있었다. 움막 앞 기둥에는 큰 셰퍼드가 매여 있었는데, 개는 너무 늙어 짖지도 못했다. 언제부턴가 움막과 노인, 개가 사라지고 입구에 맹꽁이자물쇠가 채워졌다. 울타리는 근방의 아이들 덕분에 모조리 허물어지고 지금은 입구만 덜렁 남아 있다. 산책로의 나머지 길은 공장 담을 따라 이어지므로 쓰레기장은 2킬로미터 거리 내의 유일한 볼거리였다. 나는 운하가 좋았고 물가에 가면 이 도시 어느 곳에 있을 때보다 갇힌 기분이 덜했다. 한동안 말없이 따라 걷던 제인이 다시 물었다.

"어디 가요? 어디로 산책 가느냐고요?"

"운하를 따라 걸어."

소녀는 골똘히 생각하더니 이렇게 말했다. "난 운하에 가면 안 돼요."

"왜 안 돼?"

"안 되니까 안 되죠." 소녀는 이제 나보다 한 걸음 앞서 걷고 있었다. 입 주변의 동그라미가 하얗게 말라붙어 있다. 다리에 힘이 빠지고 도로에서 솟아오르는 열기에 질식할 것 같았다. 소녀가 나와 함께 운하로 산책을 가도록 설득해야 한다. 그 생각에 속이 메슥거렸다. 나는 남은 아이스크림을 던져버리며 말했다.

"나는 거의 매일 운하를 따라 산책해."

"왜요?"

"정말 평화롭거든…… 볼거리도 많고."

"볼거리요?"

"나비." 그런 말이 저절로 튀어나왔다. 소녀는 내 쪽으로 몸을 돌리며 갑자기 관심을 보였다. 나비들은 운하에서 배겨 내지 못할 것이다. 악취에 흔적도 없이 사라질 테지. 소녀의 생각이 거기까지 미치는 데 얼마 걸리지 않을 것이다.

"무슨 색 나비요?"

"빨간색…… 노란색 나비."

"또요?"

나는 머뭇거렸다. "쓰레기장이 있어." 소녀가 코를 찡그렸다. 나는 서둘러 말을 이었다.

"그리고 배, 운하의 배."

"진짜 배요?"

"그럼, 당연히 진짜 배지." 이것도 절로 나온 말이었다. 소녀도 나도 걸음을 멈추었다. 소녀가 말했다.

"같이 가도 이르지 않을 거죠?"

"그래. 아무한테도 말 안 할게. 하지만 운하를 산책할 땐 나한테 꼭 붙어서 따라와야 해, 알겠니?" 소녀는 고개를 끄덕였다. "입가에 아이스크림 좀 닦아." 소녀는 손등으로 어설프게 얼굴을 닦았다. "이리 와봐. 내가 해줄게." 나는 소녀를 당겨 왼손으로 목을 감쌌다. 부모들이 하는 걸 본 대로 집게손가락을 적셔 입가를 닦아주었다. 나는 그 전에 다른 사람의 입술을 만져본 적도, 그런 충동을 느껴본 적도 없었다. 쾌감이 사타구니에서 늑골까지 솟아오르고 주먹으로 갈비뼈를 얻어맞는 듯한 기분이었다. 손가락에 다시 침을 바르려니 손끝에서 끈적이는 달착지근한 맛이 묻어났다. 내가 다시 손가락으로 입가를 문지르자 소녀가 이번에는 물러섰다.

"아파요." 소녀가 말했다. "그렇게 세게 누르면 어떡해요." 걷는 동안 소녀는 내 옆에 바짝 붙어 있었다.

수로로 내려가려면 우선 높은 담장으로 둘러싸인 좁고 검은 다리를 따라 운하를 건너야 했다. 반쯤 가다가 제인이 담 너머를 보려고 발꿈치를 들었다.

"들어주세요." 소녀가 말했다. "배를 보고 싶어요."

"여기선 안 보여." 말은 그렇게 하면서도 나는 소녀의 허리를 잡고 높이 올려주었다. 짧은 빨간 치마가 엉덩이로 말려 올라가자 다시 늑골을 얻어맞는 것만 같았다. 소녀는 어깨 너머로 소리쳤다.

"강물이 너무 더러워요."

"원래 그래. 운하잖아." 수로로 향하는 돌계단을 내려갈 때 제인이 더 가까이 다가왔다. 소녀는 숨을 죽이고 있는 것 같았다. 여느 때 운하는 북쪽으로 흐르는데 오늘은 완전히 멎어 있었다. 바람이 없어 수면에 떠 있는 노란 오물 거품도 흐르지 못하고 멈춰 있었다. 가끔 머리 위 다리로 자동차가 지나가고 그 너머로 런던의 교통 소음이 들려왔다. 그것만 빼면 운하는 고요했다. 더위 때문에 오늘은 냄새가 더 지독했다. 폐수 거품이 뿜는 냄새는 화학적이라기보다 동물적인 것에 가까웠다. 제인이 소곤거렸다.

"나비는 어디 있어요?"

"조금만 가면 돼. 다리 두 개 지나면."

"갈래요. 나 돌아갈래요." 돌계단에서 100미터쯤 떨어진 곳이었다. 소녀는 멈추려 했지만 나는 계속 가라고 몰아쳤다. 소녀는 겁에 질린 나머지 내게서 벗어나 혼자 계단을 따라 도망칠 엄두를 못 냈다.

"조금만 더 가면 나비가 나와. 빨강나비, 노랑나비, 그리고 어떤 땐 초록나비도." 나는 되는 대로 거짓말을 늘어놓았다. 무슨 말이든 상관없었다. 소녀가 내 손을 잡았다.

"그럼 배는요?"

"그것도 나중에 다 보여. 저 위로 가면." 산책은 계속됐고 내 머릿속에는 온통 소녀를 붙들어두겠다는 생각뿐이었다. 운하의 산책로 중 몇 군데는 공장, 도로, 철로 밑으로 난 터널이었다. 우리가 도착한 첫 번째 터널은 운하 양 옆의 공장을 이어주는 4층 건물 바로 아래에 있었다. 다른 공장처럼 그 건물도 비어 있었고 가까이 보이는 창문은 모두 유리가 깨져 있었다. 터널 입구에서 제인은 뒤로 물러났다.

"저건 무슨 소리예요? 들어가지 마요." 소녀는 터널 천장에 맺힌 물방울들이 운하에 떨어지는 소리를 들었다. 그 소리는 공허하고 낯선 메아리를 남겼다.

"그냥 물이야. 저기 보이니? 터널 반대편 입구도 보이잖아." 터널 안의 길이 비좁아 나는 소녀를 앞세우고 손을 소녀의 어깨에 얹은 채 걸었다. 소녀는 떨었다. 터널의 끝에 다다랐을 때 소녀가 별안간 멈춰 서서 손가락으로 뭔가를 가리켰다. 해가 한 뼘 비쳐 들고 있는 좁은 골목의 담벼락 사이로 꽃이 자라고 있었다. 덤불 속에서 자라는 민들레 비슷해 보였다.

"머위다." 소녀가 꽃을 꺾어 귀 뒤에 꽂았다.

"여기서 꽃은 한 번도 못 봤는데."

"꽃이 있어야죠." 소녀가 설명했다. "나비가 살려면."

15분가량 우리는 말없이 걸었다. 한 번 제인은 나비에 대해 물어보려고 내게 말을 걸었다. 이제 운하가 덜 무서운지 내 손을 놓았다. 소녀를 만지고 싶었지만 겁주지 않고 만질 수 있는 적당한 구실이 떠오르지 않았다. 뭔가 얘깃거리를 떠올리려고 머리를 쥐어짰으나 뇌는 완전히 공백 상태였다. 길이 오른쪽으로 한결 넓어지기 시작했다. 운하의 두 번째 굽이를 돌자 공장과 창고 사이의 널따란 공터에 쓰레기장이 나타났다. 눈앞에서 검은 연기가 하늘로 치솟았다. 모퉁이를 돌아가 보니 쓰레기장에서 나오는 것이었다. 남자 아이들 여럿이 지펴놓은 불가에 모여 있었다. 녀석들은 똑같은 파란 재킷을 입고 머리를 빡빡 민 일종의 갱단이었다. 내가 보기에 그들은 살아 있는 고양이를 태울 준비를 하고 있었다. 연기가 고요한 하늘에 떠 있고 뒤엔 쓰레기 더미가 산처럼 버티고 있었다. 그들은 고양이 목에 밧줄을 감아 전에 셰퍼드가 묶여 있던 말뚝에 매어놓았다. 고양이는 앞발과 뒷발이 함께 묶여 있었다. 그들은 철조망으로 만든 우리를 불 위에 설치하는 중이었다. 우리가 지나갈 때 그중 한 명이 목에 감긴 밧줄을 당겨 고양이를 불가로 끌고 갔다. 나는 제인의 손을 잡고 빨리 걸었다. 그들은 작업에 몰두해 쥐 죽은 듯 조용했고 우리에게 눈길을 던질 틈도 없었다. 제인이 눈을 내리

떴다. 손을 잡으니 소녀의 두려움이 그대로 전해졌다.

"저 사람들 고양이 데리고 뭐 했어요?"

"모르겠다." 나는 그들을 힐끗 돌아보았다. 검은 연기 때문에 뭘 하는지 알아보기 힘들었다. 그들로부터 멀어질 즈음 길은 다시 공장 담벼락으로 이어졌다. 제인은 울기 직전이었고 내가 꼭 붙들고 있으니까 마지못해 손을 잡고 있었다. 꼭 그럴 필요는 없었다. 다시 수로를 지나 쓰레기장으로도, 눈앞에 다가오던 터널로도 도망칠 곳은 없었으니까. 막다른 곳에 닿으면 무슨 일이 일어날지 예측할 수 없었다. 소녀는 집으로 달아나려 할 것이다. 나는 단지 내가 소녀를 놓아줄 수 없으리라는 것만 알고 있었다. 나는 머릿속의 생각들을 지웠다. 두 번째 터널의 입구에서 제인이 멈춰 섰다.

"나비는 없죠, 그렇죠?" 울먹이는 말끝에 소녀의 목소리가 높아졌다. 나는 설명하기 시작했다. 아마도 나비를 보기엔 너무 더운 날씨인 것 같다고. 그러나 소녀는 내 말을 듣지 않고 엉엉 울었다.

"거짓말이야, 나비는 없어. 거짓말한 거야." 소녀는 칭얼대며 내게서 손을 빼려고 했다. 내 말은 안중에도 없었다. 나는 손아귀에 힘을 주고 소녀를 터널 안으로 끌고 갔다. 소녀는 비명을 지르기 시작했다. 귀를 찢는 비명 소리가 터널 천장과 벽에 메아리치며 머릿속을 채웠다. 나는 곧바로 터널 중간 지점까지 소녀를 안다시피 끌고 갔다. 그때 갑작스럽게 머리 위로 기차가 지나가며 소녀의 비명 소리가 기차의 천둥 같은 울림 속에 파묻혔다. 공기와 발아래 땅이 동시에 흔들렸다. 기차가 다 지나갈 때까지 시간이 오래 걸렸다. 나는 소녀의 양팔을 옆구리에 붙도록 꽉 붙잡았지만 엄청난 소음에 기가 죽은 모양인지 소녀는 반항하지 않았다. 마지막 메아리가 사그라지자 소녀가 힘없이 말했다.

"엄마한테 갈래요." 나는 바지 지퍼를 내렸다. 소녀를 향해 고개를 내민 그것을 소녀가 어둠 속에서 볼 수 있을까.

"만져봐." 내가 말하며 조용히 소녀의 어깨를 흔들었다. 소녀는 움직이지 않았고 나는 다시 소녀를 흔들었다.

"자, 만져봐. 어서. 내가 뭘 하라는 건지 알지?" 내가 원하는 것은 정말 아주 간단한 일일 수도 있었다. 이번엔 소녀를 양손으로 붙들고 거세게 흔들며 소리 질렀다.

"만져. 만지라고." 소녀는 손을 내밀어 건성으로 나의 귀두를 쓰다듬었다. 그것만으로 충분했다. 나는 몸을 구부리고 내 손으로 성기를 감싸 쥐었다. 기차처럼 나도 내 속의 모든 것을 쏟아 손 안에 뿜어낼 때까지 한참이 걸렸다. 혼자 지낸 모든 시간이 뿜어져 나오고, 한 시간씩 걸리던 외로운 산책과 머릿속을 맴돌던 잡다한 생각이 손 안으로 쏟아져 나왔다. 일이 끝난 후에도 나는 한동안 몸을 구부리고 성기를 쥔 채 그대로 서 있었다. 정신은 맑고 몸은 노곤했으며 머리는 횅 했다. 나는 엎드려 팔을 떨어뜨리고 운하에 손을 씻었다. 찬물이라 분비물이 잘 떨어지지 않고 폐수 거품처럼 손가락에서 끈적였다. 나는 분비물을 조금씩 떨어냈다. 다시 소녀에게 생각이 미쳤을 때 소녀는 거기 없었다. 소녀를 그대로 집으로 달려가도록 둘 수는 없었다. 뒤를 따라가야 했다. 일어서 보니 터널 출구에 소녀의 실루엣이 비쳤다. 소녀는 얼빠진 사람처럼 천천히 운하 가장자리를 따라 걷고 있었다. 눈앞이 잘 보이지 않아 나는 빨리 달릴 수 없었다. 터널 끝으로 다가갈수록 눈이 부셔 점점 앞을 보기가 힘들었다. 제인은 터널을 거의 벗어나고 있었다. 뒤에서 울리는 내 발소리를 듣고 돌아본 제인이 새된 비명을 지르며 뛰다가 금방 미끄러졌다. 앞을 가로막던 소녀의 실루엣이 갑자기 어둠 속으로 사라졌는데, 내가 있는 곳에선 무슨 일이 일어났는지 잘 볼 수 없었다. 내가 갔을 때 소녀는 얼굴을 바닥에 대고 엎어져 있었고 왼발은 길에서 미끄러져 물에 거의 닿아 있었다. 넘어질때 머리를 부딪혀 오른쪽 눈 위가 부어 있었고 오른팔은 터널 밖의 햇빛에 닿을락 말락 했다. 나는 몸을 구부려 소녀의 숨소리를 들었다. 깊고 규칙적이었다. 눈은 굳게 감겨 있고 속눈썹은 아직 젖어 있었다. 나는 더 이상 소녀를 만지고 싶지 않았다. 이미 내 속의 모든 것이 뿜어져 나와 운하 속으로 들어갔다. 소녀의 얼굴에 묻은 흙을 닦아내고 빨간 원피스에 묻은 것도 털어냈다.

"바보같이." 내가 말했다. "나비가 어디 있다고." 그러고 나서 나는 소녀가 깨어나지 않도록 가능한 부드럽게 일으켜 세워 조심스레 운하로 미끄러뜨렸다.

도서관에 가면 나는 대개 계단에 앉아 있다. 그 편이 들어가서 책을 읽는 것보다 낫다. 배울 것은 밖에 더 많다. 일요일 저녁, 나는 거기 앉아 심장박동이 가라앉으며 일상적인 리듬을 되찾는 것을 듣는다. 나는 무슨 일이 일어났는지, 그리고 내가 어떻게 해야 했는지에 대해 돌이키고 또 돌이켜본다. 돌이 미끄러지듯 날아오던 것과 내가 거의 몸도 돌리지 않고 돌을 깨끗이 멈춰 세운 일이 떠올랐다. 느긋이 몸을 돌려 슬쩍 웃어주며 그들의 박수를 받아줄 걸 그랬다. 돌을 다시 차 줄걸. 아니면 돌은 놔두고 그들에게 다가가는 게 더 나았을까. 공을 찾아왔을 때 함께 뛰어들었으면 나도 축구 모임에 낄 수 있지 않았을까. 매일 저녁, 거리에서 그들과 축구를 하고 그들의 이름을 알아가고, 그들도 내 이름을 알게 되겠지.

낮에 시내에서 마주치면 맞은편 거리에서 그들이 나한테 아는 척하며 건너와 한바탕 지껄였으면 좋겠다. 시합이 끝난 후엔 누군가 다가와 어깨동무를 하는 거다.

"내일 봐요, 그럼……"

"그래, 내일 봐." 아이들이 차차 나이 들어가면 어울려 한잔하러 갈 테고 나는 맥주에 맛을 들이게 되겠지. 나는 일어나 천천히 왔던 길을 되돌아가기 시작했다. 내가 어느 축구팀에도 합류할 수 없다는 것은 알고 있다. 기회는 나비만큼이나 드물다. 손을 내밀면, 사라지고 없다. 나는 그들이 축구를 하던 거리를 지나간다. 거리는 이제 썰렁하고 내가 발로 멈춰 세웠던 돌은 아직도 도로 한가운데 놓여 있다. 나는 그것을 집어 주머니에 넣고 계속해서 걸었다. 어쨌든 약속이 있으니까.

벽장 속
남자와의
대화

그 소녀를 보고 내가 무슨 짓을 했는지 묻는 거군요. 말씀 드리죠. 저 벽장 보이세요? 방 하나만큼이나 덩치가 큰 저놈 말입니다. 나는 늘 이리로 뛰어와 저 벽장 안에 기어 들어가서 그 짓을 했죠. 바지 속에 손을 넣고요. 행여나 그 와중에 그 소녀 생각을 했으리라고는 생각지 마십시오. 천만에요. 그랬다면 더 못 견딜 노릇이었겠죠. 대신 나는 내 인생을 돌이켜보았습니다. 내 키가 1미터 남짓 될까 말까 하던 그 시절 말입니다. 그 편이 더 빨랐지요. 나를 지저분한 변태로 여기는군요. 당신 얼굴에 그렇게 쓰여 있는걸요. 다 압니다. 어쨌든 그런 다음 손을 씻었습니다. 그나마 난 깨끗한 편에 속하는 것 아닙니까? 그 짓 하고서 손도 안 씻는 놈들이 쌔고 쌨는데. 그러고 나니까 기분은 훨씬 나아졌어요. 무슨 뜻인지 이해하시려나요. 그러니까 내 말은 좀 안심이 되었다고나 할까요. 방을 보면 아시겠지만 뭐 대단한 사건이 일어날 곳도 아니지 않습니까? 어차피 당신한테야 상관없는 일일 테지만 요. 당신은 분명히 깨끗한 집에 살겠죠. 아내가 침대보를 세탁해주고, 정부는 당신한테 사람들에 대해 알아내라며 월급을 주고요. 뭐, 좋아요. 당신은…… 음, 뭐더라…… 맞아, 사회복지사, 나를 도우려고 애쓰지만 실상은 내 얘기를 들어주는 것 말고 달리 나를 도울 방법이 없겠지요. 너무 오랫동안 이렇게 지낸 탓에 이제 더 이상 나를 바꿀 수 없어요. 그래도 대화란 좋은 것이군요. 덕분에 이렇게 내 얘기도 털어놓을 수 있고 말이죠.

아버지는 한 번도 본 기억이 없습니다. 내가 태어나기 전에 죽었거든요. 거기서부터 벌써 문제가 시작된 겁니다. 엄마가 날 키웠지요. 그 누구도 없이 홀로 말입니다. 우리는 스테인스 근처에 있는 커다란 집에서 살았습니다. 엄마가 온전한 상태는 아니었죠. 그걸 나도 이렇게 물려받았고요. 엄마는 아이들을 미칠 듯이 좋아했습니다. 그래도 다시 결혼하고 싶은 생각은 없어서, 외동이었던 내가 엄마가 원하는 모든 아이들의 역할을 도맡아야 했어요. 엄마는 내가 자라지 못하도록 수단 방법을 가리지 않았고 실제로 그것은 어느 정도 성공했다고 볼 수 있습니다. 나는 열여덟 살이 되도록 말을 제대로 배워본 적이 없었습니다. 학교에도 다니지 않았어요. 말로야 우리 집이 워낙 흉흉한 동네에 있어서 그랬다지만, 어쨌든 엄마는 나를 집에 가둬두고 밤낮으로 지켰죠. 아기 침대가 너무 작아지자 내심 섭섭해하며 병원 경매에서 환자용 침대를 하나 사 왔어요. 그랬어요. 집에서 쫓겨날 때까지 나는 거기서 잤습니다. 칸막이 없는 보통 침대에선 도무지 잘 수가 없었습니다. 금방이라도 굴러떨어질 것 같아 잠이 오지 않았어요. 내가 엄마보다 5센티미터나 더 자랐을 때도 엄마는 내 목에 턱받이를 매주려고 했어요. 진짜 제정신이 아니었지요. 망치와 못, 각목 몇 개를 가져와서 내게 아기용 식탁 의자를 만들어주려고 했다니까요. 내가 열네 살 때였습니다. 내가 앉자마자 의자가 어떻게 산산조각 났을지는 안 봐도 아시겠지요. 그래도 빌어먹을, 엄마가 항상 내게 먹이던 이유식에 비하면야! 위장병은 그래서 생긴 거죠. 엄마는 뭐든 내가 스스로 하지 못하게 했어요. 심지어는 대소변 가리는 것까지 막을 정도였지요. 나는 엄마 없이는 꼼짝도 할 수 없었고 그것이 엄마 인생의 즐거움이었습니다. 제기랄.

나이가 들어서도 왜 도망칠 생각을 안 했느냐고요? 당신은 날 막을 게 뭐 있었으랴 생각하겠지만, 내 말 좀 들어보세요. 그건 내 경우엔 해당되지 않는 말이라 이겁니다. 나는 애당초 다른 삶이라는 걸 몰랐어요. 내가 그렇게 유별난 삶을 살고 있는지 알 도리가 없었단 말입니다. 집에서 50미터만 떨어져도 무서워서 바지에 똥을 싸는 주제에 내가 어떻게 도망칠 엄두를 냈겠습니까? 그리고 대체 어디로 간단 말입니까? 신발 끈도 제대로 못 매는 주변머리에 일자리 하나 구할 수 있었겠어요? 듣기 거북하신 모양인데, 그러면 좀 유쾌한 얘기를 들려드려야겠군요. 그러니까 나는 전혀 불행하지가 않았단 말입니다. 엄마는 괜찮은 엄마였어요. 정말이에요. 이야기책을 읽어주고 마분지로 이런저런 것들을 함께 만들었습니다. 우리에겐 과일 상자로 만든 극장이 있었어요. 종이나 마분지로 사람들을 오려냈지요. 그럼요, 나는 불행하지 않았어요. 다른 사람들이 나를 어떻게 생각하는지 경험하기 전까지는 말입니다. 아마도 한평생을 그렇게 보낼 수도 있었을 겁니다. 내 삶의 첫 두 해를 언제까지나 반복해서 살아가며 불행하다는 생각 없이. 사실 엄마는 정말 좋은 여자였어요. 나사가 좀 풀렸다는 것만 제외하면. 그게 다예요.

어떻게 성인이 되었냐고요? 얘기하죠. 아시다시피 난 뭘 배운 적이 없어요. 그냥 그런 척하는 거죠. 당신은 너무나 당연하게 받아들일 것들을 하나하나 의식하며 행동에 옮겨야 하지요. 늘 무대에서 연기할 때처럼 심사숙고하면서. 나는 지금 여기 팔짱을 끼고 의자에 앉아 있습니다. 맞아요. 하지만 마음 같아선 바닥에 누워 옹알거리고 싶어요. 농담이라고 생각하시는군요. 아침에 옷을 입는 데 아직도 시간이 꽤 걸려요. 요즘에야 그것도 상관없는 일이지만. 보셨죠? 나이프와 포크 다루는 법조차 얼마나 서툰지. 누군가 등을 토닥이며 숟가락으로 먹여주면 훨씬 좋겠어요. 믿깁니까? 혐오스러우세요? 나도 내가 끔찍합니다. 세상에 이보다 더 구역질 나는 일은 없겠지요. 날 이렇게 만든 내 엄마를 생각하면 치가 떨려요.

어떻게 내가 성인인 듯 행동하는 걸 배웠는지 얘기해드리죠. 내가 열일곱 살 때 엄마는 서른여덟 살이었어요. 그때도 매력 있는 여자였고 나이보다 훨씬 어려 보였습니다. 나랑 그렇게 얽히고설키지 않았다면 아무 일도 없었던 듯 또한 번 결혼할 수도 있었을 테지요. 하지만 나를 다시 자궁 속으로 밀어 넣는 데 정신이 팔려 결혼 따윈 안중에도 없었어요. 그런데 그 작자를 사귄 후로 사람이 손바닥 뒤집듯 싹 달라진 거예요. 밤새 새로운 취미에 미쳐서 지금까지 놓쳐버린 섹스를 한꺼번에 회수하려는 듯했어요. 그 놈팡이에게 쏙 빠져 획 돌아버린 것 같았습니다. 그때껏 뭐에도 미쳐본 적이 없었던 사람처럼요. 그를 집으로 데려오고 싶어 했지만 열일곱 살 난 아기인 나를 볼까봐 걱정이 태산이었죠. 그래서 나는 두 달 안에 다른 사람들이 일생 동안 어디에 힘을 쏟는 건지 배워야 했습니다. 성인이 되는 거 말이에요. 음식을 흘리거나 말할 때 발음을 잘못하면, 혹은 그저 멍하니 우물쭈물 서성거리며 엄마를 바라보면 여지없이 매가 날아왔습니다. 엄마는 저녁마다 나를 집에 홀로 남겨둔 채 외출하기 시작했어요. 이런 집중 훈련은 제게는 그야말로 궤도 이탈이었죠. 17년 동안 안겨 보살핌을 받다가 눈떠 보니 전쟁터더란 말입니다. 두통이 시작됐습니다. 그러고 나서 발작이 왔어요. 특히 엄마가 저녁에 외출하려고 치장을 할 때면 팔과 다리가 말을 듣지 않고 혀가 내 혀가 아닌 듯 제멋대로 돌아가는 거예요. 악몽이었죠. 세상이 지옥처럼 어두워졌습니다. 다시 정신이 돌아오면 어머니는 이미 나간 후였죠. 나는 어두운 집, 내 배설물 위에 드러누워 있었습니다. 끔찍한 시간이었죠.

아마 발작은 점점 줄어든 것 같습니다. 어느 날부터 엄마가 그자를 집으로 데려오기 시작했으니까요. 그사이 나는 그래도 어느 정도 사람들 앞에 나설 만하게 되었어요. 엄마는 내가 정신지체아라고 했죠. 맞는 얘기였어요. 그자가 뚜렷이 기억나지 않아요. 키가 매우 크고 포마드를 발라 긴 머리를 뒤로 빗어 넘겼다는 것 말고는. 그는 언제나 푸른 양복을 입었어요. 클래펌에 정비소를 가지고 있었고요. 그렇게 크고 성공한 사람이라 그랬는지, 첫눈에 나를 미워했습니다. 당시에 내 모습이 어땠는지는 짐작이 가실 겁니다. 나는 태어나서 문밖으로 나가본 적이 없었습니다. 마르고 핏기 없고, 지금보다 훨씬 야위고 약했죠. 내게서 엄마를 빼앗아갔으니 나도 그가 싫었어요. 엄마가 나를 소개하자 첫날 그는 고개를 약간 끄덕였을 뿐 한마디도 하지 않았습니다. 그는 나를 전혀 의식하지 않았습니다. 그렇게 건장하고 자신만만한 사람이었으니 나 같은 인간이 이 세상에 존재한다는 건 상상하기조차 힘들었을 테죠.

그는 굉장히 규칙적으로 우리 집에 왔어요. 대개 저녁때 엄마를 어디론가 데려가려고 말이지요. 나는 텔레비전을 봤습니다. 그때 참 외로웠어요. 밤에 텔레비전 프로그램이 끝나고 나면 나는 부엌에 앉아 엄마를 기다렸어요. 열일곱 살이나 먹었지만 많이 울었습니다. 어느 날 아침, 엄마의 애인이 목욕 가운을 입고 나와 부엌에서 아침 먹는 것을 봤습니다. 내가 부엌에 들어가도 눈길조차 주지 않았어요. 엄마는 내가 쳐다보면 싱크대에서 할 일이 있는 척했습니다. 그 후로 그는 점점 더 자주 오더니 급기야 매일 밤을 집에서 보내기 시작했어요. 어느 날 오후, 둘은 잘 차려입고 외출을 했죠. 돌아와서는 온 집 안을 휘젓고 다니며 웃음을 터뜨렸습니다. 술을 어지간히 마신 듯했어요. 밤중에 엄마가 이제 결혼했으니 그를 아버지라고 불러야 한다고 했습니다. 그게 끝이었어요. 나는 전에 없이 심한 발작을 일으켰습니다. 어느 정도 끔찍했는지 설명할 수가 없군요. 한 시간 정도였다는데 며칠이 지난 듯했어요. 발작이 끝나고 눈을 떴을 때 엄마는 혐오스러워서 견딜 수 없다는 듯한 표정을 짓고 있었어요. 그토록 짧은 시간에 사람이 얼마나 변할 수 있는지, 아마 당신은 상상도 할 수 없을 거예요. 그 표정을 본 후 나는 알았죠. 엄마가 내게 아버지만큼이나 낯선 존재라는 걸.

그들이 나를 처박아둘 요양원을 찾을 때까지 석 달을 더 그들 곁에서 살았습니다. 둘은 서로에게 볼일이 너무 많아 내게는 신경 쓸 틈이 없었죠. 나와는 거의 말을 안 했어요. 내가 방에 있으면 둘끼리도 대화를 나누지 않고 아예 입을 다물었습니다. 거기서 벗어나고는 얼마나 기뻤던지. 우리 집이었건만. 그래도 헤어질 때 나는 조금 울었어요. 하지만 둘에게서 벗어난다는 사실이 더 기뻤습니다. 그들도 기뻤을 겁니다, 아마. 더 이상 나를 보지 않아도 되었으니까. 내가 끌려간 곳은 괜찮은 편이었어요. 사실, 어디라도 상관없었지만. 거기서 나는 나 자신을 추스르는 법, 게다가 읽고 쓰는 법까지 배웠습니다. 대부분 다 잊어버리긴 했지만요. 당신이 보낸 서류는 읽을 수 없었어요. 바보같이도. 어쨌든 그곳 생활은 나쁘지 않았고, 거기 사는 참 별의별 이상한 사람들을 겪으며 난 어느 정도 자신감을 갖게 됐어요. 일주일에 세 번씩은 버스를 타고 작업장에 갔어요. 시계 수리하는 곳이었습니다. 요양원에서 나오면 돈벌이를 할 수 있도록 그렇게 한 거예요. 여태껏 그 기술로 한 푼도 벌어본 적은 없어요. 취업 신청을 하면 어디서 기술을 배웠냐고 묻더군요. 대답을 하면 더 이상 질문이 없어졌어요. 요양원에서 최고의 행운은 스미스 씨를 알게 된 거였어요. 흔한 이름이죠. 생긴 것도 그랬어요. 그래서 특별한 사람처럼 보이지는 않았지만 사실 특별한 사람이었어요. 그는 요양원 원장이었고 내게 읽기를 가르쳐주려고 했어요. 난 잘했어요. 나올 때는 《호빗》을 다 읽었거든요. 재밌었어요. 바깥에 나와서는 그런 데 들일 시간이 없었죠. 그래도 스미스 씨가 나를 위해 한 건 다 좋은 일이었어요. 그는 다른 것도 많이 가르쳐줬습니다. 요양원에 갔을 때 나는 아직도 말을 입속에서 우물거리고 있었죠. 내가 말을 할 때마다 그가 고쳐주었습니다. 나는 그가 하는 대로 몇 번이고 따라 반복했어요. 그는 늘 말했습니다. 내게 우아한 면이 좀 필요하다고. 맞아요, 우아함! 그의 방에는 큰 축음기가 있었는데, 그가 레코드판을 걸며 춤을 추라고 했습니다. 처음엔 완전 미친 짓이라고 생각했죠. 그가 말했어요. 나를 잊어야 한다고, 내가 어디에 있는지 잊어버리고 몸의 긴장을 풀고 느낌이 닿는 대로 음악을 따라가보라고. 나는 방을 껑충껑충 뛰며 돌아다녔고 팔을 흔들고 다리를 뻗었어요. 제발 창밖에서 누가 보지 않기를 바라면서요. 그런데 재미나더라고요. 재미있다는 걸 빼면 거의 발작과 비슷하잖아요. 이해하실지 모르겠지만 정말 모든 걸 잊을 수 있었어요. 그러면 판이 끝났죠. 선 채로 땀을 흘리고 헐떡거리며 내가 미쳤다고 생각했어요. 스미스 씨는 아무렇지도 않은 것 같았어요. 일주일에 두 번씩, 월요일과 금요일에 나는 그를 위해 춤을 췄죠. 레코드판을 트는 대신 그가 피아노를 칠 때도 있었어요. 별로 마음에 들진 않았지만 얘기는 안 했어요. 얼굴을 보면 그가 그 시간을 얼마나 즐기는지 알 수 있었거든요.

그림 그리기도 시작했어요. 물론 보통 그림은 아니죠. 예를 들어 나무를 그리려면 당신은 아마도 밑동은 갈색으로 이파리는 초록색으로 칠할 것 아니겠어요? 그는 그건 틀린 거라고 했어요. 요양원에는 큰 정원이 있었는데 어느 날 아침 그가 나를 늙은 나무가 몇 그루 서 있는 곳으로 데려갔습니다. 우리는 그중 한 그루 밑에 서 있었어요. 진짜 큰 놈이었죠. 그가 말하기를, 그는, 내가…… 뭐라더라…… 내가 그 나무를

만져보고 느끼고, 그리고 새롭게 만들어야 한다고 했어요. 그
가 무슨 말을 하는 건지 이해하는 데 꽤 오래 걸렸어요. 우
선 나는 내 방식대로 그렸죠. 그러고 나서 그가 자신이 생각
하는 게 뭔지 보여줬어요. 생각해봐, 난 지금 이 참나무를 그
리려고 해. 내가 뭘 생각하겠어? 크고 튼튼하고 어둡다. 그는
종이에 두꺼운 검은 선을 그었어요. 그제야 난 그의 말을 알
아듣고 그런 방식으로 그리기 시작했죠. 내가 사물을 어떻게
느끼는지. 그는 '내 안의 그림'을 그려야 한다고 했어요. 그래
서 나는 노란색, 하얀색으로 괴상한 그림을 그렸어요. 그런
뒤 엄마를 그렸어요. 크고 빨간 입술들로 종이를 채웠습니다.
엄마의 립스틱 색깔이죠. 입 안은 검은색으로 채웠고요. 그
래요, 엄마를 미워했으니까요. 정말로 그렇지 않았다 해도요.
거기서 나온 이후로는 한 번도 그림을 그린 적이 없습니다.
요양원 같은 곳이 아니면 어디서 그런 걸 하겠어요?

　지루하면 주저하지 마시고 얘기하세요. 나 말고도 돌볼 사
람이 많다는 거 알아요. 정말 나랑 마냥 여기 앉아 계실 필요
가 없단 말입니다. 아니면 다행이고요. 요양원엔 규칙이 하나
있었습니다. 스물한 살이 되면 퇴소한다는 거였죠. 직원들이
그래서 내게 케이크를 구워준 것도 알고 있습니다. 나야 케
이크를 좋아하지 않아서 다른 아이들에게 줘버렸지만요. 그

들이 추천서가 담긴 편지와 내가 만나야 할 사람들의 이름, 주소를 적어주었습니다. 난 아무것도 알고 싶지 않았어요. 독립하고 싶었습니다. 평생 감시받던 사람에게는 의미 있는 일이었죠. 그 사람들이 아무리 잘해줬다고 해도요. 그렇게 런던으로 왔습니다. 처음엔 좋았지요. 런던과 함께 새롭게 시작할 수 있으리라는 기대감이 온몸을 휘감았습니다. 처음 발을 들여놓은 내게는 모든 것이 새롭고 흥분될 뿐이었어요. 머스웰힐에 방을 얻고 일자리를 물색했어요. 나한테까지 돌아오는 일자리란 땅파기나 짐 나르기뿐이었고, 막상 면접을 보면 그나마도 나 같은 사람은 일찌감치 관두는 게 낫겠다는 말만 들었어요. 그러다 마침내 한 호텔에서 접시 닦는 일을 찾아냈습니다. 일류였어요. 손님들이 있는 곳이 그랬다는 얘기죠. 두꺼운 붉은 양탄자가 깔려 있고 크리스털 조명이 비치는 홀에서 작은 오케스트라가 연주를 했습니다. 첫날 나는 실수로 그 앞을 지나가게 됐죠. 그에 비해 부엌은 형편없었어요. 세상에, 지저분한 시궁창이 따로 없었지요. 접시닦이는 나 혼자여서 일손이 부족했습니다. 아니면 사람들이 나를 바보로 여겼거나요. 어쨌든 나는 모든 걸 혼자 해야 했습니다. 점심시간 45분을 포함해 모두 열두 시간씩요.

일은 많았지만 지낼 만했어요. 난생처음으로 밥벌이를 한다는 게 기뻤죠. 그런데 주방장이 날 몹시 괴롭혔어요. 월급을 그가 줬는데 항상 얼마씩 떼어먹곤 했어요. 당연히 그의 주머니로 들어가는 거였죠. 얼굴도 정말이지 더럽게 못생긴 녀석이었어요. 그런 여드름쟁이는 본 적이 없을 겁니다. 뺨이며 이마, 아래턱, 귀 주위, 심지어는 귓불에까지 여드름, 부스럼투성이에다 뚱뚱하고 멍들고 벌겋고 누렇고. 왜 사람들이 그를 음식 만드는 곳에 데려다놨는지 모르겠더라니까요. 부엌에선 그런 건 신경 안 쓰는 듯했어요. 바퀴벌레도 잡을 줄만 알면 잡아서 요리할 사람들이었어요. 주방장은 정말 원수진 듯 나를 못살게 굴었어요. 그는 나를 허수아비라고 불렀는데 제 딴엔 대단한 유머였죠. "어이, 허수아비, 새 좀 쫓아냈어?" 그러는 자기는 뭐가 잘났다고. 어떤 여자도 먼저 이 고름자루에게 다가오지 않았어요. 화농 자국 천지인 그런 더러운 놈인데 당연하죠. 그는 하루 종일 주간지를 들고 침을 질질 흘리거나 부엌 청소하러 온 여자들 뒤꽁무니를 졸졸 따라다녔어요. 죄다 꼬부라진 할망구들, 예순 살 아래라고는 없고 대부분 흑인에 못난이들뿐이었는데. 지금도 눈에 선해요. 킥킥거리고 침을 흘리며 그 여자들 치마 밑에 손을 넣던 게. 자칫 잘못하면 쫓겨난다는 걸 아니까 여자들은 찍소리도 못했죠. 그래도 사람들은 그가 정상이라고 하겠죠. 그에 비하면 차라리 내가 백 번 천 번 정상인데 말이죠.

내가 다른 사람들처럼 자기 농에 같이 웃어주지 않자 고름자루가 나를 눈엣가시로 보기 시작했어요. 내 일거리를 더 만드느라 머리를 쥐어짜냈죠. 난 궂은일이란 궂은일은 도맡아 했습니다. 허수아비 농지거리가 갈수록 못 견딜 만큼 성가시게 느껴져서 어느 날, 세 번째로 냄비에 묻은 기름을 전부 닦아내야 했던 날에 그에게 말했습니다. "꺼져, 이 고름자루야!" 제대로 먹혀들었어요. 누가 그의 얼굴에 대고 그런 말을 해본 적이 있었어야지요. 그날 하루 종일 그는 나를 내버려두더니, 다음 날 아침 다가와 "큰 오븐 청소해"라고 명령을 내렸습니다. 대형 주철로 된 오븐인데 내가 알기로는 1년에 한 번씩 닦는 거였어요. 오븐 안은 시꺼멓게 굳은 찌꺼기로 덮여서 그걸 떼려고 물 한 통과 쇠 주걱을 들고 기어 들어가야 했어요. 오븐에선 썩은 고양이 냄새 같은 게 났어요. 나는 물 한 양동이와 수세미를 들고 그 안으로 들어갔습니다. 토할까봐 코로 숨을 쉴 수가 없었어요. 한 10분 오븐 안에 있었을까, 갑자기 문이 닫혔어요. 고름자루가 날 가둔 겁니다. 철판 사이로 그의 웃음소리가 들렸어요. 그는 그렇게 점심시간까지 나를 가둬두었어요. 냄새 나는 시꺼먼 오븐 속에서 다섯 시간을 보낸 후 설거지를 해야 했죠. 내가 얼마나 분노했을지 상상하실 수 있겠지요. 그래도 나는 일자리를 지키고 싶었고 뭐라고 항변할 수가 없었습니다.

그런데 바로 다음 날 아침, 막 아침 식사 설거지를 시작하려는데 고름자루가 오더니 "내가 오븐 청소하라고 했던 걸로 아는데"라고 하는 거였어요. 나는 다시 도구를 가지고 기어 들어갔지요. 들어가자마자 요란한 소리를 내며 문이 닫혀버렸어요. 미칠 것 같았습니다. 나는 고름자루와 관련해 떠오르는 온갖 욕을 해대며 손에서 피가 날 때까지 벽을 두드렸습니다. 하지만 아무 소리도 들리지 않았어요. 나는 마침내 마음을 가라앉히고 편히 있자고 결심했지요. 다리에 쥐가 나지 않도록 움직여야 했어요. 한 여섯 시간쯤 거기 있었다 싶었을 때 밖에서 고름자루가 웃는 소리가 들렸습니다. 그리고 오븐 안이 뜨거워지기 시작했어요. 처음엔 믿을 수가 없었죠. 환상이 아닌가 했어요. 고름자루가 오븐을 약한 열에 맞춰놨던 겁니다. 곧 앉기도 어려울 만큼 뜨거워져서 나는 쪼그려 앉아 걷기 시작했어요. 신발 타는 연기가 얼굴로 콧구멍으로 덮쳐왔어요. 땀이 흘러내리고 입 안으로 몰려드는 연기가 목을 죄어왔습니다. 벽은 너무 뜨거워서 칠 수도 없었어요. 소리를 지르고 싶었지만 숨을 들이켤 수 없었습니다. 죽는구나 싶었죠. 고름자루가 저를 산 채로 구울 수도 있는 놈이란 걸 알고 있었으니까요. 오후 늦게 그가 날 꺼냈습니다. 거의 실신할 지경이었지만 그가 하는 소리를 들었지요. "야, 허수아비! 하루 종일 어딜 갔었어? 오븐 청소하라니까!" 주위 사람들은 그가 무서워 모두 따라 웃었습니다. 난 택시를 잡아타고 집으로 와 가까스로 자리에 누웠습니다. 심하게 앓았지요. 다음 날은 상태가 더 심해졌어요. 발등과 오븐 벽에 기댔던 등줄기에 수포가 생겼어요. 구역질이 났습니다. 한 가지 확실한 건 죽는 한이 있더라도 고름자루에게 복수하기 위해 일을 하러 가야 한다는 것이었습니다. 도저히 걸을 수가 없어 나는 다시 택시를 불렀죠. 어떻게든 휴식 시간까지 오전 근무를 버텨냈습니다. 고름자루는 저를 내버려두더군요. 점심시간에 그는 언제나 보는 그 저질 잡지를 혼자 보고 있었지요. 휴식 시간이 끝나기 직전, 저는 튀김 프라이팬 밑의 가스 불을 틀었습니다. 2.5리터들이 프라이팬의 기름이 끓자 저는 번개같이 고름자루가 있는 곳으로 내달렸습니다. 발바닥이 너무 아파 울부짖을 지경이었어요. 이번엔 고름자루 녀석 차례다 생각하니 심장이 터질 듯했어요. 나는 그의 의자 곁으로 날았습니다. 그는 내 얼굴을 올려다보고야 무슨 일이 일어났는지 알아챘죠. 그렇지만 피할 새는 없었어요. 나는 기름을 그대로 그의 무릎에 쏟아부었습니다. 놀란 관중들에게는 실수로 손에서 미끄러져 나간 것처럼 보이도록 했고요. 고름자루는 짐승처럼 울부짖더군요. 사람에게서 그런 소리가 나는 걸 들은 적이 없습니다. 그의 옷이 녹아내리는 것 같았어요. 불알이 보였어요. 처음엔 빨갛게, 그리고 나서 부풀더니 나중에는 허옇게 되더라고요. 모든 게 그의 다리 아래로 흘러내렸습니다. 의사가 와서 모르핀 주사를 놓을 때까지 25분 동안 그는 소리를 질렀어요. 나중에 고름자루는 옷이 살에서 떨어질 때까지 아홉 달을 병실에 누워 있었다고 들었습니다. 난 고름자루를 그렇게 정리한 겁니다.

계속 일하기에는 나도 몸이 너무나 아팠어요. 그 전에 월세를 미리 냈고 약간 절약해둔 돈도 있었습니다. 그 돈으로 2주 동안은 매일 내 방에서 병원으로 절뚝거리며 오갔죠. 수포가 사라진 후 나는 다른 일자리를 찾아 나섰어요. 그러나 이번에는 그다지 기대하지 않았어요. 런던은 너무 복잡했어요. 아침에 일어나기 힘들었습니다. 이불 속이 더 좋고, 더 안전했어요. 수천 명의 사람들, 우레 같은 자동차 소리, 늘어서서 기다리는 줄, 그런 모든 것들이 날 우울하게 만들었습니다. 나는 엄마 곁에서 살던 옛 시절을 생각했습니다. 다시 돌아가고만 싶었어요. 화초 같았던 삶, 나를 위해 모든 것이 배려되는 따뜻하고 안전한 삶. 한심하게 들릴 테지요, 압니다. 하지만 이런 생각이 들기 시작했어요. 그동안 엄마도 결혼한 그 작자에게 진력이 나지 않았을까 하는. 그리고 내가 돌아가면 아마도 우리의 옛 삶을 되찾을 수 있을 거라고. 결국은 며칠 동안 머릿속을 맴돌던 생각이 내 머릿속에 콱 틀어박히게 되었습니다. 다른 어떤 생각도 나지 않았어요. 나는 혼잣말을 했죠. 엄마가 날 기다린다고. 아마도 경찰에 행방불명 신고를 해서 찾고 있을 거라고. 난 집으로 가야 했어요. 엄마는 나를 품에 안고 숟가락으로 밥을 떠먹여주겠죠. 우리는 다시 마분지 극장을 짓게 될 거예요. 어느 날 저녁, 이런 생각을 하다가 나는 엄마에게 가기로 결심했습니다. 뭘 더 기다린단 말인가? 집을 뛰어나와 거리를 달려갔어요. 기쁨에 넘쳐 노래를 불렀죠. 스테인스로 가는 기차를 잡아타고 역에서 집까지 뛰었어요. 모든 것이 다 잘될 거야. 옛집이 있는 거리로 들어서자 천천히 걸었습니다. 1층에 불이 켜져 있었어요. 초인종을 눌렀습니다. 벽에 기대서야 할 만큼 다리가 심하게 후들거렸어요. 하지만 문 앞으로 나온 사람은 엄마가 아니라 어떤 아가씨였어요. 열여덟 살쯤 되는 유난히 예쁜 아가씨. 무슨 말을 해야 할지 아득하기만 했습니다. 뭔가 떠올리려고 노력하는 가운데 멍한 침묵이 계속됐어요. 그녀가 나더러 누구냐고 물었어요. 나는 그녀에게 전에 여기 살던 사람인데 어머니를 찾는다고 얘기했죠. 그러자 그녀가 부모님과 함께 벌써 2년째 거기서 살고 있다는 거예요. 혹시 주소라도 적어둔 게 있는지 찾아보겠다고 그녀가 다시 안으로 들어갔습니다. 그녀가 자리를 뜬 동안 나는 문틈으로 복도를 들여다보았습니다. 모든 게 바뀌어 있었어요. 큰 책꽂이가 있었고 벽지도 새것이었고, 우리한텐 없었던 전화도 있었어요. 너무 슬펐습니다. 모든 것이 달라지고 속은 기분이었습니다. 소녀가 다시 와서 주소 같은 건 남아 있지 않다고 했습니다. 잘 있으라는 인사를 하고 정원을 돌아 나왔습니다. 난 쫓겨난 겁니다. 그 집은 원래 내 것이었어요. 난 소녀가 날 따뜻한 곳으로 청하길 바랐습니다. 그녀가 팔을 뻗어 내 목을 감싸며 "와서 우리와 함께 살아요"라고 말해주기를. 병신 같은 소리로 들리시겠죠. 나도 역에 다시 도착했을 땐 그렇게 생각했습니다.

다시 일자리를 구하러 나섰어요. 아마 오븐 때문이었을 거예요. 그러니까 오븐 때문에 생각이 거기에 미쳤을 거라는 거지요. 아무 일도 없었던 듯 간단히 스테인스로 돌아갈 수 있으리라는. 난 자주 그 오븐에 대해 생각했어요. 자주 오븐에 갇혀 있는 환상에 빠져들었습니다. 믿기 힘드시죠? 특히 내가 고름자루에게 했던 일을 떠올리면요. 하지만 그런 생각이 드는 걸 어쩌겠어요. 생각하면 할수록 뚜렷해졌어요. 다시 오븐 속으로 청소하러 들어갔을 때 나는 남몰래 문이 닫히길 바랐어요. 왠지 모르지만, 난 그걸 원했어요. 내 말 무슨 말인지 아시겠어요? 나는 함정에 빠지고 싶었어요. 나올 수 없는 곳에 있고 싶었어요. 그건 마음속 깊은 곳에서 울리는 소리였어요. 실제로 오븐 안에 있을 때 난 너무나 무서웠어요. 나갈 수 없을 것만 같아서요. 그리고 훨씬 나중에야 안 일이지만 어쩌면 더 있고 싶었던 것도 같은데 고름자루에 대한 분노가 너무 커서 더 있을 수가 없었죠. 그게 문제였어요.

직업은 찾지 못했고, 돈이 떨어지고부터는 가게나 점포 등에서 도둑질을 시작했어요. 어리석은 짓이라고 생각하시겠지만 그 일은 식은 죽 먹기였어요. 달리 무슨 방도가 있었겠습니까? 먹어야 했으니까요. 여기저기서 조금씩 훔쳤는데, 대개는 슈퍼마켓에서였습니다. 큰 주머니가 달린 긴 외투를 입고 냉동 고기나 저장 식품 같은 것을 훔쳤습니다. 방세도 치러야 했지요. 그래서 값나가는 물건들을 훔쳐 중고상에 팔기 시작했어요. 한 달은 잘했나봐요. 부족한 게 없었죠. 원하면 주머니에 쓱 넣기만 하면 됐으니까요. 하지만 점차 주의가 흐트러졌나봅니다. 진열대 위의 손목시계를 훔치다 매장 감시원에게 들키고 말았어요. 그는 나를 지켜보면서도 말리지 않았고 내가 거리로 나설 때까지 그냥 두었습니다. 그가 와서 팔을 잡고 같이 가야겠다고 했을 때 난 버스 정류장에 있었죠. 그들이 경찰을 불렀고 난 법정에 섰습니다. 상점에서 벌써 수차례 날 눈여겨보았던 터라 형량을 꽤 받을 거라고 했어요. 다행히 전에는 체포된 적이 없어서 일주일에 두 번 보호관찰관에게 보고만 하는 것으로 끝났습니다. 그래도 운이 좋았대요. 그곳에 있던 경찰 말로는 여섯 달도 받을 수 있었다는데.

보호관찰을 받는 동안 식비나 방세를 낼 돈을 마련할 길이 없었죠. 그 보호관찰관은 뭐, 괜찮은 사람이었습니다. 그 사람도 할 수 있는 건 다 했지요. 서류에 올라 있는 사람이 워낙 많으니까, 내 이름을 항상 기억할 수는 없었겠죠. 그가 내게 소개해주려던 직업을 얻으려면 읽고 쓸 줄 알든지 그것도 아니면 무거운 것도 쑥쑥 들어 올릴 만큼 힘이라도 세야 했지요. 아무튼 그건 그렇고, 난 사실 새로운 직업을 전혀 원하지 않았어요. 새로운 사람을 만날 마음도 없었고 허수아비라 놀림받고 싶지도 않았으니까요. 그런 내가 또 뭘 했겠습니까? 다시 물건을 훔쳤죠. 이번엔 더 조심해서 같은 곳엔 두 번 가지 않았어요. 그런데 일주일이 못 돼 다시 붙잡히고 말았지요. 백화점에서 장식이 있는 칼을 집어넣었는데, 그동안 너무 많은 물건을 실어 날라서일까요, 외투 주머니에 구멍이 나서 막 문을 나서려는 순간 칼이 주머니에서 빠져 바닥으로 떨어진 겁니다. 몸을 돌리기도 전에 세 명이 나를 붙잡았어요. 같은 법정에서 이번엔 석 달 형을 받았지요.

감옥 안은 한마디로 웃기더군요. 우습다는 게 아니라. 사실 거기엔 온갖 흉포한 놈들이 다 있을 거라고 생각했었거든요. 그런데 그런 녀석들은 일부에 지나지 않고 그 외에는 전에 있던 요양원 사람들처럼 정신이 좀 이상할 따름이었지요. 감방은 머스웰힐의 내 방과 다를 게 없었어요. 오히려 지대가 높아 밖은 더 잘 보였어요. 침대, 탁자, 작은 책꽂이에 세면대까지 있고 잡지에서 사진을 오려 벽에 붙여도 됐는데, 머스웰힐의 내 방에선 허락되지 않는 일이었죠. 방에 갇혀 지내는 것도 아니었어요. 하루에 몇 시간만 갇혀 있었지, 나머지 시간엔 여기저기 기웃거리면서 같은 층에 한해서는 다른 방에도 가볼 수 있었어요. 큰 철문이 있어서 계단을 오르락내리락할 수는 없었거든요.

감방에는 이상한 놈들이 있었어요. 어떤 녀석은 식사할 때 의자에 올라가서 옷을 벗었답니다. 처음엔 얼마나 놀랐는지요. 다른 사람들은 아랑곳 않고 식사도 하고 계속해서 얘기도 나누더라고요. 나도 다음부터는 그랬지요. 곧 면역이 됐어요. 그가 꽤 자주 그랬는데도 말이죠. 시간이 흐르면 사람이 그렇게 익숙해진다는 게 놀라워요. 재코도 거기서 만났어요. 두 번째 날 그가 내 방으로 와서 자기소개를 했어요. 사기를 쳐서 들어온 거라고. 자기 아버지는 말 조련사였는데 얼마 전 운이 나쁘게도 다 말아먹었대요. 그거 말고도 이런저런 얘기를 했는데 대부분 잊어버렸어요. 그러고는 나가더군요. 그런데 재코가 다음번에도 또 자세히 자기소개를 하지 않겠어요? 마치 난생처음 보는 사람처럼 이번에는 강간 전과로 들어왔다나요. 한번 욕망이 일어나면 도저히 다스릴 방법이 없다더라고요. 나는 그 친구가 나를 바보로 여기는구나 했습니다. 처음에 한 얘기를 믿고 있었으니까요. 근데 그 친구는 정말 진지하더라고요. 매번 그에게서 다른 얘기를 들었어요. 그 전에 한 얘기며 자기가 누구였는지 그렇게 싹 잊어버릴 수가 없어요. 아마 자기도 자기가 누군지 몰랐을 겁니다. '자기 정체성'이라는 게 전혀 없는 사람 같았죠. 누군가 내게 말해줬어요. 재코가 무장 강도질을 하다가 머리를 심하게 맞았다고요. 그 역시 맞는 말인지는 알 수 없지만요. 대체 뭘 믿어야 할지 모르겠어요.

오해는 마세요. 다 그랬던 건 아녜요. 진짜 좋은 사람들도 있었어요. 데피 같은. 데피는 귀도 안 들리고 말도 못했어요. 그는 거의 평생 거기 있었나봐요. 그의 방은 감옥 안에서 제

일 아늑했어요. 유일하게 따로 차를 끓여 먹어도 되는 사람
이었죠. 나는 자주 그의 방에 앉아 있곤 했습니다. 당연히 대
화는 없었죠. 우리는 그저 거기 앉아서 가끔 서로 쳐다보며
미소 지었고, 그뿐이었어요. 그가 타준 차는 최고였지요. 내
가 마셔본 차 중 가장 맛이 좋았어요. 오후가 되면 그는 한구
석에 쌓아둔 전쟁 만화를 읽고, 난 그의 팔걸이의자에 앉아
졸기도 했습니다. 할 말이 생기면 그에게 얘기했습니다. 그
는 한마디도 못 알아들었지만 고개를 끄덕이며 웃어주거나
슬픈 표정을 짓기도 했어요. 내 얼굴에 떠오르는 표정을 보
고요. 그게 그의 마음에 들었나봅니다. 그도 뭔가 나눌 수 있
다는 게. 재소자들은 대부분 그를 무시했어요. 교도관들하고
는 사이가 괜찮아 그가 뭘 원하면 가져다주기도 했어요. 가
끔 차와 함께 초콜릿 케이크도 먹었습니다. 읽고 쓰는 건 데
피가 저보다 못하지 않았죠.

　그 석 달 동안이 집에서 나온 이후 가장 행복한 시간이었
습니다. 방을 아늑하게 꾸몄고 규칙적인 습관이 생겼죠. 데피
말고 다른 사람들하고는 별로 말을 하지 않았습니다. 복잡하
게 얽히는 건 질색이거든요. 아마도 감옥 독방이나 오븐 속
에 갇혀 있는 거나 매한가지라 생각하시겠죠? 절대 그렇지
않아요. 그건 기만과 좌절, 고통의 혼합이 아니었어요. 안정

된 곳에서 오는 즐거움이었죠. 아, 이제 생각이 났어요. 가끔 난 자유시간이 줄었으면 했어요. 매일 방에서 보내야 했던 시간이 즐거웠거든요. 하루 종일 방에만 있어야 했다 해도 데피를 찾아갈 수 없다는 것 말고는 아쉬울 게 없었을 겁니다. 계획을 세울 필요도 없고 매일매일이 그 전날과 똑같았어요. 끼니 걱정도 잠자리 걱정도 없는 호수처럼 잔잔한 시간이었습니다. 떠날 때가 되자 다시 걱정이었죠. 나는 교도관에게 가서 여기 더 있을 수 없느냐고 물었습니다. 하지만 그는 한 사람을 그 안에 잡아두는 데 한 주에 16파운드가 들고 벌써 들어올 사람이 줄을 서서 기다리고 있어서 다 들여보낼 자리가 없다고 했습니다.

그렇게 그곳을 나와야 했습니다. 그들이 공장에 일자리를 하나 마련해주었죠. 그리고 여기 이 다락방으로 이사했습니다. 공장에서는 산딸기 통조림을 전송대에서 집어 내리는 일을 했습니다. 귀찮을 건 없었어요. 거긴 다른 사람과 얘기를 나눌 수도 없을 만큼 시끄러운 곳이었죠. 나 스스로야 그렇게 느끼지 않지만 나는 어쨌든 이상한 놈이긴 한가봅니다. 이렇게 되리란 걸 진작 알고 있었거든요. 오븐 사건 이후로 나는 늘 갇히고 싶은 기분이에요. 작아지고 싶어요. 소음과 사람들로 둘러싸이는 게 싫습니다. 아무하고도 상관없이 어둠 속에 있고 싶어요. 저 벽장 보이세요? 이 방을 거의 다 차지하고 있죠? 열어도 옷은 없어요. 온갖 종류의 베개와 이불뿐입니다. 나는 저기로 들어가서 문을 잠그고 몇 시간이고 어둠 속에 앉아 있습니다. 황당한 짓이라고 하시겠지만 나는 좋아요. 심심한 줄도 모르고 그냥 앉아 있어요. 가끔 저 벽장이 내가 안에 있다는 걸 잊고 걸어 다녔으면 좋겠어요. 처음엔 이따금씩 들어가곤 했는데 점점 횟수가 잦아져 급기야는 밤새 저기서 머물게 되었어요. 아침에도 나오기 싫은 나머지 일에 늦었지요. 그러다가 아예 일하러 가지 않게 됐어요. 벌써 석 달쨉니다. 나가고 싶지 않습니다. 벽장 속이 훨씬 좋은 걸요.

난 자유롭고 싶지 않아요. 그래서 길거리에서 마주치는 아기들이 부럽습니다. 이불에 싸인 채 엄마 품에 꼭 안겨 돌아다니는 모습이. 나도 그러고 싶어요. 난 왜 그럴 수 없죠? 왜 나는 왔다 갔다 일을 하러 가야 하고, 식사 준비를 해야 하고, 살기 위해 수백 가지 행동을 해야 합니까? 난 유모차에 타고 싶어요. 바보 같죠, 180센티미터나 되는 내가. 하지만 그렇다고 내 기분이 달라지지는 않아요. 최근에 유모차에서 덮개 하나를 훔쳤어요. 왜인지는 모르겠어요. 아마도 아기들의 세계를 조금이나마 느끼고 싶었나봐요. 내가 그들과 전혀 상관없는 세계의 사람이 아니라는 걸 말이에요. 난 외톨박이죠. 난 섹스도 그 비슷한 것도 필요치 않아요. 예쁜 여자를 보면, 아까 얘기한 그 소녀처럼요, 말씀드렸듯이 여기로 돌아와 바지 속에 손을 집어넣어요. 나 같은 놈은 드물겠죠. 훔친 이불들은 벽장 속에 있어요. 몇십 개고 벽장을 채우고 싶어요.

나는 이제 거의 문가로도 가지 않아요. 2주 전에 마지막으로 다락방을 나갔습니다. 저장 식품을 몇 개 샀죠. 그런데 배고플 때도 별로 없어요. 대개는 벽장 속에 앉아서 스테인스에서의 옛일을 떠올리며 그 시절이 돌아오길 기원합니다. 밤에 비가 오면 지붕이 울려서 잠이 깨요. 옛날 우리 집에 살고 있는 소녀 생각이 나네요. 바람 소리, 차 소리가 들려요. 다시 한 살이 되고 싶어요. 안 되겠지만요. 알고 있습니다.

첫 사랑
마지막 의식

초여름부터 더는 아무런 의미가 없어 보일 때까지, 우리는 무거운 떡갈나무 테이블 위에 얇은 매트리스를 올려놓고, 열어둔 큰 창문 앞에서 사랑을 나누었다. 언제나 방으로 잔잔한 바람이 불어왔고 4층 아래 연안 도로의 냄새가 올라왔다. 나는 내 의지와는 상관없이 정체불명의 생명체에 관한 환상에 빠져들곤 했다. 우리 둘이 큰 테이블 위에 누워 있으면 깊은 고요 속에서 희미하게 줄달음치거나 할퀴는 소리가 들려왔다. 모든 것이 내게는 새로웠고 불안했다. 마음을 가라앉힐 수 있도록 나는 시셀과 얘기를 나누고 싶었다. 그녀는 말이 없었다. 그녀는 어떤 일을 추상화하거나 상황에 대해 거론하는 일이 없었다. 그녀는 그저 그 모든 것 안에 살고 있을 뿐이었다. 4층 밖 하늘에 갈매기들이 원을 그리며 날아오르면 우리는 새들이 그 위에서 우리를 보고 있을까 생각했다. 우리는 그런 일에 대해 얘기를 나누었다. 눈앞에서 벌어지는 사소한 일들에 대해. 시셀은 주어진 일을 했다. 커피를 젓고 사랑을 했으며 레코드판을 듣고 창밖을 바라보았다. 그녀는 행복해, 혼란스러워, 혹은 지금 너와 자고 싶어, 지금은 싫어, 혹은 식구들끼리 싸우는 건 생각만 해도 지긋지긋해 같은 말을 하지 않았다. 말에 그녀의 혼란이 담기는 법이 없었다. 그래서 나는 우리가 함께 자는 동안 머릿속을 맴도는 죄의식과 비슷한 것을 홀로 감수해야 했고 정적 속을 울리는 소리에 홀로 귀를 기울여야 했다. 어느 날 오후 낮잠에서 깨어난 시셀이 침대에서 머리를 일으키며 물었다. "이게 무슨 소리지? 벽 뒤에서 긁는 소리가 나잖아."

친구들은 모두 멀리 런던에 있었고, 가끔 번민과 사색으로 가득한 편지를 보내왔다. 앞으로 뭘 해야 할까? 친구들은 모두 열일곱, 열여덟 내 또래였지만 나는 그들을 이해하지 못하는 척했다. 나는 그들에게 엽서를 썼다. 큰 테이블과 열린 창문을 찾아보라고. 나는 행복했고, 그게 그리 어려운 일 같지 않았다. 요즘 뱀장어를 잡을 어살을 만들고 있는데, 뭔가 목표를 갖는 것도 어려운 일 같지 않았다. 여름내 그들로부터 소식이 없었다. 우리를 방문하는 건 에이드리언뿐이었다. 시셀의 열 살 난 남동생인 에이드리언은 와해 직전의 집, 어머니의 변덕과 피아노 경연 대회를 방불케 하는 여동생들의 끝없는 피아노 연주, 간혹 찾아오는 아버지의 쓸쓸한 방문에서 벗어나고 싶어 우리에게 왔다. 에이드리언과 시셀의 부모님은 27년에 걸친 결혼 생활 동안 여섯 아이를 낳고 체념 끝에 서로를 증오하며 헤어졌다. 아버지는 자식들 근처에 머물고 싶은 마음에 집에서 몇 블록 떨어지지 않은 여관으로 옮겼다. 그레고리 펙처럼 생긴 그는 일거리 없는 사업가였다. 그는 낙관론자였고 어떻게 하면 재미있게 많은 돈을 벌 수 있는지 무궁무진한 계획을 가진 사람이었다. 우리는 언제나 주점에서 만났다. 그는 자신의 실업 상태나 결혼 생활에 대한 얘기는 꺼내지 않았다. 내가 그의 딸과 연안 도로변에 있는 방에서 동거하는 것에도 그다지 관심이 없는 듯했다. 대신 그는 한국전쟁에 참전했던 무렵과 국제 무역상 시절, 지금은 높은 자리에 앉아 귀족처럼 살고 있는 친구들의 사기 행각에 대해 들려주었다. 그러다 어느 날은 우즈 강에 넘쳐나는 뱀장어를 산 채로 런던까지 운반하면 얼마나 떼돈을 벌수 있는지에 대해 열변을 토했다. 나는 그에게 내 통장에 70파운드가 있다고 했고, 다음 날 우리는 그물과 줄, 튼튼한 쇠테와 뱀장어를 담을 낡은 물통을 샀다. 그 이후 두 달 동안 나는 뱀장어 어살을 만들며 시간을 보냈다.

날씨가 좋으면 나는 그물과 고리, 줄을 들고 나가 선창의 계선주에 앉아 있곤 했다. 뱀장어를 잡는 데 쓰는 원통형 어살은 한쪽 끝이 막혀 있고 다른 끝에 긴 깔때기 모양의 입구가 있다. 어살이 강바닥에 놓이면, 뱀장어들은 미끼를 물려고 헤엄쳐 들어와 그렇게 어살의 어둠 속에서 헤어 나오지 못하는 것이다. 낚시꾼들은 친절하고 쾌활했다. 저 밑에 뱀장어가 있어, 그들은 말했다. 몇 마리쯤은 잡히겠지만 그래도 그걸로 먹고살려면 어림없지. 그렇게 해선 그물이 물살을 견디질 못해. 쇠의 무게를 이용하고 있잖아요, 내가 말했다. 그들은 사람 좋게 어깨를 으쓱해 보이며 그래 너도 한번 해봐라 인심 쓰듯 쇠테를 그물에 고정시키는 더 나은 방법을 알려주었다. 어부들이 모두 배를 타고 나가고 내가 더 이상 일할 마음이 내키지 않으면, 난 간만의 차를 따라 물이 갯가로 미끄러져 들어오는 것을 바라보았다. 그러면 평생을 뱀장어 어살에 맡기지는 않더라도 부자가 될 수는 있을 것 같다는 생각이 들었다.

나는 우리의 뱀장어 모험에 시셀이 관심을 갖게 해보려고 애를 썼다. 여름 동안 보트를 빌려줄 사람이 있다고 얘기했지만 그녀는 한마디 대꾸도 없었다. 그래서 대신 우리는 매트리스를 테이블 위에 올려놓고 옷을 입은 채 누웠다. 그러면 그녀가 말을 꺼냈다. 우리는 손바닥을 마주 댔다. 그녀는 손바닥의 크기와 모양을 자세히 관찰하며 실시간 평을 했다. 길이가 똑같네, 네 손가락이 조금 더 굵지만, 여기 이만큼 더 말이야. 엄지손가락 끝으로 내 속눈썹 길이를 재더니 그녀가 말했다. 내 속눈썹도 이렇게 길었으면. 그녀는 어렸을 때 집에서 기르던 강아지의 속눈썹이 희고 길었다고 했다. 일광욕을 하다가 생긴 내 코의 화상을 바라보며 남매들 중 누가 빨갛게 데고 누가 갈색으로 그을었는지, 언젠가 그녀의 막냇동생한테 들은 것과 같은 얘기를 했다. 우리는 천천히 옷을 벗었다. 그녀가 운동화를 벗고 발에 무좀이 생겼다고 했다. 나는 눈을 감은 채 들었다. 열린 창문으로 진흙과 미역, 먼지 냄새가 날아들었다. 그런 식으로 말하는 걸 그녀는 '지껄이기'라고 했다. 그러고 나서 그녀의 몸 안에서 움직일 때면 나는 환상 속으로 빠져들었다. 무성하게 뻗어가는 나의 감각들은 시셸의 배 안에 새로운 생명체를 만들 수 있다는 인식과 이어져 있었다. 아버지가 되고 싶은 마음 때문이 아니었다. 그것은 알, 정자, 염색체, 깃털, 아가미, 발톱 같은 것들, 나의 성기에서 몇 센티 떨어지지 않은 어두운 적색 점액질 속에서 자라나는 생명체의 멈출 수 없는 화학 작용에 대한 떨칠 수 없는 환상이었다. 이 환상은 나이나 힘 앞에서 속수무책이라서 생각만으로도 나는, 원하기 전에 벌써 사정해버렸다. 시셸에게 이 얘기를 하자 그녀는 피식 웃었다. 세상에, 그녀는 말했다. 나에게 시셸은 이 과정의 중심이었다. 그녀가 바로 그 과정이었으며 환상을 키우는 힘이었다. 그녀는 피임약을 복용했지만 한 달에 적어도 두세 번은 잊어버리곤 했다. 우리는 내가 밖에다가 사정하는 것에 암묵적인 동의를 했지만 제대로 되는 때가 드물었다. 절정을 향해 달리다 벼랑 끝에서 떨어지는 듯한 마지막 순간, 밖으로 나갈 길을 찾느라 나는 고군분투했다. 하지만 마치 뱀장어처럼 나는 환상 속에서 어둠 속의 생명체에게 붙잡혔다. 그것은 허기져 있었고 나는 끈적끈적한 흰색의 점액질을 먹이로 제공했다. 예기치 못한 그런 부주의한 순간에 나는 그것에게 먹이를 대느라 내 인생을 내주고 있는 것이었다. 그런 때면 그것이 무엇이든, 시셸의 자궁 안이든 밖이든, 오직 시셸과 씹하기 위해, 더 많은 생명체에게 먹이를 주기 위해, 나의 인생은 바쳐졌다. 나는 시셸의 주기에 신경을 썼다. 여자와 관련된 거라면 내게는 모든 게 새로운 경험이었고 확신할 수 있는 문제라고는 없었다. 우리는 시셸의 생리 기간에 사랑을 했다. 피가 우리 몸을 끈적이는 갈색으로 뒤덮었다. 나는 우리가 그 점액질 안에 있는 생명체들이라고 생각했다. 우리는 창문을 통해 들어온 구름 덩어리와 마른 진흙 틈에서 올라온 가스를 양식으로 살아가는 듯했다. 나의 환상은 걱정스러울 정도였다. 이제 나는 환상 없이 절정에 이를 수 없음을 알고 있었다. 나는 시셀에게 대체 어떻게 생각하느냐고 물었고 그녀는 킥킥거렸다. 어쨌든 깃털이나 아가미는 사양이야. 그러면 너는 무슨 생각을 하니? 별로, 사실 아무것도. 나는 꼬치꼬치 캐물었고 그녀는 다시 침묵 속으로 웅크렸다.

나는 바닥 긁는 소리를 내는 존재가 나의 환상이 만들어 낸 피조물이라고 믿고 있었고, 어느 날 오후 시셀이 그 소리를 듣고 신경을 쓰기 시작했을 때도, 나는 그녀의 환상 역시 우리의 사랑 행위로부터 비롯된 거라고 믿어버렸다. 우리가 행위를 끝내고 조용히 등을 대고 누우면 텅 빈 채 머리가 맑아지고 사방이 고요해지면서 소리가 들려왔다. 작은 발톱으로 눈먼 듯 벽을 긁는, 두 사람이 아니면 들을 수 없을 만큼 희미한 소리. 우리는 벽 한구석에서 소리가 들려온다고 생각했다. 내가 무릎을 꿇고 귀를 바닥에 대자 소리가 그쳤다. 벽 저편에 그것이 있었다. 그것은 발목이 잡힌 듯 경직된 채 어둠 속에서 웅크리고 있었다. 몇 주 동안 밤낮으로 소리가 들려왔다. 나는 에이드리언의 의견을 듣고 싶었다. 에이드리언, 들어봐. 이거야, 잠깐만 아주 조용히. 대체 이게 무슨 소리 같아? 에이드리언은 우리가 들었다는 그 소리를 확인하려고 조급하게 온 신경을 기울였지만 오래 참지 못했다. 아무것도 안 들려, 에이드리언이 대답했다. 아무것도, 아무것도, 아무것도. 에이드리언은 심하게 흥분해서 누나의 등 위로 뛰어올라 빽빽 소리를 지르고 요들송을 불렀다. 무슨 소리가 들리든 에이드리언에게는 상관없었다. 그저 무슨 소리가 들리는 게 싫은 것이다. 에이드리언은 관심의 대상에서 밀려나는 걸 원치 않았다. 나는 에이드리언을 시셸에게서 떼어냈다. 우리는 침대 위에서 실랑이를 벌였다. 다시 한 번 잘 들어봐. 나는 말과 동시에 에이드리언의 어깨를 꾹 눌렀다. 다시 그 소리가 났다. 에이드리언은 빠져나가려고 몸부림을 치다가 경찰차 사이렌 소리를 내며 방에서 뛰쳐나갔다. 우리는 사이렌 소리가 계단 아래로 사라질 때까지 잠자코 귀를 기울였다. 그리고 내가 말을 꺼냈다. 에이드리언은 쥐를 무서워하나봐. 에이드리언의 누나가 손을 내 다리 사이로 넣는다. 넌 쥐라고 생각하는구나, 하며.

7월 중순, 우리는 방 안에서 더 이상 행복하지 못했다. 혼란과 불안이 짓눌러왔지만 시셸과 대화를 나누는 것은 불가능했다. 방학을 한 에이드리언이 매일 우리를 찾아왔다. 우리는 4층 아래서부터 에이드리언이 소리를 지르며 길을 달려 계단을 박차고 오르는 소리를 들었다. 에이드리언은 물구

나무서기나 요란한 재주를 부리며 방 안으로 들어섰으며, 내 관심을 끌려고 자주 시셀의 등 위로 뛰어올랐다. 에이드리언은 우리가 자기와 함께 있는 걸 싫증내고 쫓아낼까봐, 집으로 돌려보낼까봐 불안해했다. 불안의 원인은 또 있었다. 누나를 더 이상 이해할 수 없었던 것이다. 전에 그녀는 언제든 도전에 응할 준비가 돼 있는 멋진 투사였다. 친구들 앞에서 에이드리언이 뽐내는 걸 들은 적이 있다. 에이드리언은 누나를 자랑스러워했다. 그런데 그 누나가 변한 것이다. 그녀는 퉁명스레 동생을 밀어냈고 아무것도 않고 혼자 있기를 원했으며 레코드판을 듣고 싶어 했다. 신발로 치맛자락을 밟으면 화를 냈고 엄마처럼 가슴이 솟고 엄마처럼 말을 했다. 저리 내려가, 에이드리언. 제발, 에이드리언, 제발, 지금은 안 돼, 나중에. 에이드리언은 그 모든 걸 받아들일 수 없었다. 누나의 기분 변화는 잠깐이려니 생각하며 희망을 거두지 않고 그녀를 자극하고 공격했다. 에이드리언은 모든 것이 예전대로, 아버지가 집을 떠나기 전의 그 시점으로 돌아가기를 간절히 바랐다. 에이드리언은 시셀의 목을 감고 침대 위에 쓰러뜨린 후 칭찬을 바라는 눈빛으로 나를 돌아보았다. 에이드리언은 우리 사이에 한 여자 대 두 남자의 동맹이 형성된 거라 생각했다. 에이드리언은 칭찬받을 일이 없다는 걸 이해하지 못하고,

그것을 너무나 간절히 바랐다. 시셀은 에이드리언을 돌려보
내는 일이 없었다. 그녀는 동생이 왜 여기에 있는지 이해했
지만, 힘겨워했다. 끔찍하게 긴 어느 오후, 그녀는 절망한 듯
울먹이며 방을 떠났다. 에이드리언은 내게 몸을 돌리고 눈썹
을 치켜세우며 놀란 척을 했다. 내가 말을 꺼내려 하자 에이
드리언은 곧 요들송을 부르며 도전적인 전투 자세를 취했다.
시셀 역시 내게 남동생에 대해 한마디도 하지 않았다. 그녀
는 사람을 평하는 법이 없었다. 평가라는 것 자체를 하지 않
았으므로. 가끔 에이드리언이 계단을 오르는 소리가 들리면
그녀는 내 쪽을 바라보았고 예쁜 입술을 약간 찡그림으로써
평소와 달리 감정을 내보였다.

　에이드리언에게 우리가 평화로운 시간을 원한다고 호소하
는 방법은 단 하나였다. 에이드리언은 우리가 서로 애무하
는 걸 참지 못했다. 그건 그 아이를 괴롭혔고 진저리치게 했
다. 우리 둘 중 하나가 다른 쪽에게 다가가려고 방을 가로지
르는 것을 보면 에이드리언은 입을 다물고 애원했다. 우리
둘 사이에 뛰어들어 장난칠 분위기를 만들고 우리를 다른 게
임으로 유인하려고 했다. 마지막엔 정신 나간 사람처럼 우리
를 흉내 내며 우리가 얼마나 멍청해 보이는지 알려주려고 무
진 애를 썼다. 그러다 결국 견디지 못하고 기관총으로 풋내

기 연인과 독일 군대를 전멸시키는 흉내를 내며 방을 뛰쳐나
갔다.

그러나 시셀과 내가 서로를 애무하는 일은 점점 줄어들었
다. 침묵 속에서 아무런 일도 일어나지 않았다. 우리 사이가
멀어진 것도 서로에게 싫증이 난 것도 아니었지만 미래에 대
한 전망이 바래가고 있었다. 방 탓이었다. 우리는 더 이상 지
상에서 멀리 떨어진 4층에 살고 있는 게 아니었다. 창을 통해
더 이상 미풍이 불어오지 않았다. 부둣가에서 올라오는 열기
와 죽은 해파리와 파리 떼, 죽을 듯 겨드랑이를 파고드는 사
나운 회색 파리들과 음식물에 들러붙는 집파리들. 머리카락
은 자라 끈적이며 눈앞을 덥수룩하게 덮었다. 사다놓은 음
식은 녹아내리거나 강의 냄새를 풍겼다. 우리는 더 이상 매
트리스를 테이블 위로 올리지 않았다. 가장 서늘한 곳은 이
제 바닥이었고 바닥은 밖에서 묻혀온 끈적끈적한 모래로 덮
여 있었다. 모래는 잘 떨어져 나가지 않았다. 시셀은 레코드
판 듣는 것에 신물을 냈다. 그녀의 무좀은 한쪽 발에서 다른
쪽 발로 점점 번졌고 냄새도 심해졌다. 방은 썩은 냄새로 가
득했다. 대화가 없었으므로 이사하는 게 어떻겠느냐는 얘기
도 나누지 않았다. 우리는 매일 밤 벽 뒤에서 들려오는 긁는
소리에 잠을 깼다. 소리는 점점 크고 집요해졌다. 우리가 사

랑을 나눌 때 그것이 벽 뒤에서 우리를 엿들었다. 함께 사랑을 나누는 일이 드물어지고 주변에 쓰레기가 쌓여갔다. 우유병, 곰팡이 피고 흐물흐물해진 치즈, 버터를 쌌던 종이, 플라스틱 요구르트 병, 썩은 살라미. 그 한가운데서 에이드리언이 재주를 넘고 요들송을 부르고 총싸움을 하며 시셀을 공격했다. 나는 환상 속의 생명체에 대해 시를 써보려고 했지만 어떻게 시작해야 할지 몰라 단 한 줄도 써 내려가지 못했다. 대신 강둑을 따라 지루한 사탕무 밭, 전신주, 단조로운 회색 하늘이 보이는 노퍽 교외 쪽으로 한참씩 산책을 했다. 뱀장어 어살도 두 개 더 만들어야 해서 매일 그것을 붙들고 앉아 있었다. 그러나 사실은 흥미를 잃은 지 오래였고 뱀장어가 헤엄쳐 어살로 들어오리라는 것도 믿을 수 없었다. 그보다 내가 정말 뱀장어를 잡고 싶은 건지도 의심스러웠다. 혹시 뱀장어들이 방해받지 않고 강바닥의 차가운 진흙 속에 묻혀 있길 더 바라는 건 아닐까. 하지만 나는 계속했다. 왜냐하면 시셀의 아버지가 막 뱀장어잡이 재미에 빠진 터였고 시간과 돈을 들인 대가 역시 치러야 했기 때문이다. 그러는 사이 일 자체를 이끌어가는 권태롭고 파괴적인 힘이 생겨나 방 안에 쌓여가는 빈 우유병을 치우지 못하는 것처럼 그 일을 막을 수 없어졌다.

시셸이 일을 하기 시작했다. 그러면서 나는 우리가 여느 사람들과 다르지 않다는 사실을 깨달았다. 방, 집, 직업, 경력, 그런 것은 다른 사람들도 모두 갖는 것이었다. 더 깨끗한 방과 더 나은 직업도 있었다. 우리는 어디서나 볼 수 있는, 살려고 노력하는 젊은 연인이었다. 야채와 과일 통조림을 만드는 강 건너편의 창문 없는 공장. 그곳에서 그녀는 하루 열 시간 동안 누구와 잡담할 틈도 없이 컨베이어 벨트의 기계 소음 속에 앉아 상한 당근 조각이 통으로 들어가기 전에 골라냈다. 첫날 퇴근 후에 시셸은 분홍색 나일론 옷을 입고 분홍색 모자를 쓰고서 집으로 왔다. 왜 그걸 벗지 않아? 내가 묻자 시셸은 어깨를 으쓱해 보였다. 그녀에게는 우리 방이든, 강철 대들보에 고정된 스피커를 통해 라디오 방송이 들려오면 400명의 여공이 반은 듣는 듯 반은 꿈꾸는 듯 기계 바늘처럼 손을 움직여 낚아채고 버리는 동작을 반복하는 공장이든, 아무 차이가 없었다. 시셸이 이틀째 출근하던 날, 나는 배를 타고 강을 건너가 공장 문 앞에서 그녀를 기다렸다. 여자 몇 명이 창문 없는 큰 건물에 달린 작은 양철문에서 나왔고 귀청이 떨어져 나갈 듯한 사이렌 소리가 공장 전체를 울렸다. 이어 다른 조그만 문들이 일제히 열리며 여자들이 쏟아져 나왔다. 공장의 큰 출입문 앞에서 그들의 폭이 좁아졌다. 분홍색 나일론 옷과 분홍색 모자를 쓴 여자들의 무리. 나는 낮은 담장에 기대 시셀을 찾았다. 갑자기 그것은 너무도 중요한 일이 됐다. 분홍색 나일론의 폭풍 속에서 그녀를 찾지 못한다면 그녀는 영영 사라지고, 우리 둘 다 사라지고, 우리의 시간도 덧없이 가버릴 것 같았다. 공장 문으로 다가서자 폭풍의 중심부가 빠르게 움직이고 있었다. 보통 여자들이 그렇듯 막 뜀박질을 배운 사람처럼 어색하게 뛰는 사람들이 있었다. 어쨌든 모두들 가능한 한 걸음을 서두르고 있었다. 나중에야 나는 그녀들이 되도록 집안일을 빨리 시작해야 해서, 식구들 저녁 식사를 준비해야 해서 그렇게 총총대며 집으로 향한다는 것을 알았다. 다음 교대에 늦은 사람들이 무리를 뚫고 반대 방향으로 나아가느라 기를 썼다. 시셀은 눈에 띄지 않았다. 갑자기 공포감이 엄습해 큰 소리로 그녀의 이름을 불렀지만 내 목소리는 짓밟혀 납작하게 나동그라졌다. 담벼락에 기대어 담뱃불을 붙이던 늙은 여자 둘이 나를 향해 실쭉거렸다. 시셀 좋아하시네! 나는 다시 다리를 건너 한참을 걸어 집으로 돌아왔다. 시셀에게 데리러 갔었다는 얘기를 하지 않기로 작정했다. 그러지 않으면 나의 공포에 대해 설명해야 할 텐데 그 기분을 어떻게 설명해야 좋을지 몰랐기 때문이다. 집에 돌아왔을 때 그녀는 침대에 앉아 있었다. 그녀는 여전히 나일론 복장이었다. 모자는 바닥에 떨어져 있었다. 왜 그거 안 벗어? 내가 말했다. 공장에 왔었어? 그녀가 말했다. 서 있는 걸 봤으면 왜 아는 척하지 않았어? 시셀은 몸을 돌려 침대에 얼굴을 파묻었다. 얼룩진 옷에서 기계유 냄새와 흙냄새가 풍겼다. 나도 모르겠어. 시셀은 베개에 얼굴을 묻고 대답했다. 생각을 못 했어. 작업이 끝나면 그냥 아무 생각도 나지 않아. 그녀의 말엔 그 무엇도 덧붙일 수 없는 단호함이 담겨있었고, 나는 방을 둘러보며 침묵으로 빠져들었다.

　이틀 후 토요일 오후, 고무 같은 피투성이 소 허파를 미끼로 쓰려고 넉넉히 샀다. 같은 날 오후, 썰물 때 우리는 어살에 미끼를 채워 강바닥에 놓아두려고 운하의 중심까지 배를 저어 갔다. 일곱 개의 어살마다 부표를 표시했다. 일요일 새벽 네시에 시셀의 아버지가 나를 불렀고, 우리는 그의 밴을 타고 빌린 배를 매어둔 곳으로 향했다. 이번에 우리는 표시해둔 부표를 따라 어살을 되찾으러 나갈 것이다. 이건 우리의 시험 운항이었다. 만약 어살에 뱀장어가 걸린다면 좀 더 장비를 늘리고 뱀장어를 많이 잡아 일주일에 한 번씩 수산물 경매시장으로 갈 것이다. 그러면 금세 부자가 될까? 흐리고 바람이 많이 부는 아침이었다. 나는 기대감보다 피곤함과 지속적인 발기 상태만을 느꼈다. 밴의 온기 속에서 나는 고개를 꾸벅이며 졸았다. 벽 뒤에서 들려오는 긁는 소리에 신경을 곤두세우느라 거의 뜬눈으로 밤을 지새웠다. 한번은 자리에서 일어나 숟가락으로 벽 한구석을 두드려보았다. 잠시 멎었다가 다시 긁는 소리가 났다. 그것이 방을 향해 길을 뚫고 있는 게 틀림없었다. 시셀의 아버지가 노를 젓는 동안 나는 배 너머 양 옆의 부표를 주시했다. 생각했던 만큼 다시 찾기가 쉽지 않았다. 흰색 표지들 대신 검은 형체들이 물 위로 낮게 떠올랐다. 첫 번째 부표를 찾을 때까지 20분이 흘렀다. 어살을 끌어올리며 나는 깨끗한 흰색 밧줄이 얼마나 빨리, 강가에 널린 다른 밧줄들처럼 녹색 수초 줄기에 휘감긴 채 누렇게 변해버리는지 보고는 놀랐다. 어살은 우리가 만든 것이라고 믿기 어려울 만큼 낡고 낯설어 보였다. 게 두 마리와 큰 뱀장어 한 마리가 들어 있었다. 그는 어살의 막힌 입구를 열어 게를 물에 떨어뜨리고 뱀장어는 가져온 플라스틱 양동이에 넣었다. 우리는 피 묻은 소 허파를 어살에 넣고 배 너머로 던졌다. 15분 걸려 다른 어살을 찾았지만 그 어살은 비어 있었다. 그리고 다시 반 시간여 수로 위아래로 노를 저었으나 어살은 더 찾지 못했고, 그사이 밀물이 들어와 부표들을 덮어버렸다. 나는 강둑으로 노를 저었다.

우리는 시셀의 아버지가 사는 여관으로 가서 아침을 먹었다. 날려버린 어살 얘기는 꺼내지 않았다. 우리는 다음 썰물 때가 되면 나머지 어살을 찾을 수 있을 것처럼 얘기했다. 하지만 우리는 어살이 사라졌다는 것, 강물을 따라 상류로 갔든 하류로 갔든 센 밀물, 썰물에 부표가 떠내려갔으리라는 것을 알고 있었다. 그리고 내 평생 다시는 뱀장어 어살을 만드는 일이 없을 거라는 것도. 나는 나의 동업자가 그날 오후 에이드리언과 작은 소풍 계획을 마련했다는 걸 알고 있었다. 그들은 공군 기지를 구경한 다음 대영제국 전쟁기념관에 들를 생각이었다. 우리는 달걀과 베이컨, 버섯을 먹고 커피를 마셨다. 시셀의 아버지는 내게 다시 새롭고 간단하지만 틀림없이 돈벌이가 될 아이디어를 제공했다. 새우는 여기 강가에서 헐값이지만 브뤼셀에서는 금값이지. 매주 차로 두 대씩 운반하면 재미를 볼 거야. 그는 특유의 편안하고 다정한 낙관주의자의 면모를 보였고 잠시 동안 나는 솔깃했다. 나는 남은 커피를 마저 마시며 대답했다. 글쎄요, 그 계획에 대해서는 좀 천천히 생각해보는 게 좋겠어요. 나는 시셀과 요리하려고 뱀장어가 담긴 통을 들었다. 헤어지는 길에 악수를 하며 나의 동업자는 뱀장어를 죽이는 데 소금을 끼얹는 것보다 나은 방법은 없다고 말했다. 나는 그에게 소풍 잘 다녀오라고 말한 뒤 헤어졌다. 여전히 조심스러운 변명과 함께 밀물 때 나가서 어살을 찾아오자는 말을 덧붙이며.

　공장에 나간 지 일주일, 나는 집에 돌아왔을 때 시셀이 깨어 있을 거라 기대하지 않았다. 하지만 그녀는 창백한 얼굴로 무릎을 끌어안고 침대 위에 앉아 있었다. 방 한구석을 바라보면서. 그거 여기 있어. 그녀가 말했다. 저기 바닥에 있는 책 뒤에. 나는 침대에 앉아 젖은 신발과 양말을 벗었다. 쥐 말이야? 쥐 소리를 들었다는 거야? 시셀은 조용히 말했다. 커다란 시궁쥐야. 방을 가로질러 가는 걸 봤어. 책 있는 데로 가서 발로 찼더니 쥐가 금방 튀어나왔다. 발톱으로 바닥 긁는 소리가 들리고 벽으로 기어오르는 모습이 보였다. 작은 개만 했다. 옹골차고 기운이 넘쳐 보이는 쥐는 회색 배를 바닥에 문지르며 벽 끝까지 달려 서랍장 뒤로 들어가버렸다. 잡아야 해. 시셀이 여태껏 들어본 적 없는 낯선 신음 소리를 냈다. 나는 고개를 끄덕였지만 꼼짝할 기운도 없었다. 큰 쥐가 여름내 우리 곁에 살았다. 섹스를 하고 난 후의 깊고 맑은 고요 속에, 우리가 자는 동안 벽을 긁으며, 그 시간 속에 그놈은 친구처럼 함께 있었다. 나는 숨이 멎는 듯했고 시셀보다 더 공포에 질렸다. 우리가 그놈을 아는 이상으로 그놈은 우리를 잘 알 터였다. 우리가 그놈이 서랍장 뒤에 있다는 사실을 안 것처럼 그놈도 우리가 방에 있다는 사실을 알 것이다. 시셀이 다시 무슨 말을 꺼내려 했을 때 계단에서 익숙한 기관총 소리가 들려왔다. 안도감이 들었다. 에이드리언이 언제나처럼 발로 문을 차고 요란하게 뛰어 들어왔다. 무릎을 구부리고 허리에 기관총을 찬 것 같은 자세로 목 깊숙한 곳에서 총소리를 내면서 정신없이 우리를 쏘았다. 우리는 손가락을 입에 대고 조용히 하라는 신호를 보냈다. 너희 둘은 다 죽었다. 에이드리언은 말과 동시에 재주넘기할 자세를 잡았다. 시셀이 다시 한 번 '쉿' 소리를 냈고 에이드리언에게 침대 곁으로 오라고 손짓했다. 쉿? 왜들 그래? 우리는 서랍장을 가리켰다. 쥐야, 우리가 대답했다. 에이드리언은 곧 무릎을 구부려 서랍장 밑을 보았다. 쥐? 끝내준다. 무지무지하게 커. 이것 봐. 끝내주는데. 어떻게 할 거야? 잡자. 나는 방을 가로질러 벽난로에서 부지깽이를 꺼냈다. 에이드리언이 설치는 통에 두려움을 이긴 나는 그냥 그런 살찐 쥐 한 마리를 잡는 것처럼 행동했다. 시셀이 다시 침대 위에서 소리를 질렀다. 그걸로 뭘 하려고 그래? 순간 부지깽이를 쥔 손에 힘이 빠지는 것을 느꼈다. 그냥 그런 쥐 한 마리가 아니었다. 섣불리 덤빌 일이 아니라는 걸 둘 다 알고 있었다. 그사이 에이드리언은 호들갑을 떨었다. 맞아, 그거, 그거면 되겠다. 에이드리언이 책을 방 다른 편으로 옮기는 것을 도왔다. 서랍장 주위에 벽을 만들고 중간에 쥐가 빠져나올 틈만 하나 비워놓았다. 시셀은 계속해서 물었다. 뭘 하는 거야? 그걸로 어떡하려고? 그러나 그녀는 침대에서 내려올 엄두를 내지 못했다. 벽을 완성하고 나는 에이드리언에게 쥐를 몰 옷걸이를 내주었다. 시셀이 뛰어와 내 손에서 부지깽이를 뺏으려고 했다. 이리 내. 그녀가 소리치며 팔에 매달렸다. 그때 쥐가 책 틈을 뚫고 튀어나와 우리를 향해, 만반의 준비가 된 듯 이를 내밀고 있는 걸 본 듯했다. 우리는 흩어졌다. 에이드리언은 책상 위로, 시셀과 나는 다시 침대 위로 올라갔다. 쥐를 자세히 볼 시간은 충분했다. 방 한가운데 도사리고 있다가 다시 앞으로 뛰는 모습, 살찐 몸으로 재빠르게 내달리는 모습, 경련하는 모습, 꼬리가 그 몸을 수행하는 기생충처럼 미끄러지듯 뒤따르는 모습을. 저게 우리를 알고 있어. 나는 생각했다. 우리를 원하는 거야. 나는 더 이상 시셀을 바라보고 있을 수 없었다. 내가 침대에서 몸을 일으켜 부지깽이를 들려고 하자 그녀가 비명을 질렀다. 나는 온 힘을 다해 부지깽이를 던졌다. 부지깽이 끄트머리가 바닥에 웅크리고 있던 쥐의 좁은 얼굴 앞 근처에 떨어졌다. 그놈은 곧 몸을 돌려 책 사이로 달렸다. 서랍장 뒤에서 발톱 긁는 소리가 들렸다.

나는 철사로 된 옷걸이를 곧게 편 후, 다시 반을 구부려 에

이드리언에게 주었다. 에이드리언은 겁에 질려 조용했다. 시
셸은 침대에 앉아 다시 무릎을 끌어안았다. 나는 틈에서 몇
발자국 떨어져 부지깽이를 꽉 움켜쥐었다. 나의 창백한 맨발
이 눈에 들어왔다. 쥐가 날카로운 이빨로 내 발톱을 갉아먹
는 모습이 선연했다. 나는 잠깐, 하고 소리를 질렀다. 먼저 신
발을 신어야 해. 하지만 이미 에이드리언이 철사로 서랍장
뒤를 쑤석거렸고 나는 움직일 수 없었다. 나는 부지깽이를
들고 크리켓 채를 든 남자처럼 몸을 더 깊숙이 구부렸다. 에
이드리언은 서랍장 위로 올라가 철사 줄을 정확히 구석으로
밀어 넣었다. 에이드리언이 뭐라 소리쳤지만 무슨 소리인지
알 수 없었다. 겁에 질린 쥐가 틈에서 달려 나와 복수를 위해
내 발등에 달려들었다. 환상 속에서 본 것처럼 이빨을 허옇
게 드러내고서. 나는 부지깽이를 휘둘렀다. 놈의 배를 맞히고
방을 가로지르며 날아간 부지깽이는 시셸의 날카로운 비명
과 함께 맞은편 벽에 맞고 떨어졌다. 순간 나는 놈의 등뼈가
부러졌을 거라 생각했다. 쥐는 발을 공중으로 향한 채 잘 익
은 열매처럼 쩍 벌어졌다. 시셸은 손으로 입을 막고 에이드
리언은 서랍장 위에서 움직이지 않았다. 나 역시 선 채로 미
동도 하지 않았다. 모두가 숨을 죽이고 있었다. 시셸의 생리
혈처럼 부패한 듯한 은밀한 냄새가 방 안에 퍼지고 있었다.

에이드리언이 억눌렀던 두려움에 방귀를 뀌며 킥킥거렸다. 인간의 냄새와 터진 쥐의 냄새가 섞였다. 나는 쥐를 내려다보며 부지깽이로 살짝 눌러보았다. 쥐가 옆으로 굴렀다. 몸통의 찢어진 틈 사이로 흘러나온 투명한 보랏빛 주머니 안에 무릎이 턱에 닿도록 웅크리고 있는 다섯 개의 흐릿한 형체가 보였다. 주머니가 바닥에 닿았을 때 나는 태어나지도 않은 쥐의 발이 아직 희망을 버리지 못한 듯 꿈틀대는 것을 보았다. 하지만 어미에겐 희망이 없었다. 그리고 작은 생명들 역시.

시셀이 쥐 옆에 무릎을 구부리고 앉았다. 에이드리언과 내가 경호원처럼 호위하는 가운데 빨간색 치맛자락을 펼치고 앉은 그녀는 마치 특별히 접근할 권리가 있는 사람처럼 보였다. 그녀는 손가락으로 틈을 벌려 다시 주머니를 쑤셔 넣고 털을 덮었다. 흐르는 피 위로 젖은 털이 바늘처럼 서 있었다. 그녀는 조금 더 무릎을 구부렸고 우리는 여전히 그녀 뒤에 서 있었다. 다음에 그녀는 몇 가지 물건을 개수대에서 치우고 손을 씻었다. 우리는 모두 밖으로 나가고 싶었다. 시셀이 쥐를 신문지로 감았고 우리는 그것을 가지고 내려갔다. 시셀이 쓰레기통 뚜껑을 열었고 내가 조심스레 쥐를 안으로 떨어뜨렸다. 순간 머릿속에 뭔가가 떠올라 나는 둘에게 방에 올라갔다가 올 테니 기다리라고 말했다. 뱀장어였다. 몇 센티미터 안 되는 높이의 물 안에 뱀장어는 조용히 담겨 있었다. 죽었으리라고 생각하고 물통을 들었을 때 뱀장어가 몸을 움츠리는 게 보였다. 바람이 가라앉고 구름 사이로 하늘이 보였다. 양지와 음지를 번갈아 지나며 우리는 강으로 향했다. 곧 만조였다. 돌층계를 밟고 물가로 가서 뱀장어를 물속으로 살짝 밀어 넣었다. 뱀장어는 흰 뱃살을 반짝 드러내며 누런 물속으로 사라졌다. 에이드리언이 작별 인사를 했다. 나는 그 아이가 누나를 안아주리라 생각했다. 그러나 에이드리언은 머뭇거리다 자리를 떴고 돌아보며 무어라고 외쳤다. 우리도 뒤에서 소풍 잘 다녀오라고 소리쳤다. 돌아오는 길에 시셸과 나는 강둑 건너편의 공장을 한참 바라보았다. 그녀는 공장을 그만두겠다고 말했다.

우리는 열린 창문 앞 테이블 위에 매트리스를 올려놓고, 여름이 막 시작되던 그때처럼 코와 코를 마주 댔다. 희미하게 매캐한 가을의 냄새를 담은 가벼운 바람이 방 안으로 불어왔다. 마음이 가라앉고 맑아졌다. 시셸이 오늘 오후 방을 치우고 멀리 둑까지 산책을 나가자고 했다. 나는 그녀의 따뜻한 배를 손으로 지그시 누르며 말했다. 좋아.

가장 파티

미나. 오, 미나. 이제 힘없는 쉰 목소리에 두꺼운 안경까지
쓴 미나가 자신의 마지막 무대를 회상한다. 올드 빅 극장*에
서 심술궂은 고너릴**로 분한 미나는 무대에서 실수를 하지는
않았지만, 친구들은 벌써 그녀가 살짝 맛이 갔다고 쑤군거렸
다. 친구들 말대로라면 그녀는 1막에서 프롬프터의 도움을
받았고, 쉬는 시간에는 실수를 한 조연출을 향해 냅다 소리
를 지르며 긴 주홍빛 손톱으로 그의 오른쪽 눈 밑을 할퀴어
작은 흉터를 남겼다. 리어 왕과 연출자가 말리러 나섰다. 리
어 왕은 일주일 전에 기사 작위를 받았는데, 그를 받들어 모
시는 건 연극과 하등 상관없는 자들뿐이었다. 연출가가 끼어
들면서 미나를 진행표로 툭 치고 말았다. 미나는 한 사람에

---

* 영국 런던 템스 강 남쪽에 있는 극장으로 로열 빅토리아 홀의 애칭. 세익스피
어 극 상연으로 유명하다.
** 리어 왕의 첫째 딸.

게는 "귀족 꽁무니나 핥는 놈", 다른 한 사람에게는 "평생 무대에서 포주 노릇이나 할 놈"이라며 침을 뱉고는 대역이 준비될 때까지 하룻밤만 더 연기했다. 무대에서의 마지막 저녁, 미나는 얼마나 연륜 넘치는 귀부인이었던가. 무대를 휩쓸며 배역을 쥐락펴락, 마치 무운시(無韻詩)의 터널을 통과하는 기차 같았다. 뽕을 넣지 않은 가슴을 의기양양하게 내밀고 새된 비명을 질러대던 그녀, 그녀는 멋있었다. 연극 도입부에서 미나는 관람석 맨 앞줄을 향해 무심히 플라스틱 장미를 던졌고, 리어 왕이 대사를 읊는 동안에는 우아한 모습으로 부채질에 열중했다. 이따금 킥킥거리는 소리가 났다. 똑똑하고 눈치 빠른 관객들은 이 절망의 멜로드라마를 감지하고 그녀를 동정했다. 그들은 미나의 상황을 알고 무대 인사 때 특별히 길게 앙코르를 외치며 울먹이는 미나를 탈의실로 보내주었다. 탈의실로 돌아가며 미나는 손등으로 이마를 눌렀다.

그로부터 이틀 후 그녀의 자매이자 헨리의 엄마인 브리어니가 죽었다. 장례식 후 마련된 티타임에서 미나는 친구들에게 조카를 돌보려면 무대 생활을 접을 수밖에 없다고 선언했다. 이미 무대를 떠나기로 했던 이틀 전 얘긴 부러 잊은 채. 미나의 말로는, 열 살 난 조카에게는 제대로 된 엄마, 현실적인 엄마가 필요했다. 하지만 미나는 초현실적인 엄마였다.

이즐링턴 집 응접실에서 미나는 조카를 끌어안고 아이의 긴장한 얼굴을 자기 가슴에 비벼댔다. 이번에는 뽕을 넣고 향수를 뿌린 가슴에. 다음 날 아이에게 레이스 장식이 달린 소공자풍 양복과 향수를 사주러 가던 길, 옥스퍼드 거리의 택시 안에서도 그렇게 끌어안았다. 그 몇 달 동안 그녀는 1960년대 초로서는 파격적으로 조카의 머리가 옷깃과 귀를 덮도록 내버려두었고, 저녁 식사 때는 이 이야기의 모티프이기도 한, 옷 갈아입기를 권했다. 늦은 저녁에는 칵테일 잔에 든 음료 섞는 법을 가르쳐주었고 바이올린 선생님과 무용수도 고용했다. 아이 생일에는 재단사와 목소리가 아주 높으면서도 공손한 사진사도 불렀다. 사진사는 바랜 느낌이 나는 갈색 톤으로 미나와 헨리의 사진을 찍었다. 무대 의상을 입고 벽난로 앞에서 포즈를 취한 후 미나는 헨리에게 이제 끝났다고 말했다. 이게 다 좋은 훈련이 될 거라고.

뭘 위한 좋은 훈련? 헨리는 미나에게도 자기 자신에게도 묻지 않았다. 헨리는 심각하거나 예민한 편이 아니었다. 이 새로운 생활방식과 나르시시즘에 대해 무심했고, 찬성도 반대도 아니었다. 모든 것은 그저 한 가지 사건의 일부일 뿐이었다. 실제로 일어난 사건은 엄마가 죽었고, 여섯 달이 지나자 엄마의 모습조차 희미한 별처럼 손에 잡히지 않는다는 것이었다. 그래도 사소한 것들에 대해서는 질문을 했다. 사진사가 사뿐히 방을 지나 삼각대를 정리하고 나갔을 때, 헨리가 현관에서 돌아오는 미나에게 물었다. "저 사람은 목소리가 왜 저래요?" 미나의 대답을 이해 못 해도 상관없었다. "게이라서 그런가보다, 얘." 얼마 안 가 무거운 소포에 담긴 사진이 도착했다. 미나는 부엌을 내달려 안경을 찾아 끼고, 환호성을 지르며 뻣뻣한 누런 종이를 북북 뜯었다. 그녀는 타원형의 금테 액자들을 탁자 건너편에 앉은 헨리에게 건넸다. 사진 바깥 부분으로 갈수록 서서히 갈색빛이 연기처럼 사라졌다. 고귀하면서도 비현실적인 느낌이었다. 사진 속의 헨리는 창백하고 밋밋한 얼굴로 똑바로 서서 한 손을 미나의 어깨에 올리고 있었다. 층이 진 드레스를 입고 목덜미를 덮은 머리를 동그랗게 틀어 올린 미나는 고개를 약간 뒤로 젖힌 채 입술을 여자답고 새침하게 다물려 애쓰며 피아노 의자에 앉아 있었다. 미나는 신이 나서 사진을 좀 더 가까이 다시 보겠다며 다른 안경을 가지러 가다가 우유 단지를 엎었고, 그 바람에 더 웃었다. 그녀는 자기 다리 사이 바닥으로 떨어지는 우유 줄기를 피해 의자로 뛰어올랐다. 그녀는 웃어대며 헨리에게 "어때? 너무 멋있지 않니?" 하고 물었다. "다 좋아요." 헨리가 말했다. "제가 보기엔."

좋은 훈련? 미나 역시 그 말이 무슨 뜻인지 자문하진 않았지만, 굳이 뜻을 찾자면 무대와 관련된 것이리라. 미나의 행동은 무엇이든 무대와 관련이 있었다. 그녀는 늘 무대 위에 있었다. 혼자일 때조차. 그녀 앞에는 늘 관객이 있었고, 그녀의 일거수일투족은 관객을 의식한 것이었다. 그것은 일종의 초자아였다. 관객을, 또 자기 자신을 실망시키는 일은 있을 수 없는 일이었다. 지친 숨을 내쉬며 침대로 나가떨어지면 그 한숨 소리도 연기였고 메시지를 담고 있었다. 아침에 화장을 하려고 테두리에 편자 모양으로 알전구를 박아놓은 침실 거울 앞에 앉으면 그녀는 등 뒤에 있는 수천 개의 눈을 의식했고, 공연의 일회성을 염두에 두며 포즈를 취하고 동작 하나하나를 끝까지 정성스럽게 연기했다. 헨리는 그 보이지 않는 것들을 볼 수 있는 아이가 아니었다. 헨리는 미나를 오해했다. 미나가 노래하고, 팔을 내밀고, 피루엣*으로 방을 돌고, 양산과 무대 의상을 사고, 우유 배달부가 오면 그의 악센트를 흉내 내고, 혹은 그저 미나로서 부엌에서 거실로 음식을 나를 때 군가를 흥얼거리며 노상 신고 있는 요상한 발레 슈즈로 박자를 맞추면 헨리는 그것이 자기를 위한 행동이라

*발레에서, 한 발을 축으로 팽이처럼 도는 춤 동작.

고 생각했다. 헨리는 어색하기도 하고, 조금 불행하기도 했다. 박수를 쳐야 하나, 내가 할 수 있는 게 있을까, 동참하지 않으면 이모가 내 기분이 별로인 줄 아는 건 아닐까? 헨리가 미나의 기분을 탐지하고 방 안을 휩싼 축제의 광기 속에 마지못해 끼어든 적도 있었다. 그럴 때면 미나의 눈에는 경고하는 빛이 어렸다. 여기는 단 한 사람의 연기자를 위한 공간이야. 그러면 헨리는 걸음을 늦추고 가까운 의자로 옮겨 갔다.

당연히 헨리는 그런 그녀가 무서웠지만 그것만 빼면 그녀는 친절한 편이었다. 오후에 학교에서 돌아오면 차가 준비되어 있었고 맛있는 간식, 가끔 헨리가 좋아하는 커스터드 케이크나 구운 건포도 빵 같은 것도 있었다. 그리고 대화도 나눴다. 미나는 그날그날의 인상과 속 얘기를 풀어놨고, 그럴 때는 이모라기보다 꼭 아내 같았다. 입에 음식을 잔뜩 물고 빠르게 떠들다보면 부스러기가 튀고 윗입술 주변에는 둥그런 반달 테가 그려지곤 했다.

"점심때 스리턴스에서 줄리 프랭크를 봤는데 정말 무섭게 먹어치우더라. 여태 그 승마 선수인지 말 조련사인지랑 산대. 그래도 결혼 생각은 없다나. 어쨌든 그 여편네 진짜 악질이야, 헨리. 내가 물었거든. '줄리, 맥신이 낙태했다는 얘기는 어떻게 된 거야?' 내가 너한테 이 얘기했었지? 그런데 줄리가 '낙태?' 그러더니 하는 말이 글쎄 '아, 그거. 그냥 농담이었어, 미나. 아무것도 아냐'라는 거야. '농담이었다고? 내가 그 얘기 딴 데서 했다가 얼마나 망신당한 줄 알아?' 그랬더니 '어머, 지이이이인짜?' 하는 거 있지."

헨리는 에클레르를 먹으며 말없이 고개를 끄덕였다. 헨리는 학교 수업을 마치고 돌아와 얘기 듣는 시간이 좋았다. 미나의 말솜씨는 훌륭했으니까. 차를 두 잔째 마실 즈음이면 헨리의 차례였다. 시간 순으로 천천히 학교에서 있었던 일을 얘기했다. "처음엔 역사 시간이었고, 다음엔 음악, 그다음엔 카터 선생님이 우리를 데리고 햄스테드 힐로 산책을 나갔어요. 안 그러면 우리가 모두 금방 곯아떨어지겠다고 하면서요. 쉬는 시간 다음엔 프랑스어 시간이었고, 그다음엔 작문 시간이었어요." 미나가 중간중간 토를 달았기 때문에 얘기는 길어졌다. "역사는 내가 제일 좋아하는 과목이었는데⋯⋯"라거나 "햄스테드 힐은 런던에서 제일 높은 곳 아니니. 떨어지지 않도록 조심해야지" 같은. 그 밖에도 많았다. 작문 쓴 거 가지고 있니? 읽어줄 수 있을까? 잠깐만, 먼저 자리 좀 편하게 하고. 자, 이제 시작해봐. 헨리는 내심 핑곗거리를 찾다가 마지못해 책가방에서 공책을 꺼내 와 해당 페이지를 꾹 눌러

폈다. 그러고는 로봇 같은 단조로운 음성으로 읽기 시작했다. "마을에서 그 누구도 회색 절벽의 성 가까이로 가려 하지 않았다. 한밤중이면 그곳에서 끔찍한 비명이 들려왔기 때문이다⋯⋯" 낭독이 끝나면 미나는 발을 구르며 박수를 치고 관람석 맨 뒷좌석에 앉은 사람처럼 소리를 지르며 찻잔을 들어 올렸다. "우리, 너를 담당할 에이전트 빨리 구해야겠다." 다음은 그녀의 차례였다. 그녀는 정확한 휴지(休止)를 두어가며 헨리의 작문을 읽었다. 효과음을 내려고 휘파람으로 짐승 우는 소리를 내거나 숟가락을 달그락거렸다. 그럼으로써 미나는 헨리의 작문이 잘 쓴 얘기임을 넘어 등골이 오싹해지는 얘기임을 증명했다.

이 티타임 겸 고해성사는 두 시간씩 걸리기도 했다. 이 시간이 지나면 둘은 각자 방으로 돌아가 저녁 식사 때 입을 옷으로 갈아입었다. 9월이 지날 무렵부터 헨리의 방 벽난로에는 불이 지펴졌다. 일렁이는 불빛을 따라 가구 그림자가 벽에 어른거렸다. 침대 위에는 미나가 정한, 헨리가 그날 저녁 식사 때 입을 양복이나 무대 의상이 펼쳐져 있었다. 심프슨 부인은 열쇠로 문을 열고 들어와 두 시간쯤 음식을 조리하고 돌아갔다. 그사이 미나는 목욕을 하거나 까만 고글을 쓰고서 인공 선탠기에 눕고, 헨리는 숙제를 하거나 오래된 책을 읽고 낡은 잡동사니들을 가지고 놀았다. 미나와 헨리는 함께 대영박물관 옆의 퀴퀴한 서점에서 고서와 해양도를 발견했고, 포토벨로 로드와 캠던의 시장, 켄티시 타운의 중고 매매상에서 고물을 수집했다. 뒤로 갈수록 몸집이 작아지는 노란 눈의 목각 코끼리 행렬, 아직도 작동되는 태엽 감는 양철 기차, 실이 끊어진 마리오네트, 유리병에 담긴 방부 처리한 전갈 등등. 그리고 팸플릿에 두 사람을 위한 〈천일야화〉 연출법이 친절하게 소개돼 있는 빅토리아 시대의 어린이용 극장도 샀다. 두 달여 동안 그들은 색 바랜 마분지 인형을 무대 세트 위에 세웠다. 손목을 살짝 움직여 무대를 바꾸고, 칼싸움 소리를 내려고 나이프와 스푼을 부딪치기도 하며 인형극을 했다. 방바닥에 무릎을 대고 앉은 미나는, 헨리가 중요한 대사를 놓치면(자주 있는 일이었다) 짜증을 내기 일쑤였다. 대사는 그녀도 자주 잊었는데, 그럴 때면 둘은 웃음을 터뜨렸다. 미나는 악당, 군주, 왕자, 영웅, 고소인의 목소리를 낼 수 있었고, 헨리에게도 가르쳐주려 했지만 소용이 없었다. 그들은 다시 웃어넘겼다. 헨리가 낼 수 있는 음성은 고음과 저음, 딱 두 가지였다. 미나가 마분지 극장에 흥미를 잃은 다음에는 헨리 혼자 벽난로 앞에서 무대를 가지고 놀았다. 헨리는 머릿속에서 수줍게 인물끼리 말을 시켰다. 저녁 식사 20분 전에 헨리는 교복을 벗고 씻은 후 미나가 마련해둔 의상을 입었다. 그리고 미나가 자신의 의상을 입고 기다리는 식당으로 갔다.

미나는 무대 의상, 가장 도구, 무대 장치, 낡은 옷들을 눈에 띄는 대로 사들여 몸에 맞게 수선한 후 옷장 세 개를 꽉 채웠다. 그리고 이제 거기에 헨리 것까지 보탰다. 옥스퍼드 거리에서 사 온 양복 몇 벌을 제외한 나머지 소도구들은 대부분 해체된 아마추어 연극 동호회나 잊힌 팬터마임 배우들에게서 사들인 것이고, 무대 의상은 일류 디자이너 제품을 중고로 구입한 것이었다. 보다시피 이건 그녀의 취미 생활이었다. 저녁 식사 때 헨리는 군복이나 세계대전 전 미국 호텔 벨보이(지금은 노인이 됐을)의 제복, 수도복, 베르길리우스의 전원시(田園詩) 공연에 사용됐던 양치기의 덧옷 등을 입었다. 베르길리우스의 전원시는 졸업반 여고생들의 경쾌한 율동에 맞춰 딱 한 번 무대에 오른 공연으로, 당시 반장이었던 미나가 직접 썼다던가 연출했다던가 했다. 헨리는 호기심 없이 고분고분 매일 저녁 자기 침대 발치에 놓인 옷을 입었다. 아래층에는 19세기식 허리받이나 고래수염으로 만든 버팀살대가 든 드레스, 반짝이는 캣슈트, 크림전쟁 당시의 간호사 제복을 입은 미나가 기다리고 있었다. 그녀가 특별히 뭔가를 하는 건 아니었다. 옷에 맞춰 연극을 하지도, 두 사람의 복장에 대해 언급하지도 않았다. 그저 지금 이렇게 가장하고 있다는 것을 잊으려는 사람처럼 식사를 하고, 편하게 조카가 따라주는 음료를 마셨다. 그렇게 헨리는 익숙해져갔다. 이 모든 것이 일상화되어갔고, 헨리는 긴 티타임 의식과 규칙적인 생활을 즐겼으며, 하굣길에 오늘은 뭘 입을까 궁금해하기 시작했고, 침대 위에 뭔가 새로운 것이 놓여 있기를 기대했다. 하지만 미나는 그것에 대해 절대 힌트를 주지 않고, 헨리가 스스로 발견하기를 기다렸다. 그녀는 헨리가 어디선가 찾아낸 로마 시대 토가를 걸치고는 그녀를 위해 칵테일을 만들고 자기 레모네이드를 따르는 모습을 흐뭇한 미소를 지으며 바라보았다. 그들은 각자 커다란 방 한쪽에서 말없이 잔을 들어 올렸다. 미나가 헨리를 한 바퀴 돌게 하며 수선할 곳을 메모한 후 식사가 시작됐다. 그녀의 이야기는 주로 일상적인 잡담과 무대, 혹은 다른 사람들에 관한 것이었다. 모든 것이 낯설었지만 헨리에게는 어쩐지 평범하고 익숙한 겨울이었다.

어느 오후, 헨리가 티타임을 마치고 방문을 열자 웬 소녀 하나가 얼굴을 파묻고 그의 침대에 엎드려 있었다. 가까이서 보니 그것은 소녀가 아닌, 파티 드레스와 긴 금발 가발, 하얀 스타킹과 까만 가죽 슬리퍼였다. 헨리는 심호흡을 하고 드레스를 어루만졌다. 차갑고, 어쩐지 액운이 깃들었을 것같이 섬뜩한 부드러움이 느껴졌다. 들어 올리자 옷이 바스락거렸다. 촘촘한 주름과 레이스 장식, 층층이 하얀 새틴과 분홍색 레이스 테두리를 단 치맛단, 등 뒤로 떨어지는 나비매듭. 헨리는 옷을 다시 침대 위에 던져놓았다. 이제껏 본 것 중 가장 소녀다운 물건이었다. 손을 바지에 문질러 닦았다. 살아 있는 듯한 가발은 만질 엄두가 나지 않았다. 이건 아냐, 내 것이 아니겠지. 이모는 정말 내가 이걸 입길 바라는 걸까? 헨리는 비참한 기분으로 침대를 물끄러미 바라보며 하얀 스타킹을 들어 올렸다. 이건 아냐, 절대 아냐. 군인, 로마인이나 시동(侍童) 같은 거라면 몰라도 여자애는 아니야. 여자애가 되는 건 그릇된 일이었다. 학교에서 제일 친한 친구들도 그랬지만, 헨리도 여자애들을 좋아하지 않았다. 몰려다니며 꿍꿍이를 하고, 소곤거리고, 킥킥거리고, 손에 손을 잡고, 종이쪽지를 돌리며 난 이거 너무 좋아, 난 저거 좋아, 하는 여자애들이라면 딱 질색이었다. 헨리는 시무룩하게 방 안을 걷다가 프랑스어 단어를 외우려고 책상에 앉았다. armoire 장롱 armoire 장롱 armoire 장롱 armoire 장롱……? 그것들이 아직 침대 위에 있는지 돌아보았는데, 그것들은 거기 있었다.

저녁 식사까지는 이제 20분 남짓, 이건 말도 안 돼. 옷 갈아입기 의식을 깨는 것은 안타까운 일이었지만 헨리는 그 옷으로 갈아입을 수 없었다. 미나가 막 욕실을 나오며 노래를 흥얼거리고 있었다. 그녀는 옆방에서 얼굴을 매만지는 중이었다. 다른 걸 입어도 되냐고 물어볼까? 하지만 이모가 저걸 사러 오늘 외출했던 것을 뻔히 아는데? 어제 이모가 좋은 가발을 사려면 돈도 돈이지만 얼마나 구하기가 힘든지 얘기하는 걸 들은 터에? 헨리는 치마에서 가장 멀리 떨어진 침대 발치에 앉아 울고 싶은 심정으로 몇 달 만에 처음으로 엄마를 그리워했다. 고지식하고 변함없는 모습으로 교통부에서 타자를 치던 엄마. 아래층으로 내려가는 미나의 발소리가 들렸다. 구두끈을 풀던 손길이 다시 멈췄다. 싫었다. 위층에 대고 그를 부르는 미나의 목소리는 여느 때와 다름없었다. "헨리, 내려오니?" 헨리가 큰 소리로 대답했다. "잠깐만요." 그러나 헨리는 움직일 수 없었고, 그것들을 만질 수 없었고, 시늉이라도 계집애처럼 보이고 싶지는 않았다. 층계에서 그녀의 발소리가 들려왔다. 그녀가 살피러 오는 중이었다. 헨리는 반감을 감추려고 한쪽 신을 벗었다. 별 도리가 없었다.

옷을 차려입은 그녀가 방으로 들어왔다. 전에 본 적 없는 날렵하게 빠진 장교 제복이었다. 얇은 버클이 달린 견장과 바지 옆의 빨간 줄, 기름을 발라 뒤로 빗어 넘긴 머리, 반짝이는 검정 구두, 그리고 사내의 것처럼 선이 억센 얼굴과 콧수염 자국. 그녀는 방을 행군했다. "이런, 아직 시작도 안 했네. 내가 도와줄게, 어차피 등 뒤에서 묶는 거니까." 그녀는 헨리의 교복 넥타이를 풀기 시작했다. 헨리는 너무 굳어 반항할 수도 없었다. 셔츠, 바지, 신발과 양말, 게다가 별스럽게도 팬티까지 벗겨내고 있는 그녀의 손길은 단호했다. 얘가 세수는 한 건가? 그녀는 손목을 잡고 그를 세면대로 끌고 가 따뜻한 물을 틀고 수건에 비누칠을 해 얼굴을 닦아냈다. 미나의 동작에는 특유의 광기와 속도감이 배어 있었다. 헨리는 벌거벗은 채 악몽을 꾸듯 방 한가운데 서 있었다. 미나는 뭔가를 찾는 듯, 침대 위의 옷가지를 뒤적이다가 하얀 여자아이 속옷을 찾아 쥐고 몸을 돌렸다. 속옷이 점점 다가오자 헨리는 혼잣말을 뱉었다. "안 돼." 그녀는 아이의 발치로 몸을 숙이고 명랑하게 말했다. "다리 들어봐." 그러면서 손등으로 한쪽 발을 툭툭 쳤다. 헨리는 서슬이 퍼렇게 선 그녀의 목소리에 놀라 그 자리에 붙박인 듯 얼어붙었다. "자, 헨리. 저녁 다 식을라." 처음엔 말소리가 나오지 않고 혀만 움직였다. "싫어요. 이거 안 입을래요." 그녀의 등이 헨리의 발을 향해 구부린 채 움직임을 멈췄다. 다음 순간 그녀는 몸을 일으켜 아이의 아래팔을 사납게 움켜쥐고 정면에서 아이를 빨아들일 듯 노려 봤다. 헨리는 두껍게 분장한 미나의 얼굴을 보았다. 불량스러운 긴 흉터가 있는 늙은 사내의 얼굴이 분노로 아랫입술을 꽉 다물고 있었다. 다리부터 온몸이 떨려왔다. 그녀는 아이의 팔을 잡고 흔들며 씩씩거렸다. "다리 들어." 그리고 아이가 움직일 때까지 기다렸다. 움직이면서 긴장이 풀린 헨리는 오줌을 지렸다. 그녀는 다시 헨리를 세면대로 데려가 수건으로 재빨리 닦아주며 말했다. "자……" 거부하기엔 너무 무서웠다. 헨리는 자존심이 상한 채 두 다리를 차례로 올리고 피부에 차갑게 와 닿는 층층치마를 머리부터 뒤집어썼다. 끈을 뒤에서 묶고, 스타킹과 가죽 슬리퍼를 신고 맨 나중엔 꽉 끼는 가발을 쓰니 금빛 머리가 눈을 덮고 어깨 아래에서 넘실 댔다.

거울 속에는 구역질 나게 예쁜 계집애가 있었다. 헨리는 눈을 돌리고 참담한 기분으로 미나를 따라 계단을 내려갔다. 바스락거리는 소리가 귀에 거슬렸고 다리는 여전히 후들거렸다. 미나는 어느새 기분이 풀려 그날 저녁 헨리의 내켜하지 않는 마음을 달래는 농담을 건네기도 하고 배터시의 놀이 공원인지 어딘지로 소풍을 가자는 말도 했다. 그녀가 그의 가장 때문에 상당히 들떠 있다는 것을 헨리는 혼란 속에서도 눈치챌 수 있었다. 식사 도중 그녀는 두 번이나 건너와 입을 맞추고 포옹했다. 그리고 손가락으로 천천히 옷을 더듬으며 말했다. "괜찮아. 이제 다 괜찮아." 미나는 와인 석 잔을 마셨고 소파에 앉아 기분 좋게 기지개를 켰다. 술에 취한 장교가 애인을 부른다. 장교는 애인이 달려와 무릎에 앉기를 바랐다. 멀찌감치 떨어져 이모가 마녀일까, 아님 완전히 돌아버린 걸까 생각하면서 헨리는 속이 울렁거렸다. 종잡을 수 없었지만 어쨌든 이번 일로 몸치장 놀이의 재미는 사라졌다. 헨리는 거기서 자신이 거스를 수 없는, 미나가 갖는 어떤 강박 같은 것을 눈치챘다. 그녀가 헨리를 몰아붙이거나 쉿 하고 낮은 목소리로 말하는 방식엔 어두운 무엇, 헨리가 이해할 수 없는 무엇이 있었다. 헨리는 그것을 애써 머릿속에서 밀어냈다. 그날 저녁이 다 지나갈 무렵, 무릎으로 끌어당기던 미나의 손을 피해 방의 여러 거울에 비친 자신, 파티복을 입은 예쁜 금발 여자아이의 모습을 흘깃거리며 헨리는 혼잣말을 했다. "쟤는 쟤야. 나랑은 조금도 상관없어. 쟤는 쟤야. 나랑은 아무 상관도 없어."

이해할 수 없는, 그녀 안의 무엇에 대한 두려움. 헨리는 진심으로 그녀를 좋아했다. 그녀는 친구였다. 그에게 웃음을 주려 했고 잔소리도 하지 않았다. 온갖 재미난 목소리로 그를 웃겼고, 얘기를 하다 흥이 나면 곧잘 거실을 종횡무진 오가며 그의 눈앞에서 연극을 했다. "남편 곁을 떠나는 날, 데버러는 곧장 버스 정류장으로 갔다……" 여기서 미나는 팔을 가볍게 흔들며 춤추듯 방 한가운데로 걸어 들어온다. "그런데, 아뿔싸, 점심시간엔 마을 밖으로 나가는 버스가 다니지 않는다는 사실이 떠올라……" 그녀는 손차양을 하고 방 안에서 버스를 찾아 두리번거린다. 그리고 다음 순간 손으로 입을 막고 눈은 휘둥그레지며 아래턱이 쑥 빠진다. 기억은 구름 뒤에서 얼굴을 내민 햇살처럼 얼굴 전체로 퍼져간다…… "그리하여 그녀는 점심을 먹으러 집으로 돌아갔다……" 다시 조금 걷다가…… "그녀의 남편이 빈 접시 둘을 앞에 두고 거듭 트림을 하며 '허, 돌아올 줄 모르고 당신 것까지 먹어버렸는데' 하고 말한다." 미나는 손을 허리춤에 대고 툭 튀어나온 눈으로 헨리를 바라보았다. 헨리 식탁 앞의 남편이 되어 의자에 깊숙이 들어앉으며 트림을 해야 하나 고민하다가, 그냥 웃었다. 미나는 지금 웃고 있었는데, 그건 그녀의 얘기가 끝났다는 표시였으니까. 미나는 가끔 텔레비전에도 나왔다. 비록 짤막한 광고에 불과했지만. 그래서 헨리는 그녀가 더욱 존경스러웠다. 그녀는 늘 머리에 헤어클립과 스카프를 뒤집어쓰고 가루비누를 든 주부로 등장했는데, 담장 너머로 같이 수다를 떨던 이웃집 아줌마가 그녀에게 이불이 깨끗한 비결을 물으면 미나는 남부 런던 사투리로 그 비결을 살짝 귀띔해주었다. 그 광고 하나 때문에 그녀는 텔레비전을 대여했고, 헨리와 함께 텔레비전 편성표를 들고 부동자세로 기다렸다. 광고가 나오면 둘은 함께 웃었고, 광고가 끝나면 그 즉시 텔레비전을 껐다. 간혹 프로그램을 시청하기도 했지만 그녀는 대개 시작도 하기 전에 배우들 때문에 성을 냈다. "맙소사! 저건 폴 쿡이잖아. 쟤 입스위치 극단에서 무대 청소나 하던 애였는데." 그녀는 의자에서 벌떡 일어나 부엌으로 가는 통로의 콘센트에서 전기 코드를 뽑아버렸다. 헨리는 의자에 앉아 화면 중앙의 흰 점이 천천히 사라지는 모습을 지켜보았다.

크리스마스가 다가오던 어느 오후, 몸이 얼어 늦게 학교에서 돌아오니 티타임을 위해 차려놓은 접시 옆에 뭔가가 수북이 쌓여 있었다. 헨리의 눈에 띄도록 미나가 일부러 그곳에 둔 것이었다. 세련된 흰색 카드 한 뭉치에 섬세하고 화려하며 기울어진 서체로 이렇게 인쇄되어 있었다. 미나와 헨리가 여러분을 파티에 초대합니다. 가장 파티입니다. 사전에 참석 여부를 알려주시기 바랍니다. 헨리는 자신의 이름이 낯설게 찍혀 있는 카드 몇 장을 훑다가 자기를 보고 있는 미나 쪽으로 향했다. 어색한 미소가 그들 사이에 떠 있었다. 상황은 언제 뒤집힐지 몰랐다. 그녀는 반응을 기다리고 있었다. 기대 감은 들었지만 표현할 재주가 없어 헨리는 좀 맥 빠지게 말했다. "훌륭하네요." 거짓말이었다. 전혀 그렇게 느끼지 않았다. 헨리는 여태껏 단 한 번도 파티에 가본 적도, 초대장을 본 적도 없었기 때문이다. 그러나 여전히 미나 안의 무엇이 솔직한 대답을 힘들게 했고, 그것으로는 충분치 않다고 말하고 있었다. "가장이라면, 무슨 가장 말예요?" 때는 이미 늦었다. 그때 미나는 벌써 웃으며 일어나 발레리나처럼 몸을 뻗으며 방 안을 돌고 리듬에 맞춰 입을 떼고 있었으니까. "훌륭하다고? 홀-륭해? 홀-륭해?" 그녀는 둥글게 원을 그리며 돌다가 헨리에게로 왔다. 헨리는 탁자 앞에서 어리둥절해하며 그녀를 쳐다보았다. 그녀가 의자 뒤에 서서 머리를 쓰다듬는 척 하다가 머리카락을 확 잡아당겼다. 눈이 시큰할 만큼 아팠다. "헨리, 파티는 굉장할 거야. 환상적이고, 섬뜩하겠지. 하지만 결코 훌륭하진 않아. 우리가 뭘 하든 훌륭함과는 거리가 멀어." 그렇게 말하며 그녀는 헨리의 머리카락 속으로 손을 집어넣었다. 머리카락이 손가락 사이로 미끄러지다가 다시 엉켰다. 헨리가 몸을 피하며 눈을 치뜨는 순간, 흰자위를 보이며 갑작스레 드러난 사나운 불꽃에 놀란 그녀는 태도를 누그러뜨리며 다정하게 말했다. "우린 생애 최고의 시간을 보내

게 될 거야. 기대되지 않니? 초대장은 어때?" 헨리는 초대장
을 다시 들고 진지하게 말했다. "이걸 받고 거절할 사람은 없
을 거예요." 그녀의 목소리에서 날카로움이 사라졌다. 그녀
는 차를 따르고 가장 의상은 비밀에 부쳐야 한다며 초대할
친구들에 얽힌 농담과 일화를 들려주었다.

　저녁 식사 후 미나는 식량 배급 시대의 뉴룩 앙상블을, 헨
리는 소공자풍 양복을 입고 석탄불 앞에 앉아 대화를 나누
었다. 미나가 긴 침묵 뒤에 갑자기 말했다. "그런데, 너는? 넌
누굴 초대할 거니?" 학교 친구들을 떠올리며 아이는 몇 분
동안 대답을 머뭇거렸다. 학교에서 헨리는 달랐다. 학교는 달
랐다. 헨리는 술래잡기를 했고 담장에 공을 찼다. 수업 시간
엔 가끔 미나에게 들은 단어나 일화를 제 것인 양 차용해 선
생님들이 아이를 애늙은이 취급하기도 했다. 친구는 많았지
만 두루두루 친했지 다른 애들처럼 단짝은 없었다. 집에 오
면 헨리는 행여 대사 한마디라도 놓칠까 주의하며 연극 공연
과 미나의 변덕 앞에서 시간을 보냈다. 두 세계를 동시에 생
각해본 적은 없었다. 하나는 리놀륨 바닥과 외투를 거는 긴
옷걸이, 커다란 창문으로 이루어진 넓고 자유로운 세계였고,
다른 하나는 두 잔의 차와 미나의 종잡을 수 없는 놀이, 자신
의 방에 가득 찬 잡동사니로 이루어진 좁은 세계였다. 헨리

가 미나에게 하루 일과를 들려줄 때면, 그건 아침 식탁에서 꿈 얘기를 할 때처럼 진실이기도 하고 아니기도 한 그런 것이었다. 헨리는 마침내 이렇게 대답했다. "모르겠어요. 생각나는 애가 없어요." 같이 축구하는 애들이 이모와 함께 있을 수 있을까? "집에 데려올 만한 친구가 하나도 없단 말이야?" 헨리는 대답할 수 없었다. 어떻게 걔네들이 가장이나 성장(盛裝), 아무튼 그 비슷한 것을 할 수 있을까. 그건 어울리지 않았다.

다음 날 그녀는 헨리에게 더 이상 묻지 않았다. 대신 파티의 세세한 사항을 말해주었다. 줄줄이 샘솟는 아이디어 때문에 다른 일은 안중에도 없었다. 가장 파티의 효과를 높이려면 방마다 조명을 약하게 해야 한다. "제일 친한 친구들조차도 서로 못 알아봐야 해." 가장 의상은 비밀에 부치고, 누구도 미나의 존재를 알아채지 못하면 그녀는 자유롭게 오가며 신나게 즐길 작정이다. 손님들은 각자 스스로 마실 것을 챙기고, 각자 알아서 서로를 소개한다. 당연히 가짜 이름으로 해야겠지. 그들은 가장의 달인이며 새로운 인물을 창조해내는 예술에 정통한 연극인들이 아니던가. 연기 예술이란, 미나 생각으로는 새로운 자기를 창조해내는 일, 다른 말로 가장 바로 그 자체였다. 욕조에 몸을 담그고 있는 동안 숨 돌릴 틈도 없이 세부적인 것들과 기발한 착상이 떠올랐다. 붉은 전구는 물론, 특별한 펀치 레시피도 준비해야 하고, 음악은 어딘가에서 흘러나오도록 배치할 것. 향도 몇 자루 피우면 좋겠지. 초대장이 발송되고, 필요한 준비가 다 끝나고도 시간이 2주나 남았다. 미나는 물론 헨리도 파티에 대해 더 거론하지 않았다. 평소에 헨리의 의상은 전부 미나가 사다주었지만, 파티 날은 헨리를 알아보고 싶지 않다며 그녀는 아이에게 옷 살 돈을 주었다. 헨리는 혼자 옷을 사고 비밀에 부쳐야 했다. 어느 토요일 헨리는 하루 종일 걷다가 하이버리와 이즐링턴 전철역 부근의 고물상에서 적당한 것을 발견했다. 카메라와 고장 난 면도기와 정부 간행물 사이에 놓여 있던 보리스 칼로프*의 괴물 같은 얼굴 가면이었다. 눈과 입에 구멍이 뚫려 있는, 머리에 뒤집어쓸 수 있는 복면 형태였다. 억센 머리카락이 사방으로 뻗쳐 있어 사람을 웃기거나 놀라게는 했지만 전혀 공포심을 일으키지는 않았다. 값은 30실링이라고 주인 남자가 말했다. 그날 수중에 돈이 없었기 때문에 헨리는 월요일 방과 후 물건을 가지러 오겠다고 남자에게 말했다.

---

* 1960년대 B급 영화에 주로 출연했던 영국 영화배우로 프랑켄슈타인 역할로 유명세를 얻었다.

*

　그러나 월요일에 헨리는 거기 가지 않았다. 그날 헨리는 린 다를 만났다. 교실 책상은 한 쌍씩 가로 네 줄, 세로 네 줄로 배열되어 있고 그 사이에 통로가 있었다. 헨리는 새로 전학 와서 혼자 책상을 쓸 수 있게 된 것에 내심 우쭐해하고 있었다. 다른 애들이 모두 책상을 나눠 쓸 때 헨리는 도표와 책, 마리오네트 두 개를 책상 양옆에 늘어놓았다. 맨 뒷자리에다 펼쳐놓고 앉으니 편했다. 7미터를 설명할 때 선생님이 대충 여기서 헨리의 책상쯤이라고 말하자 반 아이들 모두가 몸을 돌렸다. 당연히 거기 그의 책상이 있었다. 하지만 월요일엔 새로 온 여자애가 있었다. 그 애는 헨리의 책상에 앉아 마치 제자리인 양 색연필을 정리하고 있었다. 헨리가 쳐다보자 그 애는 눈을 살포시 내리뜨며, 그러나 전혀 주눅 들지 않은 기색으로 조용히 말했다. "선생님이 여기 앉으래." 헨리는 못마땅한 얼굴로 자리에 앉았다. 자기 영역을 침범당한 것도 속상한데, 거기다 여자애라니. 첫 세 시간 동안 그 애는 헨리 옆에서 마치 없는 사람처럼 앉아 있었고, 헨리는 앞만 쳐다봤다. 옆을 바라본다는 것은 그 애의 존재를, 눈에 거슬리는 여자라는 성가신 존재를 인정한다는 의미였으니까. 쉬는 시간에 헨리는 제일 먼저 일어나 친구들을 피해 계단 밑에서 우유를 마셨다. 교실이 텅 비기를 기다렸다가 책상의 반을 치워주려는 것이었다. 헨리는 부루퉁한 얼굴로 태엽 감는 기차의 급수차, 낡은 옷가지 등을 쇼핑백 둘에 나눠 담았다. 그러다 순교자가 된 듯한 억울한 기분에 쇼핑백을 그 애의 의자 뒤에 세워놓았다. 그 애도 자기가 얼마나 큰 불편함을 초래했는지 알아야 했다. 교실로 돌아와 앉으며 그 애는 약간 당황한 듯한 미소를 보였지만, 헨리는 아무것도 모르는 척 무심하게 딴 쪽을 바라보며 손을 문질렀다.

그런데 어느새 언짢은 기분은 어디론가 사라지고 호기심이 생겨 그 애를 몇 번 훔쳐보았다. 그 애의 인상은 마음을 끄는 데가 있었다. 부드러운 모직 옷의 어깨를 덮으며 등까지 내려오는 가늘고 긴 햇살 같은 금빛 머리칼이나 종이처럼 핏기 없으면서 투명한 피부, 매끄럽고 곧은 콧날과 말처럼 부풀어 오른 콧잔등, 겁먹은 듯 커다란 잿빛 눈. 헨리의 시선을 의식한 그 애의 입가에 미소가 떠오르자 헨리는 이상한 전율을 느꼈다. 명치끝이 아렸다. 헨리는 교실 앞쪽에 시선을 고정시켰다. 사람들이 말하는 이런저런 여자애가 예쁘다는 말이 무슨 뜻이었는지 어렴풋이 알 것도 같았다. 전에 미나가 그런 말을 할 때면 늘 지나친 호들갑처럼만 들렸는데.

어른이 되면 여자와 사랑에 빠진다는 것은 헨리도 알고 있었다. 여자를 만나고, 그 여자를 좋아하는 경우에는 결혼을 한다. 하지만 자기처럼 여자애들이라면 도저히 참을 수 없는 경우에는? 하지만 여기 이 여자애는 팔꿈치가 책상을 넘어와도 봐줄 만했다. 그 애는 부드럽고 어딘지 달랐다. 헨리는 그 애의 목을 어루만지거나 발을 그 애 쪽으로 밀어보고 싶었다. 아니면 이 모든 새로움, 혼란, 감정으로 인해 마음 한구석에 죄책감 비슷한 것을 느꼈을까? 역사 시간에는 모두가 노르웨이 지도를 그리고 뱃머리를 남쪽으로 향하고 있는 바이킹 배를 색칠했다. 헨리는 그 애의 팔꿈치를 건드리며 말했다. "파란 색연필 좀 빌려줄래?" "바다 칠할 파랑, 아님 하늘 칠할 파랑?" "바다 칠할 파랑." 그 애가 헨리를 위해 색연필 한 자루를 고른 후 말했다. 자기 이름은 린다라고. 헨리는 아직 린다의 온기가 남아 있는 색연필을 쥐고 어느 때보다 정성스레 지도 위로 몸을 구부리고서 해안선의 푸른색 테두리를 칠했다. 색연필이 눈앞에서 움직일 때마다 린다. 린다라는 소리가 울렸다. 그러다 정신을 차리고 "나는 헨리야."라고 소곤거렸다. 헨리가 하는 말을 놓치지 않으려는 듯 린다의 잿빛 눈이 커졌다. "헨리?" "응." 스스로에게 놀란 헨리는 점심시간에 린다를 피해 다른 식탁에 앉으려고 신경을 썼다. 점심을 먹은 후에는 요란하게 고함을 치며 운동장 저편의 친구들에게로 갔다. "그 계집애한테 반했냐?"라고 놀리는 녀석들과 다시 어울리기 위해 헨리는 진저리 나게 싫다는 듯 어깨를 부들거렸다. 그들은 학교 담장을 향해 축구공을 찼다. 헨리는 누구보다 크게 소리를 지르며 팔꿈치와 주먹을 휘둘렀다. 그러나 공이 담장을 넘어가고 녀석들이 공을 기다리며 서성거리자 마음은 린다가 옆에 앉아 있는 교실로 달리고 있었다. 교실로 돌아가자 이미 린다가 와 있었다. 헨리는 린다의 미소를 봤다는 뜻으로 보일 듯 말 듯 고개를 끄덕여 보였다. 오후 시간은 지루하고 더디게 흘러갔다. 엉덩이를 들썩거리며 헨리는 그 시간이 끝나기도, 계속되기도 원치 않았다. 린다가 거기 있다는 사실만 알고 있을 뿐이었다.

수업이 끝나자 헨리는 쇼핑백에서 뭔가를 찾는 척하며 린다의 의자 뒤에 무릎을 꿇었다. 내일 아침까지는 린다를 볼 수 없다. 린다는 여전히 책상 앞에 앉아 있었지만, 무언가 정리하느라 알아채지 못했다. 그래서 헨리는 한층 더 부스럭거렸고 헛기침을 하며 퉁명스럽게 말했다. "그럼 또 보자." 헨리의 목소리가 텅 빈 교실에 울렸다. 린다가 책을 덮고 일어났다. "나도 하나 들게." 쇼핑백 하나를 뺏어 들고 린다는 헨리를 앞질러 교실을 나갔다. 조용한 운동장을 가로지르는 동안 헨리는 근처에 혹시 남아 있는 친구들은 없는지 살폈다. 학교 정문에 가죽 코트를 입고 머리를 뒤로 올려 묶은 여자가 서 있었다. 젊어도 보이고 동시에 늙어도 보이는 그 여자는 몸을 숙여 린다에게 입을 맞추었다. 그녀가 말했다. "벌써 친구 사귄 거니?" 그리고 몇 걸음 떨어진 곳에 서 있는 헨리를 빤히 보았다. 린다는 덤덤하게 "얘는 헨리야"라고 말하며 그를 불렀다. "우리 엄마야." 린다의 어머니는 다가오는 헨리에게 손을 내밀어 정중하게 악수를 청했다. "안녕, 헨리, 우리가 집까지 태워다줄까? 네 쇼핑백도 함께." 그녀는 손목을 가볍게 흔들며 뒤에 주차된 검은색 중형차를 가리켰다. 그녀는 쇼핑백을 차 뒷좌석에 집어넣고 모두 앞좌석에 타자고 제안했다. 차에 오르자 린다는 어머니가 기어를 조정하는 데 불편하지 않도록 헨리에게 몸을 붙였다. 헨리가 미나에게 가면을 찾아올 거라고 말했기에 집에서는 헨리가 곧장 오리라 생각지 않을 것이다. 그래서 티타임 초대에 응했고, 차 문에 바짝 눌린 채 린다가 자기 어머니에게 새 학교에서의 첫날에 대해 얘기하는 것을 들었다. 그들은 자갈밭 입구에서 모퉁이를 돌아 나무로 둘러싸인 붉은 벽돌 저택 앞에 섰다. 나무 사이로 햄스테드 히스를 지나 커다란 원을 그리는 황야가 호수 끝까지 이어졌다. 집 모퉁이에 이르렀을 때 린다가 호수 방향을 가리켰다. "저기 나무 사이로 커다란 저택 보이지. 저게 켄우드 하우스야. 저기엔 공짜로 볼 수 있는 오래된 명화가 많아. 세상에서 제일 유명한 그림, 렘브란트의 〈자화상〉도 있어." 헨리는 〈모나리자〉가 제일 유명한 그림이 아닌가 싶어 아리송했지만, 인상 깊은 얘기였다.

린다의 어머니가 차를 끓이는 동안 린다는 헨리에게 방을 보여주러 갔다. 발소리를 빨아들이는 두꺼운 양탄자가 깔린 복도는 계단이 시작되는 넓은 홀로 이어졌다. 계단은 중간 계단참에서 다시 양쪽으로 갈라졌다. 말발굽 모양으로 휜 계단의 한쪽 끝에는 타원형 괘종시계가, 다른 끝에는 뚜껑에 사람 형상이 새겨진 놋쇠 장식이 달린 커다란 함이 있었다. 신부에게 줄 예물을 넣는 400년 된 함이라고 린다가 말해주었다. 다시 계단을 올라갔다. 이게 다 이 사람들 건가? "전엔 아빠 거였는데, 아빠가 나가고 이제 엄마 것이 됐어." "어딜 갔는데?" "딴 아줌마랑 결혼하고 싶어서 엄마랑 이혼했어." "그래서 너네 어, 어머니한테 대신 이 집을 줬단 말이야?" '엄마'라는 말이 나오지 않았다. 린다의 방은 침대가 있는 쓰레기장이었다. 바닥은 발 디딜 틈이 없었고 문은 물건에 걸려 열리지도 않았다. 장난감 유모차, 인형, 인형 옷, 게임, 게임 부속품, 벽에 걸린 커다랗고 검은 칠판, 어질러진 침대, 방 한가운데까지 늘어진 침대보 자락, 그 너머에 있는 쿠션, 화장대 앞의 병과 붓, 그리고 분홍빛 벽. 낯설고 여자애다운 것들이 그들을 흥분시켰다. "이렇게 안 치워도 돼?" "오늘 아침에 베개 싸움 했거든. 난 어질러진 게 좋아. 넌 안 그래?" 헨리는 린다를 따라 계단을 내려왔다. 할 수만 있으면 하고 싶은 대로 하는 편이 언제든 더 나은 것이다.

차를 마시며 그녀, 린다의 어머니는 자기를 클레어라고 부르라고 했다. 나중에 그녀가 헨리에게 혹시 뭐 더 먹겠느냐고 물었을 때 헨리가 "아니, 고마워요, 클레어"라고 대답하자 린다는 음료를 마시다가 사레가 들려 헨리와 클레어가 등을 두드려주었다. 그들은 계속해서 이유 없이 마구 웃어댔으며 린다는 바닥으로 엎어지지 않으려고 헨리를 꼭 붙들었다. 그때 키 큰 남자가 문틈으로 고개를 내밀었다. 눈썹이 짙은 그는 미소를 지으며 "재밌나보네?" 하고는 사라졌다. 헨리가 집에 가려고 외투를 입으며 그 남자는 누구냐고 묻자 린다는 가끔 놀러 오는 테오라며 소곤거렸다. "저 아저씨, 엄마 침대에서 자." "왜?" 입 밖으로 나온 순간 물리고 싶은 질문이었다. 린다는 외투가 잔뜩 걸린 벽에 대고 킥킥거렸다. 셋은 다시 앞좌석에 끼여 앉았고 린다가 〈자크 형제〉를 부르자고 했다. 이즐링턴까지 가는 길 내내 그들은 다른 차에 들릴 만큼 목청껏 노래를 불렀다. 차가 신호등 앞에 멈추면 차창 밖으로 미소를 보냈다. 클레어가 헨리의 집 앞에 차를 멈추자 노랫소리가 멎고 주위는 갑작스레 고요해졌다. 뒷좌석에서 쇼핑백을 꺼내며 헨리가 "고마워……" 비슷한 말을 중얼거리자, 클레어가 말을 자르며 일요일에 놀러 올 수 있느냐고 물었다. 린다는 하루 종일이라고 외쳤고 어느새 그들 셋은 각자 떠들고 있었다. 클레어는 원하면 자동차로 데리러 올 수 있다고, 린다는 켄우드 하우스에 있는 그림을 보러 가자고, 헨리는 먼저 이모에게 물어봐야 하지만 별 무리 없을 거라고 말했다. 린다가 헨리의 손을 꼭 쥐었다가 "그럼 학교에서 보자" 하고 외치며 손을 흔들었고, 계속되던 다른 합창의 도입부는 지나가는 트럭 소리에 묻혔다. 헨리는 쇼핑백을 들고 보도 위에 홀로 서 있었다. 집으로 들어가기 전 헨리는 조금 시간을 두었다.

*

미나는 손으로 머리를 받친 채 탁자에 앉아 있었고, 주위에는 찻잔이 놓여 있었다. 그녀는 다녀왔다고 인사하는 헨리에게 눈길도 주지 않았다. 헨리는 걱정스레 문가에 서 있다가 외투를 벗고 쇼핑백을 만지작거렸다. 미나가 조용히 말했다. "어디 갔었니?" 시계를 보니 여섯시 10분 전이었다. 한 시간 하고도 35분 늦었다. "한 시간 늦게 온다고 말했잖아요." "한 시간?" 그녀가 말끝을 늘이며 천천히 말했다. "지금 두 시간 이 다 되어가잖아." 미나의 이상한 행동에는 어딘지 낯익은 데가 있었다. 다리에 힘이 빠졌다. 식탁에 앉아 헨리는 숟가락으로 장난을 치기 시작했다. 숟가락을 손가락 마디로 만든 터널 속에 집어넣었다. 미나가 거친 콧김을 내뿜었다. "그거 거기 놔." 그녀가 숟가락을 확 빼앗았다. "어디 갔었냐고 물었잖아!" 헨리는 떨리는 음성으로 학교에서 사귄 어떤 아이의 어머니가 자기를 티타임에 초대했다고 설명했다. "난 네가 가장 의상을 찾으러 간 것으로 알고 있었는데." 그녀는 아주 부드럽게 말했다. "맞아요. 그랬는데……" 헨리는 식탁 위에 펼쳐진 자기 손가락을 물끄러미 바라보았다. "누구 집에 놀러 가면 간다고 왜 말하지 않았어?" 이제 그녀는 목청껏 소리를 질렀다. "빌어먹을 전화기는 뒀다 어디다 쓰려고!" 두 사람 중 누구도 입을 열지 않았다. 미나의 메아리만이 5분여 동안 방 안에 머물렀다. 머릿속에 여전히 미나의 목소리가 울리고 있을 때 그녀가 조용히 말했다. "너한테는 어차피 상관없겠지. 올라가서 옷이나 갈아입어." 모든 걸 제자리에 돌려놓고 싶을 때 할 수 있는 말이 있다는 걸 헨리도 알고 있었지만, 하나도 떠오르지 않았다. 그저 눈에 보이는 것, 자신의 손가락 마디와 그 밑의 식탁보 무늬 같은 것에만 온 신경이 쏠렸다. 헨리가 미나의 의자를 스쳐 문 쪽으로 갈 때 그녀는 몸을 돌려 그의 팔꿈치를 세게 붙들었다. "이번엔 신경 긁지 말고." 그러고는 그를 놓아주었다. 층계 꼭대기에서 헨리는 그녀가 한 말, 신경 긁지 말라는 말에 대해 생각했다. 늦게 오고, 오후의 의식을 깬 데 대한 벌로 뭔가 새로운 의상을 준비했다는 것일까. 아이는 지난번처럼 다소곳이 자신의 침대에 누워 있는 소녀에게로 다가가 아무 생각 없이 옷을 벗었다. 미나의 광기에 다시 불을 지필 수는 없었다. 그녀를 낯선 사람으로 변하게 하는 저주스러운 강박. 헨리는 그녀가 두렵고 무서워서 소름이 끼쳤다. 차가운 천을 맨살에 걸치고 하얀 스타킹을 신었다. 반항한다고 오해받지 않도록 서둘렀다. 가죽 샌들을 묶는 손길이 쫓기듯 다급했다. 가발을 쓰고 매무새를 다듬으려고 거울 앞에 섰다. 거울 속 동작은 굳어 있었다. 헨리는 다시 명치가 아려왔다. 왜냐하면 지금 그 애가 자신의 침실에 있었으니까. 등 뒤로 아무렇게나 흘러내린 머리, 창백하고 팽팽한 피부, 린다의 코. 헨리는 세면대에서 손거울을 가져와 사방에서 얼굴을 비춰보았다. 눈 색깔이 달랐다. 자신의 눈이 더 푸르고 코도 약간 더 컸다. 그러나 그 첫 번째 응시, 첫 일별의 충격은 아직 남아 있었다. 헨리는 가발을 벗었다. 짧고 검은 머리에 파티 드레스를 걸친 모습이 광대 같아 절로 웃음이 났다. 가발을 다시 쓰고 방을 가로지르며 춤을 춰보았다. 헨리와 린다가 동시에, 자동차에서보다 더 가깝게, 이제 그는 린다 안에, 린다는 그 안에 있었다. 더 이상 강요당하는 기분이 아니었다. 헨리는 미나의 분노로부터 벗어나 소녀 안에 숨어 보이지 않았다. 헨리는 린다가 하던 대로 가발을 빗질하기 시작했다. 머리카락 끝이 갈라지지 않도록 위에서 아래로 빗는 거라고 린다가 말했었다.

미나가 지난번과 같은 장교 제복을 입고 그의 방으로 갑자기 들어섰을 때 헨리는 여전히 거울 앞에 서 있었다. 그녀의 표정은 지난번보다 더 경직되어 있었다. 그녀는 헨리의 어깨를 잡고 돌려세운 후 뒤에서 드레스 끈을 묶으며 나직이 흥얼거렸다. 그녀는 가발을 빗어주고 손으로 가랑이 사이를 스쳐 속옷 검사를 하고는 만족스러워했다. 그러고는 얼굴을 마주 보도록 헨리를 거칠게 돌려세웠다. 분장한 얼굴의 굵직한 검은 선과 기름 발라 곧게 빗어내린 머리카락을 가까이에서 보니 헨리는 전처럼 두려워 꼼짝할 수 없었다. 그녀는 아이를 끌어안고 이마에 입을 맞추었다. "이제 됐다." 그리고 손을 잡고 말없이 계단을 내려가 이번에는 두 잔 가득 레드와인을 따랐다. 그녀는 몸을 구부려 인사를 하고 잔을 건넨 후 구두 뒤축을 구르며, 꾸며낸 난폭한 목소리로 말했다. "자 들어요, 아가씨." 헨리는 묘하게 생긴 잔을 쥐었다. 한 손으로 움켜쥐기에는 색이 들어간 잔 목이 너무 짧아 양손으로 잔의 둥근 부분을 쥐었다. 특별한 날이면 미나는 그에게 사이다를 섞은 맥주를 주기도 했지만 평소에는 늘 레모네이드였다. 미나는 벽난로에 등을 대고 서서 어깨를 뒤로 쭉 빼고 납작하게 조인 가슴 앞으로 잔을 들어 올리며 "건배"라고 말하더니 두 모금을 가득 들이켰다. "원 샷." 헨리는 혀끝을 축인 후, 쌉쌀한 맛을 피하려고 눈을 감은 채 한 모금을 들이켜 혓바닥으로 술을 목구멍까지 밀어 넣었다. 이런 식으로 술맛을 피해도 떨떠름한 뒷맛은 입 안에 남았다. 미나는 잔을 비우고 헨리의 잔이 비기만 기다렸다. 미나는 헨리가 비운 잔을 가져가 칵테일 장 앞에서 다시 채우고 식탁에 와인 병을 세워둔 후 그릇을 가져오기 시작했다. 헨리는 둥둥 떠다니는 기분이었다. 헨리는 미나를 도와 핫플레이트에 얹어둔 그릇을 하나씩 날랐다. 미나의 침묵이 의미하는 바가 궁금했다. 그들, 린다와 헨리, 헨리와 린다는 자리에 앉았다. 식사 도중에 미나는 잔을 들어 올리며 말했다. "건배." 그녀는 헨리가 잔을 들 때까지 기다렸다가 마셨고 새로 와인을 따르기 위해 일어섰다. 보이는 모든 것이 눈앞에서 미끄러졌다 사라지고, 다시 제자리에 와 있었다. 사물 사이의 공간이 파도처럼 넘실거렸다. 미나의 얼굴은 산산조각으로 흩어져 다른 이미지들과 섞였다. 균형을 잡으려고 헨리는 식탁 모서리를 움켜쥐었고 미나는 아이의 그런 모습을 미소 지으며 지켜보았다. 취기 도는 그녀의 미소는 잘하고 있다는 의미였다. 가로, 세로, 대각선, 세 축이 흔들리며 요동치는 방에서 그녀가 어렵사리 커피 주전자를 들고 오는 모습이 보였다. 눈을 감으면 둥근 지구의 표면에서 떨어질 것만 같았다. 발을 딛는 곳마다 밑바닥이 위로 치고 올라오는 듯했다. 이 아수라장 속에서 미나가 말했다. 오늘 오후에 무슨 일이 있었는지, 헨리가 그 집에서 뭘 했는지 알고 싶다고 했다. 그녀에게 대답하려고 어디 있는지도 모를 혀를 찾아 간신히 움직였지만, 목소리는 옆방에서 들려오는 듯 희미했다. 이윽고 입천장에 아교가 붙은 듯한 자신의 목소리가 들렸다. "우린…… 우릴 데려갔어요, 그 아줌마가 우릴……" 결국 헨리는 미나의 고함과 웃음소리에 저 말을 멈춰야 했다. "이런, 우리 아가씨가 좀 취하셨군." 그녀가 비틀거리며 다가와 겨드랑이 밑을 잡고 아이를 들어 올리다시피 해서 소파로 데려갔다. 그리고 자신의 무릎에 앉히고는 아이의 다리가 팔걸이에 걸쳐지도록 몸을 돌렸다. 미나는 헨리의 머리를 품 안에 집어넣고 레슬링 선수처럼 거칠고 뜨겁게 몸을 눌렀다. 헨리는 벗어나려고 했지만 팔다리가 말을 듣지 않았다. 그녀는 헨리를 부여잡고 헨리의 얼굴을 풀어 헤친 제복의 벌어진 틈으로 억세게 눌렀다. 미나의 품에서 허우적거리던 헨리는 급히 움직이면 바로 속이 울렁거린다는 것을 알게 되었다. 미나는 이 소녀에게 홀딱 반한 듯 얼굴을 가슴으로 더 가까이 당겼다. 아무것도 걸치지 않은 제복 아래에서 헨리의 얼굴이 희미한 향수 냄새를 풍기는 축 늘어진 늙은 젖가슴과 마주하고 있었다. 미나에게 목덜미를 잡힌 헨리는 거무튀튀한 젖꼭지로부터 헤어날 수가 없었고, 토할까봐 갑작스레 움직일 수도 없었다. 그녀가 한 손으로 겹치마 속의 허벅지를 더듬으며 읊조렸다. "애인 없는 군인은 갈기 없는 사자, 애인 없는 군인은 갈기 없는 사자라네." 노랫소리는 점점 거칠어지다 가빠지는 숨결 속으로 사라졌다. 헨리는 그 리듬에 따라 오르내리며 점점 심한 압박감을 느꼈다. 눈을 뜨자 미나의 창백한 납빛 가슴이 보였다. 죽은 사람의 얼굴빛으로 상상했던 것 같은 납빛이었다. "토할 것 같아요." 헨리는 그녀의 몸을 향해 중얼거렸다. 저녁 식사와 와인이 뒤섞인, 제복 속의 시체처럼 생기를 잃은 적갈색 토사물이 입속에서 소리 없이 흘러내렸다. 맥이 풀린 헨리가 바닥으로 굴러떨어졌고 가발이 흘러내렸다. 적갈색 반점들이 깨끗한 흰색과 분홍색 위에 얼룩졌다. "저 헨리예요." 아이가 가발을 완전히 벗으면서 쉰 소리로 말했다. 미나는 한동안 꼼짝 않고 가발을 쳐다보다가 헨리 곁을 성큼성큼 지나 계단을 올라갔다. 빙빙 도는 방에 누워 헨리는 욕조에 물 트는 소리를 들었다. 손가락 사이로 양탄자 무늬가 움직였다. 아파서 다행이었다. 움직일 수 없었다.

미나는 욕실에서 평상복으로 갈아입고 평소의 그녀로 돌아와 헨리를 부축하고 벽난로 쪽으로 데려갔다. 거기서 파티복의 끈을 풀어주고 옷을 부엌으로 가져가 양동이에 담갔다. 가발을 주워 모은 후 아이의 손을 잡고 층계 오르는 법을 가르치는 사람처럼 한 계단 오를 때마다 아기들에게 하듯 운을 붙여 말했다. "자, 하나아, 두우울, 옳지. 세엣, 다음……" 헨리의 방에서 그녀가 남은 옷가지들을 벗기고 파자마 바지를 찾고 쉴 새 없이 얘기하는 동안 헨리는 그녀의 어깨로 쓰러졌다. 그녀가 처음 취했을 때…… 다음 날 아무것도 기억나지 않는다고 했어. 헨리는 미나가 무슨 말을 하는지 알 수 없었지만 그녀의 옷처럼 목소리도 평소와 다름없다는 것을 느낄 수 있었다. 헨리는 침대에 누웠다. 미나는 내내 헨리의 이마에 손을 얹고 방 안의 무언가에 제동을 걸기 위해 아래층에서부터 시작한 노래를 읊조리고 있었다. "애인 없는 군인은 갈기 없는 사자라네. 아가씨의 속삭임과 입맞춤은 고달픔을 씻어주네." 그녀는 아이의 머리카락을 쓸어 올렸다. 다음 날 헨리가 잠에서 깼을 때 가발은 베개 옆에 놓여 있었다. 밤 사이에 떨어진 모양이었다.

잠에서 깨어나자 린다가 떠올랐고 뒷골이 땅겼다. 방 안에는 날이 밝은 지 오래된 듯한 분위기가 감돌았다. 아래층에서 미나가 소리쳤다. "점심 간단히 먹을래? 푹 자게 안 깨우고 놔뒀다." 그러나 헨리는 학교 갈 채비를 하고 옷걸이에서 가방을 집어 문을 박차고 거리로 나갔다. 돌아오라는 미나의 외침이 뒤따라오고 습기 찬 바람에 머리카락이 날렸다. 어젯밤 일은 뒤죽박죽이었지만 미나가 뭔가 경솔한 짓을 했음은 분명했다. 그래서 그녀의 멀어지는 음성으로부터 더욱 쉽게 벗어나 달릴 수 있었다. 린다에게로. 학교에는 구토증이 있다고 얘기했다. 어쨌든 거짓말은 아니었다. 그날 오후 헨리는 누가 봐도 수긍할 만큼 창백했다. 오후 수업이 시작될 즈음 교실로 가니 린다가 있었다. 헨리가 들어서자 린다는 기다렸다는 미소를 지으며 들고 있던 쪽지를 헨리의 손에 쥐여주었다. 쪽지에는 이렇게 적혀 있었다. '일요일에 올 거니?' 헨리는 오늘 아침 집에서 달려 나오던 홀가분한 기분 그대로 쪽지 뒤에 그러겠다고 썼다. 그러고는 린다가 받을 수 있도록 책상 밑에서 쪽지를 쥐고 있었다. 린다의 손이 다가와 헨리의 손을 꼭 잡고 1, 2초 정도 가만히 있다가 빠져나갔다. 명치가 싸했다. 허리춤에 피가 몰려 고추가 옷 주름 사이로 봄 꽃봉오리처럼 솟아올랐고, 쪽지는 자기도 모르는 새 바닥으로 떨어져 있었다.

거울 속의 모습을 린다에게 말해줄 수 있을까? 헨리와 린다, 둘의 외모가 녹아들어 금세 하나가 되던 모습을? 미나가 들어오기 전 자유롭게 춤추었던 기분을 린다에게 전하고 싶었다. 그뿐만 아니라 미나와 관련된 모든 다른 이야기도. 어디서부터 시작해야 하나. 전혀 놀이가 아닌 그 놀이를 어떻게 설명할 수 있을까. 대신 헨리는 오후에 사러 갈 괴물 가면 얘기를 했다. "하지만 도망갈 생각보단 웃음이 나오는 거야." 이 말은 헨리가 린다에게 파티에 대해 얘기했다는 뜻이다. 헨리의 이름은 미나의 이름과 함께 초대장에 적혀 있었다. 모두가 가장을 하고, 아무도 네가 누군지는 몰라. 책임질 필요 없으니 누구든 하고 싶은 대로 할 수 있어. 둘은 모두가 떠난 텅 빈 운동장에 서서 아무도 자신을 알아보지 못할 때 할 수 있는 일들에 대해 얘기했다. 린다가 온다고 할까? 당연히 린다는 오고 싶어 했다. 그것도 굉장히! 린다의 어머니가 운동장을 가로질러 다가와 린다에게 입을 맞추고 헨리의 어깨에 손을 얹었다. 그들은 함께 자동차로 걸어갔다. 린다가 헨리의 가면과 파티 얘기를 하자 클레어가 재미있겠다고 가 보라고 말했다. 린다와 헨리는 작별 인사를 했다.

숨 돌릴 새도 없이 헨리는 가게에 도착했다. 미나가 기다리고 있는 집에 다시 늦고 싶지 않았다. 주인 남자에겐 어린애들을 다루는 특유의 방식이 있었다. 사무적이고 썰렁한 유머. "어이구, 어디 불이라도 났나?" 헨리가 가게에 들어서자 그가 말했다. 급한 사정을 알리려고 헨리는 재빨리 말했다. "가면 때문에 왔어요." 천천히 진열대로 몸을 구부리는 주인 남자의 입가에 장난기가 어렸다. 입이 근질근질해 참지 못하는 것 같았다. "거참 이상하네. 벌써 쓰고 다니는 줄 알았더니." 그리고 같이 웃자는 듯 헨리를 바라보았다. 헨리가 그에게 웃음을 지어 보였다. "남겨두신다고 했잖아요." 그는 "어디 보자" 하면서 달력 날짜를 호들갑스레 짚어갔다. "내가 착각한 게 아니라면." 그는 숨을 멈추고 일부러 느릿느릿 말했다. "내가 잘못 본 게 아니라면 오늘이 아마 화요일이지." 그는 고객인 헨리에게 환히 웃어 보이며 눈썹을 치켜세우고 고객이 안달복달하는 꼴을 지켜보았다. "아직 있어요?" 남자는 여전히 눈썹을 치켜세운 채 손가락으로 허공을 가리켰다. 썰렁한 인간. "그거 잘 물어봤다. 그게 아직 있나?" 헨리가 폭력이란 무엇인지 새삼 알 것 같다고 생각하는 동안 그는 판매대 밑을 들여다보고 있었다. "어디 보자, 여기 있는 게 뭔가." 그리고 가면, 헨리의 가면을 꺼내놓았다. "그것 좀 싸주실래요? 제 건데, 딴 사람들한텐 비밀이거든요." 헨리는 그때 남자가 꽤 늙었다는 것을 깨달았고 약간 마음이 아팠다. 남자는 가면을 두 겹으로 된 누런 종이에 꼼꼼히 포장한 후, 들고 가기 좋게 낡은 그물가방에 넣어주었다. 그는 이제 입을 꾹 다물고 있었다. 헨리는 그가 시시한 우스갯소리라도 계속했으면 싶었다. 적어도 그런 우스개 정도는 이해할 수 있으니까. 하지만 판매대 너머로 헨리에게 그물가방을 건네주며 그가 덧붙인 유일한 말은 "여기 있다"였다. 가게를 나서며 헨리가 큰 소리로 인사를 했지만 남자는 뒷방으로 들어갔다. 헨리의 인사는 듣지 못했다.

미나는 전날 밤에 대해 한마디도 하지 않았다. 대신 헨리에게 케이크를 잘라주며 쉴 새 없이 떠들었고, 그녀 특유의 빠른 재담으로 헨리가 집을 떠나던 모습을 재연했다. 미나는 평소의 미나였다. 부엌에서 헨리는 양동이 물속에 담긴 파티복을 보았다. 죽은 희귀 물고기 같았다. 아이는 머뭇거리며 말했다. "학교에서 친구를 사귀었는데, 그 식구들이 일요일에 저를 초대했어요." 미나는 시원스레 답을 주지 않았다. "아, 그래. 나도 아는 애니? 걔를 파티에 초대하지 그러니?" "초대했어요. 그 집에서 일요일에 오래요." 친구의 성별을 왜 그리 언급하지 않으려 노력했을까? 미나는 선뜻 허락하지 않았다. "좀 두고 보자." 헨리는 그녀를 뒤따라 부엌으로 가며 덧붙였다. "내일 확실히 말해줘야 돼요." 헨리의 목소리가 정적을 깨며 답을 요구했다. 그녀는 웃는 얼굴로 아이의 눈을 가린 머리카락을 쓸어 넘겨주며 다정히 말했다. "안 되겠다, 헨리. 어제 못 한 숙제를 하는 게 어떨까." 부드럽게 층계 쪽으로 몰리던 헨리가 옆으로 돌아섰다. "그 집에서 와달라고 그랬어요. 가고 싶어요." 미나는 기분이 좋았다. "정말 안 될 것 같은데." "가고 싶어요." 그녀는 손을 헨리의 어깨에서 떼고 맨 아래 계단에 서서 턱을 괴고 한참 생각에 잠겼다가 말했다. "네가 온갖 친구들이랑 놀러 다니면, 난 일요일에 뭘 하란 거니?" 이 갑작스러운 변화. 매달리는 쪽이었던 헨리가 이제 베푸는 쪽이 되어 서 있었고 그녀는 그의 발치에 앉아 있었다. 할 말이 없었다. 몸이 굳었다. 한참 후에 그녀가 말했다. "응?" 그리고 헨리에게 손을 내밀었다. 헨리는 그녀가 손을 잡을 수 있는 거리로 조금 다가섰다. 그녀는 안경 너머로 아이를 바라보다가 안경을 벗었다. 그녀의 눈에 물기가 어리기 시작했다. 고약한 기분이었다. 끔찍했다. 헨리가 느끼는 것은 혐오스러운 부담감이었다. 사람이 사람에게 이렇게 중요할 수 있는 걸까? 그녀는 잡은 손에 더 힘을 주었다. "알았어요. 집에 있을게요."

헨리는 미나가 껴안으려는 손을 뿌리치고 그녀의 곁을 돌아 계단을 뛰어 올라갔다. 밤색 양복을 침대에서 들어 의자에 걸쳐놓고 누웠다. 그리고 미안한 마음으로 린다의 모습을 머릿속에서 밀어냈다. 미나가 들어와 어깨 언저리에 앉아 헨리의 얼굴을 바라보았다. 헨리는 그녀의 시선을 피했다. 그녀의 눈을 보고 싶지 않았다. 그녀는 앉아서 이불 한 귀퉁이를 만지작거리다 엄지와 검지 사이에 쥐고 꼬았다. 미나는 손가락으로 헨리의 머리를 빗겼고 헨리는 내심 긴장한 채 멈추기를 기다렸다. 그녀의 손이 얼굴 근처에 닿는 게 싫었다. 지금은 아니었다. "화났니?" 헨리는 여전히 그녀를 외면한 채 고개를 저었다. "지금 나한테 화났잖아. 다 알아." 그녀는 책상 옆에 서서 통나무 조각을 집었다. 헨리가 황새치를 만들려고 몇 달째 매달려 있었지만 몸통에 힘도 굴곡도 생겨나지 않았다. 그것은 여전히 나무토막에다 어린애가 재현한 물고기에 불과했다. 미나는 나무에 시선을 두고 만지작거렸지만 그걸 보고 있지는 않았다. 천장에 양쪽으로 갈라지는 큰 계단이 그려졌다. 린다와 클레어가 침실에서 베개 싸움을 하고 있었다. 새로 전학한 학교에서의 첫날이었으니까 클레어가 아마도 린다를 격려해주려는 모양이었다. 그리고 눈썹이 짙고 키큰 남자는 클레어와 한 침대에서 잤다. 미나가 말했다. "헨리, 너 정말 가고 싶은 거지?" 헨리가 말했다. "상관없어요. 정말, 괜찮아요." 미나는 나무를 손에 놓고 돌렸다. "가고 싶잖아. 가고 싶으면 가." 헨리가 몸을 일으켰다. 사람들이 즐기는 특별한 게임을 이해하기에 헨리는 아직 어린 나이였다. 아직 어린 탓에 헨리는 대답했다. "알았어요. 그럼 갈게요." 힘없는 황새치를 손에 쥔 채로 미나는 방을 나갔다.

*

헨리는 육중한 문고리를 들어 흰색 문을 두드렸다. 클레어는 어두운 복도를 지나 부엌으로 안내했다. "린다는 일요일 오전 내내 침대에서 뒹군단다." 그들은 형광등 불빛이 비치는 부엌으로 갔다. "올라가서 린다와 놀아도 되지만 그 전에 나랑 얘기도 하고 따뜻한 것도 좀 마시지 않겠니?" 헨리는 클레어의 도움을 받아 외투를 벗고, 새 양복을 자랑하고 싶어 그녀 쪽으로 몸을 돌렸다. "편하게 입고 놀 옷 몇 가지 찾아봐야겠네." 그녀는 헨리에게 따뜻한 코코아 한 잔을 대접했다. 그녀와 대화를 나누다보니 긴장감이 허물어지고 완전히 무방비 상태가 되었다. 그녀는 헨리가 린다의 친구인 것이 기쁘다고 말했다. 린다가 줄곧 헨리 얘기만 한다고. "걔가 벌써 너를 그리기도 했어. 내 생각엔 너한테 그걸 보여줄 것 같진 않지만." 그녀가 헨리에 대해 궁금해했으므로 헨리는 잡화상에서 찾아내고 수집한 물건들과 마분지 극장, 낡은 책들에 대해 말해주었다. 그리고 미나에 대해서는 전에 무대에 서던 사람이라 말을 얼마나 재미있게 하는지 모른다고 했다. 헨리는 지금껏 한꺼번에 그렇게 많은 얘기를 해본 적이 없었다. 그대로 가장에 관한 것과 술에 취했던 일까지 모두 털어놓을 작정이었다. 그러나 헨리는 멈칫했다. 어떻게 말해야 할지도 몰랐고, 무엇보다 그녀에게 잘 보이고 싶었기 때문이다. 술에 취해 미나에게 토한 일을 들으면 클레어가 자기를 좋아하지 않을 것 같았다. 클레어는 헨리에게 놀기 편한 옷으로 갈아입으라며 린다의 하늘색 스웨터와 물 빠진 청바지를 가져다주었다. 입기 꺼려지는 건 아닌지 그녀가 물었지만 헨리는 웃으며 아니라고 말했다. 전화를 받으러 부엌에서 나가며 그녀가 등 뒤에 대고 외쳤다. 린다 방으로 가는 길은 혼자 찾을 수 있겠지? 계단으로 이어지는 어두운 복도를 되돌아가면서 헨리는 이 집엔 왜 복도 양 끝만 빼곤 전등이 없는지 의아해했다. 층계참의 커다란 함 앞에서 걸음을 멈추고 놋쇠 장식에 새겨진 사람 형상들을 만져보았다. 행렬의 앞쪽에 서 있는 부유한 사람들은 신랑 신부의 친척들처럼 보였다. 그들은 엉덩이가 부푼 화려한 옷자락으로 도로와 인도를 뒤덮고 있었다. 등을 꼿꼿이 세운 채 모두 자신감이 넘쳐 보였다. 그들 뒤로 마을 사람들이 왁자하니 술잔을 들고 비틀거리며 이웃을 붙들고는 앞사람들을 놀리고 있었다. 옆방에 문이 열려 있어 들여다보니 침실이었다. 헨리가 이제껏 본 것 중 가장 큰 침실이었다. 커다란 이인용 침대가 벽에서 떨어져 방 한가운데 놓여 있었다. 한두 발자국 들어가봤다. 방 중심에 우뚝 솟아 있는 흐트러진 침대가 눈에 들어왔고, 이윽고 얼굴을 묻은 채 자고 있는 남자의 얼굴이 보였다. 헨리는 놀라서 층계참으로 뒷걸음쳐 조용히 문을 닫았다. 그러고는 함 위에 놓아두었던 린다의 옷들을 가지고 2층 린다의 방으로 뛰어올라갔다.

린다는 침대에 똑바로 앉아 흰색 마분지에 검은색 크레용으로 그림을 그리고 있었다. 방에 들어서자 린다가 말했다. "왜 그렇게 헐떡거려?" 헨리가 침대에 앉았다. "계단을 뛰어

올라왔어. 침실에서 자고 있는 남자를 봤어. 꼭 죽은 사람 같아." 린다는 그리던 종이를 바닥으로 떨어뜨리며 웃었다. "테오야. 얘기했잖아." 린다는 침대 시트를 턱 밑까지 끌어올렸다. "일요일엔 일찍 잠이 깨지만 점심시간이 되어야 침대에서 일어나." 헨리가 린다에게 옷을 보여주었다. "너희 어머니가 주셨어. 어디서 갈아입지?" "여기지, 어디겠어. 네 발치에 옷걸이 있잖아. 양복은 옷장에 걸어." 린다는 시트를 더 끌어올려 눈만 내놓고 헨리가 양복을 거는 모습과 다시 돌아와 재킷과 바지를 벗고 자기 쪽으로 앉는 모습을 바라보았다. 헨리는 맨다리에 와 닿는 린다의 몸의 온기를 두꺼운 이불을 통해 느낄 수 있었다. 헨리는 린다의 발에 몸을 기대며 베개 위에 부챗살처럼 펼쳐진 노란 머리카락을 바라보았다. 둘은 이유 없이 웃기 시작했다. 린다가 침대에서 손을 뻗어 헨리의 팔꿈치를 잡아당겼다. "너도 들어와." 헨리가 일어섰다. "응." 린다는 침대 이불 속에서 킥킥거리며 바람 빠지는 목소리로 외쳤다. "먼저 옷 다 벗어야지." 헨리는 옷을 벗고 린다 옆으로 들어갔다. 몸이 차가워 린다가 몸을 움츠렸다. 헨리가 누운 채 가슴을 린다의 등에 대자 린다는 헨리를 보려고 몸을 돌렸다. 어슴푸레하게 분홍빛이 감도는 방에서 동물 냄새와 젖내가 났다. 나중에 돌이켜보니 그것이 헨리의 일요일의 처음이자 끝이었다. 심장 고동 소리가 베갯머리를 쿵쿵 울렸다. 린다가 머리카락을 뺄 수 있도록 헨리는 머리를 들어주었다. 둘은 주로 학교 얘기를 했다. 린다가 전학 온 첫 주와 친구들, 선생님들 얘기. 그날은 다른 일로는 채울 수 없을 것 같았다. 헨리는 린다의 청바지와 스웨터를 입고 점심을 먹었다. 둘은 가는 방향도 모른 채 수천 명의 인파에 밀려 햄스테드 히스로 걸어갔고, 린다가 켄우드 하우스의 그림들을 보여주었다. 이지적인 척하는 차가운 여자들과, 닮은 데라곤 없는 아이들. 린다는 인물 주변의 여백이 너무 어두워 별로라고 하면서도 렘브란트 그림 앞에 오랫동안 서서 그의 그림이 그곳에서, 아니 세상에서 제일 훌륭할 거라는 데 동의했다. 린다는 헨리의 방을 보고 싶다고 했다. 그런 다음 그들은 새뮤얼 존슨의 별장으로 갔다. 유명한 작가는 맞는 것 같은데 언제, 뭘 썼더라? 둘은 수백 명의 인파와 희미한 겨울 어스름 속을 지나 집에 돌아왔다. 헨리는 숨을 들이켜려고 이불 속에서 얼굴을 내밀었다. 린다도 얼굴을 헨리의 가슴 쪽으로 돌렸다가 역시 이불 밖으로 나와 서로 이마를 맞대고 반시간쯤 졸았다. 그날 일어난 모든 일은 그 30분 동안 꾼 꿈의 연장이었을까. 그날 밤 헨리가 집에 돌아와 침대에 누웠을 때, 실제로 일어난 일은 30분, 혹은 그보다 조금 더 오래 린다와 누워 있었던 일, 그것뿐인 듯했다.

*

　파티는 헨리가 상상한 것 같지는 않았다. 생각과 현실은 언제나 다르지만 여하간 같지 않았다. 그날 미나는 붉은 전구를 잊었는데, 가게는 벌써 닫은 후였다. 펀치 레시피는 우편 봉투에 들어 있었지만 찾을 시간이 없어 미나는 커다란 박스 가득 와인을 구입했다. 그녀 말대로라면 와인은 누구나 좋아하니까. 와인을 즐기지 않는 사람들을 위해서는 사과주를 두 통 샀다. 녹음기는 없었다. 헨리는 녹음기를 본 적도 없었다. 심프슨 부인의 아들에게서 빌려 온 구식 전축과 심프슨 부인의 오래된 레코드판이 다였다. 헨리는 들뜬 마음으로 파티 광경을 그려본다. 집은 훨씬 크고 방들은 홀이 되고, 천장은 높아 손님들이 난쟁이처럼 보인다. 머리 위로 사방에서 음악이 흐르고 이국적인 가장 의상이 등장한다. 외국의 왕자들, 파렴치한 도굴꾼, 대양의 선장 등등. 그리고 가면을 쓴 헨리. 이윽고 첫 손님이 등장할 무렵, 방은 평소 크기 그대로였고 음악은 한 귀퉁이에서 둔탁하게 흘러나왔다. 그러지 말란 법도 없지. 헨리가 보는 사람을 깜짝 놀라게 하는 30실링짜리 가면을 쓴 채 문을 열자 손님들이 평상복 차림으로 문 앞에 서 있었다. 이것도 가장인가? 초대장은 읽어본 건가? 헨리는 문가에서 말없이 문을 잡고 있었다. 그들이 옆을 스쳐 들어오며 고갯짓으로 인사를 했다. 그들은 헨리의 가면에 별 관심이 없었다. 그들에게 헨리는 그저 문을 열어준 어린 소년일 뿐이었다. 삼삼오오 들어온 그들은 웃기도 하고 조용히 수다를 떨기도 했다. 그러다 알아서 마실 것을 챙기고, 웃고, 조금 더 편안하게 수다를 떨었다. 회색, 검은색 양복을 입고 손가락을 주머니에 깊숙이 찔러 넣은 남자들이 대화 중에 옆 사람에게 기댔다가 물러났다. 희끗희끗한 머리를 치켜 올려 묶은 여자들은 잔을 만지작거렸는데 한결같은 모습이었다. 미나는 위층에 있다가 아무도 모르게 가장한 모습으로 슬며시 손님들 사이에 파고들 계획이었다. 헨리는 둘러보았다. 미나도 있을 텐데, 그녀처럼 보이는 얼굴은 여자는 물론 남자들 틈에도 없었다. 헨리는 수다 떠는 사람들 속을 돌아다녔다. 남자들도 여자들도 뭔가 이상했다. 어떤 남자는 허리가 남자 같지 않았고, 어떤 여자는 어깨가 여자 같지 않았다.대머리에 향수 냄새를 풍기는 땅딸막한 남자가 다가왔다. 목이 가늘어 와이셔츠는 헐렁하고 넥타이는 깡충하게 올려 맨 그가 헨리에게로 몸을 구부리며 말했다. 헨리는 미나를 닮은 사람을 찾는 중이었다. "너 헨리구나." 그의 목소리는 가늘고 쉬어 있었다. "맞지, 얼굴을 보니 금방 알겠는걸." 그는 얼굴 근육을 당겨 억지로 웃으며 혹시 자신의 멋진 농담을 들어줄 사람이 없나 두리번거렸다. 헨리는 가면 파는 가게에서처럼 가만히 서서 누군가 그의 농담을 받아쳐주길 기다렸다. 대머리의 땅딸한 사내가 다시 헨리를 향해 몸을 돌렸다. "당연히 키를 보고 넌 줄 알았지. 넌 내가 누군지 알겠니?" 헨리는 고개를 저으며 남자가 손가락을 머리통에 대고 엄지와 검지로 머리 피부를 벗겨내는 걸 보았다. 뇌나 뼈가 아니라 머리카락, 대머리에 덮여 있던 까만 곱슬머리가 나타났다. "이젠 알겠니? 몰라?" 그는 기뻐했다. 확실히 신이 나서 몸을 깊이 수그리고 헨리에게 속삭였다. "나 루시 이모야." 그러고는 가버렸다. 루시는 이모 아닌 이모들 중의 하나, 미나의 친구였다. 그녀는 모닝커피를 마시러 와서 언제나 소공연에 헨리를 끼우려고 했다. 거절해도 막무가내였지만 미나는 질투 때문인지 헨리가 동참하기를 원치 않았다. 그러니까 염려는 없었다. 그러면 미나는 이 엉덩이 넓은 남자들 사이에 있을까, 옹골찬 여자들 사이에 있을까? 아니면 여전히 모두들 와인을 더 마시기만 기다리고 있는 걸까? 헨리는 가면을 쓴 채지난번의 첫 기억을 되살리며 와인을 마셨다. 양동이에서 풀이 죽어가던 파티복은 어디 있을까? 헨리는 시음하듯 와인을 단숨에 목구멍으로 부었다. 그런 식으로 이와 혀에 달라붙은 쌉쌀한 맛을 지우며 미나를 찾고, 곧 도착할 린다를 기다렸다. 린다에게는 가장할 필요 없다고 말했었다. 어차피 린다를 아는 사람이 없으니 린다는 이방인이었고, 모든 이방인은 가장한 거니까. 그렇지만 이런 게 파티일까? 서성거리며 대화하고, 시시덕거리고, 이 무리 저 무리로 옮겨 다니며, 아무도 레코드판에 귀 기울이지 않았다. 레코드판 소리는 사람들 목소리에 묻혔고 누구도 새 판을 올리지 않았다. 파티는 원래 이런 걸까? 헨리는 새 판을 얹고 귀퉁이가 너덜너덜한 레코드 재킷을 집었다. 그때 누군가의 늙은 손이 아이의 손목을 잡아당겼다. 돌아보니 등이 굽은 꼬부랑 노인이었다. 재킷 아래로 불룩 솟은 등의 혹이 보였다. 얼굴은 덥수룩한 수염으로 덮여 있고 머리카락은 듬성듬성했다. 입술 위의 번들거리는 반점에는 절대 아무것도 나지 않을 것 같았다. 노인이 헨리의 손목을 잡았다 놓았다. "판을 갈아도 소용없다. 어차피 아무도 귀 기울이지 않아." 헨리는 노인을 정면으로 쳐다보며 불안한 마음을 감추려고 와인 잔을 쥐었다. "할아버지도 가장하셨어요? 모두가 가장을 한 거예요?" 남자는 자기 등을 가리켰다. 기분이 상하지는 않은 듯했다. "이런 게 무슨 가장이냐?" "그럴 수도 있죠. 뭐 패드 같은 거나 혹은……" 헨리는 비틀거리며 말했다. 목소리가 이내 웅성거림에 묻혔다. 노인은 등을 돌리며 큰 소리로 말했다. "만져봐. 만져보고 이게 패드인지 아닌지 말해봐." 아주 잠깐이라면, 와인을 마실 때처럼 꿀꺽 삼켜버리듯 하면 그런 일도 할 수 있지 않을까. 헨리는 결심하고 노인의 등을 만졌다. 노인이 그걸로는 패드인지 아닌지 판단하기에 충분치 않다고 하자 사방팔방 머리카락이 곤두섰다. 와인에 입술이 젖은, 미소 짓는 괴물 가면을 쓴 헨리가 천천히 애무하듯 노인의 혹을 만졌다. 노인이 만족한 얼굴로 돌아설 때까지 노인의 혹을 강하면서도 부드럽게 어루만졌다. "이런 건 감출 수 없지." 그리고 노인은 방의 반대편으로 가서 사람들에게 미소를 지으며 술을 마셨다. 헨리는 잔을 채워 마시며 얘기를 나누는 사람들 사이를 돌아다녔다. 목소리가 커졌다 작아지며 요란한 오르간 소리처럼 현기증을 일으켰다. 헨리는 몸을 지탱하려고 탁자에 몸을 기대고 기다렸다. 미나는 어디 있지? 린다는 어디 있지? 둘은 수다 떠는 사람들과 술 마시는 사람들, 그 두 패거리 중 어디에도 없었다. 사람들은 가장을 했지만 서로를 알아봤고 부담 없이 말을 주고받았다. 자기 자신은 아니지만, 그래도 여전히 어떤 존재인 상태에서, 내키는 대로 해도 되는지 따위의 물음은 없었다. 누군가는 결국 행동에 대한 책임을 져야 하는 것 아닐까? 책임이라니? 헨리는 양손으로 식탁 모서리를 더욱 세게 움켜쥐었다. 무슨 책임? 방금 무슨 생각을 했지? 와인 더, 와인 더, 알 수 없는 초조함이 10초마다 한 번씩 잔을 입으로 가져가도록 했다. 헨리를 보는 사람은 아무도 없었다. 성인들을 위한 파티에서 헨리는 그 누구도 아니었다. 그저 들어올 때 문을 열어주는 어떤 조그만 남자애에 지나지 않았다. 모든 것이 예상처럼 흥겹지 않아 헨리는 와인을 넉 잔이나 마셨다. 방의 반대편 끝에서 한 남자가 다가왔다. 헨리는 손에 잔을 든 채 옆으로 비틀거리다가 등 뒤의 큰 의자에 쓰러졌고, 자기를 내려다보며 웃는 친구들을 마주 보며 웃었다. 헨리의 머릿속에서 말들이 칠판에 적힌 큰 숫자들처럼 계속해서 천천히 맴돌고 있었다. 붙잡고 있는 식탁을 놓으면 곧 바닥에 쓰러지고 말 것 같았다. 바닥에 쓰러진 것은 괴물일까, 헨리일까. 누구의 책임이었을까? 다시 생각이 났다. 누군가 다른 사람처럼 입고, 다른 사람인 양 행동한다면, 그 다른 사람이 하는 행동에 대한 비난을 감수해야 하는 것일까? 그 사람이 타인으로서 했던 짓에 대해……? 천천히 움직이는 큰 숫자들. 이 모든 것엔 뭔가가 있는데. 미나가 저녁 시간 전에 가장을 하는 버릇에도 무슨 의미가 있을 텐데. 그럴 때 그녀는 자기를 누구라고 생각할까? 희귀한 바다 생물 같은 양동이 속의 파티복. 헨리와 린다가 텅 빈 운동장에 서서, 사람들이 가장을 하고 나면 뭘 할까에 대해 농담을 나눈다. 늙은 듯 젊어 보이는 클레어가 다가온다. 헨리의 다리를 수건으로 닦아내던 장고, 침대에 누워 있던 남자, 렘브란트 머리 뒤의 검은색. 건너편에서 린다가, 건너편에서 린다가 말하기를, 자기가 더 좋아하는 것은…… 방 저편에 이상한 나라의 앨리스처럼 머리를 치렁치렁 늘어뜨린 린다가 헨리에게 등을 돌리고 서 있다. 다른 사람들 목소리 때문에 린다는 헨리가 부르는 소리를 듣지 못한다. 헨리는 식탁을 쥔 손을 놓을 수 없다. 린다는 의자에 앉아 있던 남자, 의자에 앉은 그 남자, 의자에 앉은 남자와 얘기 중이다. 큰 숫자들이 지나간다. 의자에 앉은 남자가 린다를 무릎에 앉힌다. 린다이자 헨리. 헨리는 침실 거울 앞에 서 있고 홀가분한 마음으로 린다이자 헨리로서 춤을 춘다. 의자에 앉은 남자는 린다를 무릎에 앉히고 뒤통수를 잡아당긴다. 린다는 무서워서 움찔거리지 못한다. 겁에 질려 혀를 움직일 수가 없다. 누가 그 소란 속에서 소녀의 목소리를 들을 수 있을까? 의자에 앉은 남자는 한 손으로 셔츠 단추를 풀고 불협화음은 강도를 더해간다. 누구도 볼 수 없다. 의자에 앉은 남자는 소녀의 얼굴을 더 가까이 끌어당기며 놓아주지 않는다. 누구의 잘못이지? 헨리는 생각한다. 헨리는 탁자에서 손을 떼고 휘청거리며 느리게 걷기 시작했다. 위장에서 와인이 넘어오는 것 같았다. 사람들이 붐비는 방에서 헨리는 그들을 향해 걸어가기 시작했다.

1970년대 초반 비틀스의 열두 번째 앨범 〈Let It Be〉가 곳곳에 울려 퍼질 무렵, 젊은 소설가 지망생 이언 매큐언은 런던 교외의 하숙방에서 그의 첫 단편들을 쓰고 있었다. 강간, 근친상간, 유아 살해 등 당시로서는 강도 높은 소재를 다룬 소설집 《첫 사랑 마지막 의식》이 처음 출간되었을 때의 반응은 센세이셔널 그 자체였다. 〈옵서버〉는 매큐언의 단편들을 '기대되는 유망주의 눈부신 데뷔'로 평했다. 런던의 저널리스트들은 그에게 '소름끼치는 이언(Ian Macabre)'이란 별명을 붙여주었다. 당시 〈옵서버〉는 구식 안경을 걸친 이언 매큐언의 지적인 용모를 빗대 '학교 선생처럼 생긴 사람이 글은 악마처럼 쓴다'는 글을 싣기도 했다.

이 책의 주인공들은 대체로 정체성 혼란을 겪는 사춘기의 소년 소녀이거나 성장하지 못한 어른들이다. 매큐언은 객관

적이고 치우침 없는 시선으로 그들의 성(性)을 분석하고 이들의 '결함'과 '좌절'이 사회병리와 밀접한 관계가 있음을 암시한다. 작가 스스로 지적하듯 '성인의 욕망을 가졌으나, 어린아이처럼 무능한' 일인칭의 주인공들에게 런던은, '매일 저녁 더 늙고 피곤하고 가난해져서' 집으로 돌아오는 사람들이 사는 곳이며(〈가정 처방〉), '내가 강에게 알리고 싶지 않은 끔찍한 비밀'이다. '강은 런던에 대해선 아직 모른다. 늘 우리 집 앞은 지나가도(〈여름의 마지막 날〉).' 그곳에서 '기회는 나비만큼이나 드물다. 손을 내밀면, 사라지고 없다(〈나비〉).' 전체적으로 취할 듯 몽롱한 분위기 속에서 예기치 못한 순간 드러나는 폭력의 다양한 얼굴과 일그러진 성인 세계를 대면한 독자들은 경악한다.

이스트 앵글리어 대학에 시험적으로 개설된 문예창작학과의 첫 학생이며, 한동안 맬컴 브래드버리와 앵거스 윌슨의 유일한 학생이기도 했던 매큐언에게 당시의 영국 문학은 '답답하고, 너무 장식이 요란한 방'처럼 느껴졌다. 사회다큐멘터리 형식을 취한 소설들에 유난한 거부반응을 보였던 그에게 스물한 살 무렵부터 읽기 시작한 프로이트와 카프카, 토마스 만은 자유로운 세계로의 안내자들이었다. 소설가로서의 출발이 비사회화, 왜곡된 사고, 비틀린 욕망 등에 집중되어 있음은 그로서는 자연스러운 일이었다. 사춘기 화자들의 목소리가 갖는 '무심함(=객관성)'은 작가를 '현실이 아닌 어딘가 다른 곳에 서게 했고, 좀 더 냉철하게 성인 세계를 주시하고 묘사할 수 있도록' 도와주었다. 마치 다른 행성에서 온 듯. 그럼에도 사춘기의 삶은 '성인 세계'에 의해 망가지고 뒤틀리기 일쑤이며, 그들의 첫 사랑, 첫 경험의 마지막 의식은 '좌절'로 이어진다. 〈벽장 속 남자와의 대화〉에서 어렵게 성인 세계에 입문한 화자는 이렇게 말한다. '그냥 그런 척하는 거죠. 늘 무대에서 연기할 때처럼 심사숙고하면서.' 성인이 되는 것에 실패한 주인공을 통해 홀연 우리 눈앞에 펼쳐지는 것은 성인이 되었지만, 성인을 연기할 뿐인 사람들로 가득한 세상이다.

때로 작가는 이런 이야기들을 정색하고 말하기보다 살짝 건드리고만 지나간다. 마치 날카로운 송곳으로 남의 아픈 곳을 콕 찌르고도 시치미를 뚝 떼는 사람처럼. 〈가정 처방〉이나 〈입체기하학〉 같은 우울한 이야기 속에서도 웃음의 코드를 찾아내고, 〈여름의 마지막 날〉처럼 슬픈 얘기를 아름답게 풀어놓는 작가의 기량이야말로 '악마적인 글쓰기'가 아니었을까. 줄리언 반스는 기자로 일하던 젊은 시절 이런 서평을 쓴 적이 있다. '이언 매큐언 텍스트의 지평에는 언제나, 고양이를 타오르는 불 위에 굽는 누군가가 있다.' 훗날 매큐언은 '그건 산 고양이가 아니라는 것이 나중에 밝혀진다'며, 작품 속에서 지속적인 위협을 환기시키는 것은 타는 고양이의 냄새로 충분하다고 말한다. 정면으로 마주하지 않아도 언제나 시야에 잡히는, 더 쪼개질 수 없을 만큼 미세한 위협이 가져오는 공포야말로 악마적인 것이라고.

　1976년 《첫 사랑 마지막 의식》으로 서머싯 몸상을 수상한 이후 영향력 있는 문학상들을 차례로 거머쥔 작가였지만 이언 매큐언의 명성은 살만 루슈디, 줄리언 반스 등 또래의 다른 동료 작가들에 비하면 늘 불안한 편이었다. '지저분한' 혹은 '스캔들성'이라는 형용사는 그에게서 쉽게 떨어져 나가지 않았다. 일례로 몇 해 전까지만 해도 (《암스테르담》, 《속죄》, 《토요일》 등을 쓴 이후에도) 작가는 인터뷰 때 '쓰레기 더미'나 '죽은 쥐 떼' 곁에서 포즈를 취해달라는 사진 기자들의 요구에 시달렸다고 한다. 작품에 대한 오해가 절정에 달했던 것은 1979년 3월이다. BBC가 그의 단편 '입체기하학'을 드라마로 만들기로 기획했던 것이다. 제작 시도는 결국 무산되었다. 주인공이 증조부에게서 상속받은 '방부 처리된 페니스'가 작품의 중요한 소재로 등장하기 때문이었다. 작가와 뜻을 같이 하던 BBC의 제작진들이 대거 해고되며 사건은 일단락되었다.

해를 거듭하며 이언 매큐언의 작품들이 다수 영화화되었
듯 이 책의 수록 단편들도 다양한 매체들을 통해 다시 대중
과 만났다. 타산적인 사랑에 갇혀 자란 한 남자의 성인 입
문기라고도 볼 수 있는 〈벽장 속 남자와의 대화〉는 1975년
BBC 라디오 3에서 라디오 드라마로 제작되었다. 작가로서
는 형식의 실험이었지만 외설 시비의 정점에 섰던 〈입체기
하학〉은 2002년 드라마로 제작되어 스코틀랜드의 그램피언
TV와 영국의 채널 4에서 방영되었다. 이 드라마는 2007년
서울 국제영화제에서 〈사랑의 기하학〉이란 제목으로 소개되
기도 했다. 증조부의 일기장 속에서 발견한 기하학의 비밀로
아내를 사라지게 하는 주인공 역할은 영국 배우 이완 맥그리
거가 맡아 열연했다. 그 외 한 소녀를 강간하고 살해하기까
지의 심리묘사가 탁월한 〈나비〉와 표제작 〈첫 사랑 마지막
의식〉이 각각 독일과 미국에서 영화로 제작되었다. 독일에서
제작된 〈나비〉는 1988년 41회 로카르노 영화제의 황금표범
상을 비롯하여 할리우드 학생 영화상과 독일 자르브뤼켄 주
에서 수여하는 막스 오퓔스상을 수상하기도 했다.

《첫 사랑 마지막 의식》의 재출간 교정을 마치고 얼마 지나

지 않아 서울에서 한 가수의 짧은 공연을 보았다. 무심히 시작하고 또 무심한 듯 끝나는 아름다운 노래를 부르던 가수가 문득 길었던 자신의 첫사랑 이야기를 꺼냈다. 그는 첫사랑을 첫사랑으로 받아들이고 나서야 그 앓이를 멈출 수 있었다고 했다. 머리 위에 작고 환한 불이 켜지는 것 같았다. 그는 노래의 가사처럼 '너의 빈자리에 불을 피워 차가운 것들을 조금 몰아내고' 온기를 불어넣었다. 내게 처음 일어난 어떤 특별한 일의 마지막 의식이, 그것의 보편성을 인정하는 일이라면 쓸쓸하기도, 또 위로가 되기도 할 것이다. 2008년 이 책의 초역이 출간되었을 때, 표제작에서 뱀장어를 풀어주고 시원한 바람을 맞으며 강가를 산책하는 주인공처럼 나도 어쩐지 내 인생의 어떤 부분을 내려놓은 기분이 들었었다. 돌아오지 않을 어떤 것들을 떠나보낸 듯. 지금은 다시 이런 생각이 든다. 나 혹은 내가 나의 인생이라고 여겨온 것들이 밀물과 썰물을 받아들이는 해안처럼 한 자리에 멈춰 서서, 이 세상의 느리고 느린 변화와 떠도는 시간의 자취들을 새겼다 지우는 과정을 반복해온 것이 아닌가 하는.

여덟 편의 개성 넘치는 단편이 수록된《첫 사랑 마지막 의식》은 지금도 작가 자신이 추천하는 그의 대표적인 작품집이다. 나는 이 단편선이 이후에 발표된 그의 많은 작품들과 오랫동안 상호작용하고 있다는 느낌을 받곤 한다. 작품 속에 프로이트, 카프카, 토마스 만, 나보코프, 헨리 밀러, 필립 로스 같은 작가들의 흔적을 보란 듯 남겨두고, 자신의 기량을 마음껏 펼쳐보였던 젊은 작가 이언은 어느덧 동시대 많은 작가와 독자들이 선망하는 대가의 반열에 올라 있다. 그리고 시간의 흐름 속에서 의식과 무의식의 경계를 오가며 독자의 폐부를 찌르는 질문들을 던지고 있다. 첫 단편들에서처럼, 여전히 좌절과 슬픔이 뿜어내는 다채로운 빛깔들을 차분히 응시하며.

공들여 번역했다고 했던 책인데도 교정본을 받아보니 부주의한 번역들은 물론 애매한 문장들, 오역까지 더러 있어 부끄러웠다. 절판을 면하고 다시 선보이게 된 이 책이 모자란 부분을 많이 덜어냈기를 바라며 재출간 교정을 도와주신 여러분들과 한겨레출판에 감사드린다.

박경희

옮긴이 **박경희**

독일 본 대학에서 번역학과 동양미술사를 공부하고, 영어와 독일어 책들을 번역했다. 역서
로 《흐르는 강물처럼》 《슬램》 《행복에 관한 짧은 이야기》 《숨그네》 《맨해튼 트랜스퍼》 등이
있으며, 한국 작품 《무진기행》 《직선과 곡선》 《얼음의 자서전》 《천변풍경》을 공역자와 함
께 독일어로 옮겨 소개하기도 했다.

첫 사랑 마지막 의식

초판 1쇄 인쇄 2018년 2월 13일
초판 1쇄 발행 2018년 2월 23일

지은이 이언 매큐언
옮긴이 박경희
펴낸이 이상훈
편집인 김수영
기획편집 김수현 임선영 김준섭 류기일
마케팅 조재성 천용호 박신영 곽은선 노유리
경영지원 이해돈 정혜진 장혜정 이송이

펴낸곳 한겨레출판(주) www.hanibook.co.kr
주소 서울시 마포구 효창목길 6(공덕동) 한겨레신문사 4층
전화 02-6383-1602~3
팩스 02-6383-1610
메일 munhak@hanibook.co.kr

ISBN 979-11-6040-133-2 03840

• 책값은 뒤표지에 있습니다.
• 파본은 구입하신 서점에서 바꾸어 드립니다.